中公文庫

ブ ラ ザ ー

警視庁組対特捜K

鈴 峯 紅 也

JN018668

中央公論新社

目次

主な登場人物

東堂絆《とうどうきずな》……警視庁組織犯罪対策部特別捜査隊（警視庁第二池袋分庁舎）遊班所属、警部補。祖父の典明に正伝《しょうでん》一刀流を叩き込まれた。

大河原正平《おおがわらしょうへい》……警視庁組織犯罪対策部部長、警視長。絆を組対に引っ張った張本人。

浜田健《はまだけん》……警視庁組織犯罪対策部特別捜査隊隊長。警視。

奥村金弥《おくむらきんや》……中野のネットカフェ〈自堕落屋《じだらくや》〉の社長。

鴨下玄太《かもしたげんた》……プラカード持ち。

東堂典明《とうどうてんめい》……絆の祖父。正伝一刀流の達人。

渡邊千佳《わたなべちか》……絆の幼馴染《おさななじ》みであり、元恋人。

綿貫蘇鉄《わたぬきそてつ》……千葉県成田市の任俠団体・大利根組《おおとねぐみ》の親分。昔気質《むかしかたぎ》のヤクザで、典明の高弟。

ゴルダ・アルテルマン……中東I国の出身。典明の弟子。

久保寺美和《くぼでらみわ》……元警察官。白石幸男《しらいしゆきお》の後を継ぎ、『㈲バグズハート』の実質的運営者となる。

五条宗忠《ごじょうむねただ》……大阪を本拠地とする広域暴力団竜神会《りゅうじんかい》会長。

五条国光《ごじょうくにみつ》……東京竜神会会長。宗忠の弟。

郭英林《かくえいりん》…………上海シンジケートに属すると思われる謎の男。
リウ・ボーエン……郭英林のボディガード。
魏老五《ぎろうご》…………ノガミのチャイニーズマフィアの首魁。

本文イラスト　永井秀樹

ブラザー　警視庁組対特捜K

序

ああ。東堂《とうどう》。信じる正義を貫き通すというのは、辛《つら》く苦しいことだ。わかっている。だから、私から一つだけアドバイスをしよう。

いいか。正義を貫くなら、何をおいてもまず、法に則《のっと》ることだ。

どんな悪法でもですか？　と、この前、うちの小田垣《おだがき》管理官などはむきになって私に聞いてきたがな。まあ、小田垣の場合は表情が摑《つか》みづらいという特性がある以上、この〈むきになる〉という表現自体が飽くまで私の感想でしかないが、おそらく大きくは間違ってはいないと思う。

そのとき、私はなんの躊躇《ためら》いもなく、そうだと答えた。どんな悪法も、存在するならそれは法だ。法は、正義を執行する者にとって絶対なのだ。

ただし、東堂。間違えるな。悪法は必ず民意に依《よ》って正されると、私は同時に、このことも信じている。

悪法が改正されれば正義も改正される。それでいいのだ、と私は思う。

そう。滅多にあることではないがな。

だからこそ、ただ真《ま》っ直《す》ぐに信じる正義を貫き通すのは、辛く苦しいのではないかな。

逆に言えば、辛さや苦しさから顔を背けた正義などまやかしであり、その場凌《しの》ぎでしかないのだ。

私もそんなまやかしの、その場凌ぎでしかない正義を、心の芯に置いていた頃がある。

まったくの間違いではなかったと今でも思うがな。正義の一つの形、というべきか。

とにかく私はただ一度、そう、もう三十年にもなる昔にただ一度、そんな正義の執行の陰で、血の涙を流したことがある。

いつのなんだかはこれまでも口にしたことはなく、金輪際《こんりんざい》口にするつもりもない。

ただ、信念に則った正義の執行は、捩《ね》じれがないことがすべてだと、私はそのときから、私の信じる正義をそう規定した。

ああ、東堂。そうだな。口にしてみるとわかる。もしかしたら、それこそ逃げだったのかもしれない。いいや、贖罪《しょくざい》と言った方がいいか。

なんにせよ、以来、私の正義はブレない。杓子定規《しゃくしじょうぎ》、原理原則と揶揄《やゆ》されても変わることはない。そのせいでキャリアの本道から外れようと、友と呼ぶべき者達が離れていこうとな。

この四角四面が、いずれ融通無碍《ゆうずうむげ》に到達するなどということは有りうべくもないが、それでもいい。いや、それでいい。

私は私の正義を貫き通すことによって、私を信じた一人の部下が全うした任務を、その短い人生を、正義だったと承認し続けるのだ。

だから、東堂。辛く苦しいが、法に則った正義を貫け。それが――。

そうか。

お前はお前の信じた正義を、道を行くのか。

そうか。

それが今剣聖《いまけんせい》の孫、警視庁の異例特例、組対特捜の怪物、か。

そうか。

そうだな。お前になら、可能なのかもしれないな。

辛さも苦しさも迷いも蹴《け》散《ち》らし、いずれ融通無碍の、さらにその先までか。

お前になら、行けるのかもしれない。

ならばなおさら、いったん決めたからには揺らぐことなく、最後まで貫き通せ。

ただし、忘れるな。

それは孤独だ。

お前の道は、孤高の正義に向かってしか繋《つな》がっていないぞ。

それを肝《きも》に銘《めい》じるなら――。

以上だ。

これで、私の監察官聴取は終わる。

第一章

一

九月八日の午後だった。

この日、東堂絆《きずな》は自身が所属する警視庁組織犯罪対策部特別捜査隊、通称組対特捜の本部にいた。

太陽が大きく傾き始め、大部屋全体に撫《な》で回すような残暑の陽が差し込む頃だ。

時刻は四時を回っていた。

奥まった応接室から大部屋に出た絆は、西陽《にしび》に目を細めながら大きく伸びをした。

監禁されるように応接室に詰めて、七時間余りが過ぎていた。

前週土曜の深夜から日曜早朝に掛け、絆は渋谷《しぶや》署や高井戸《たかいど》署の刑事課や組対課までをも巻き込み、半グレの暴走集団と大立ち回りを演じた。

〈ゴーストライダー〉、田中稔《たなかみのる》こと赤城一誠《あかぎいっせい》に対する追い込みだったが、予期せぬ悪意が重なった。結果としてこの捜査による重軽傷者は捜査陣にも暴走集団にも多数なのは明らかで、特に捜査対象側には何人かの死者まで出たようだ。

その一件に対する監察官聴取が、この日あった。それも監察官室の手代木《てしろぎ》首席監察官による、直々《じきじき》の聴取だった。

死者まで出す捜査は当然、手法も含めて重く扱われるべきという、警視庁のスタンスの顕在化がすなわち、首席監察官の登場だったろうか。

渋谷署組対課の下田《しもだ》巡査部長や刑事課の若松《わかまつ》係長など、当夜にチームを組んだ何人かへの参考聴取も、別の場所においてほぼ同時に行われるということだった。

監禁のような聴取は個人的な体感としてはやけに長く感じられたが、それぞれの話の整合性を確認しながら一気に済ませるということなら、果たして七時間は長いか短いか、考えどころではある。

「いや。やっぱり長いな」

絆は苦笑混じりに首を横に振り、もう一度全身に大きな伸びをくれた。

関節という関節、筋肉という筋肉の強張《こわば》りが、音を立てて崩れてゆくような感覚があった。

それにしても、それくらいで固まるような鍛《きた》えはしていないはずだ。

強張りは実際、月曜から謹慎自粛《きんしんじしゅく》に等しい生活を自らに課し、特捜隊本部から一歩も外に出ず、身を縮めていたことからくる強張り、いや、鈍《なま》りか。

「いやぁ、参った参った。色々、参った」

肩を大きく回し、窓際の自分のデスクへ向かう。

大部屋に、自分の足音だけがやけに響いて聞こえた。

組対特捜隊本部に人は常に多くない。案件で動く特捜隊は、ときに公《おおやけ》に出来ない潜入もこなし、長期の〈作業〉にも就くからだ。

加えて、先ほど手代木も口にした小田垣観月《みづき》管理官が主導した、QASによる余波はまだまだ大きい。

組対特捜隊に限らず、警視庁内の〈脛《すね》に傷持つ部署〉は未《いま》だ人員の補充もままならず、全体としてまだまだ人手不足だった。

そんな関係で今も大部屋内には見渡す限り、机ばかりは多いが、人はまばらに四人の特捜隊員と事務方の女性が二人いるだけだった。

「やれやれ」

絆は自席で一息つき、朝に買ってデスクに置いたままの冷茶のペットボトルを手に取った。

空調は効いていたが、西陽のせいでほんのりと温かかった。

七時間というのは、それほどの時間だったようだ。

椅子の背を軋《きし》ませ、絆はほの温かい冷茶を喉に流した。

監察官聴取の最後に、手代木監察官は正義について語り、帰っていった。

いや、あれは訓告にかこつけた手代木の懺悔《ざんげ》であり、絆の母・東堂礼子《れいこ》の話だったかもしれない。

重い話だったが、耳を傾けるところの多い話でもあった。

さすがに手代木は公安部に長く、警務部人事一課でも首席監察官を務める男だ。絆の目にも全体としての威圧というか、身にまとう気配は一種独特にして、手堅いものに〈観《み》〉えた。

武道の心得は入庁以降の教練以外にないと手代木は言うが、ひと筋な生き方もまた、十全《じゅうぜん》に到達し得る心を鍛えるのかもしれない。

「人生も武道も、〈道〉か」

そんなことを漠然と思っていると、大部屋に人が入ってきた。

このエリアの主といってもいい準キャリアの、浜田健《はまだけん》特捜隊長だった。

入ってくるなり、浜田は絆に向けて片手を上げた。

「ホッとした顔してるねえ。僕は信じてたけど、さすがに組対の異例特例でも緊張したかい？」

茫洋《ぼうよう》とした表情と声に揶揄は聞こえない。どちらかといえば楽しげだ。小太りな身体《からだ》を弾ませるようにして隊長席に向かう。

「あれ。隊長、いいんですか」

絆はそんな浜田に問い掛けた。

浜田は絆の聴取を終えて引き上げる手代木以下監察官室の面々を送るべく、先に立って大部屋の外に出て行った。それからまだ二分と経《た》っていなかった。

手代木は堅物の監察官らしく、警視正のくせにそもそも公用車を断っているという。この特捜隊本部が所在する池袋《いけぶくろ》までも、部下を引き連れて東京メトロで来たようだ。

浜田は、

――では、お帰りは特捜隊の車両で。

と揉《も》み手《て》で言って手代木に睨《にら》まれ、じゃあせめて外まで、と食い下がってエレベータに無理無理乗り込んだはずだ。

戻りのエレベータがすぐに来たとしても、庁舎外へ出ての往復だとしたら超絶的な速さだ。

にも拘《かかわ》らず、浜田は息も切らすことなく隊長席に座った。

「けんもほろろにね、結構、だってさ。一階で追い返された。そんなことは特捜隊の業務ではないだろう、だって」

「ああ。なるほど。言いそうですね」

「言いそう、じゃなくてはっきり言われたよ。ついでに睨まれたねえ。都合で二回もだよ。あの目は本当に怖いねえ。三回目は、心から願い下げだねえ」

浜田は肩を竦《すく》め、へらりとした笑みを見せた。

知らず、絆はその微笑《ほほえ》みに頭を下げた。

「なんだい」

「いえ」

特に言葉にはしない。だが聴取の間中、大部屋には絆に合わせるかのように隊長席からじっと動かない浜田の気配があった。〈観〉えていた。

七時間、そのまま浜田は聴取を受ける絆に寄り添ってくれたようだ。

それが、命の危険さえある特捜隊員を率いる者の有り様《よう》だといえばその通りだが、頭の下がることではある。

逆に言えば、ただ階級や年齢で特捜隊を統率することはできないのだ。

茫洋とした小太りでも、浜田が傑物であることは間違いなかった。

「さて、東堂。これで晴れて無罪放免だね。僕は信じてたけどね」

「有り難うございます」

「で、これからどうする？」

浜田はデスクの上で両手を組み、身を乗り出すようにして聞いてきた。

「えっと。そのこれからってのは、今これからって意味ですか。それとも、今後の動きってことですか」

「ううん。そもそもワーカホリックな君に、その辺の明確な線引きはあるの？」

絆は少し考えた。

いや、少しだけ考えた。

「至言ですね」

「でしょ」

浜田が得意げなのは少し癪《しゃく》だったが、まあ、ワーカホリックは絆の生き方だ。

「そうですね。まずは――」

立ち上がり、絆は金属フレームのＧ‐ＳＨＯＣＫに目を落とした。

針は、四時四十分を指していた。

「軽く飯を食います。今日は聴取で昼、抜きでしたから」

「あ、そう」

「隊長も、たまには一緒にどうですか」

「僕？　あ、僕はいいよ」

「でも、隊長も昼、抜きでしたよね」

「あ。わかっちゃった？」

浜田は愛らしく舌を出した。

「そう。僕はねえ。ちょっと昨日の夜からお腹《なか》が痛くてねえ。正確には、日曜の早朝から調子が悪くて。ははっ。――なんでかわかる？」

こういうとき、掛ける言葉は大してない。

「お大事に」

一礼して、飲み掛けのペットボトルを手に絆は大部屋に靴音を立てた。

すると絆の背に、

「ああ。言い忘れてた。東堂。君さ、明日と明後日、一応連休だから。そうなってるから。よろしくねえ」

と、不可解な浜田の声が掛かった。

「……なんすか？」

怪訝《けげん》な顔で振り返った。

浜田がまた、へらりと笑っていた。

「だってほら。どうなるかわからなかったじゃない？　だから先回りして、僕の方でそういうシフトにしといた」

「へ？」

いきなり虚を衝《つ》かれた感じだった。今一つ理解不能だった。

「隊長。俺のこと、信じてたって何回も言ってませんでした？」

「信じてたよ。でもさ。ほら、事態が上手《うま》く転がらないことってあるでしょ。念のためにね、大河原《おおがわら》部長にも口利きを頼んだんだけど、なんていうか」

──おわ。手代木かよ。面倒臭《めんどうくせ》えってえか、理詰めんなったらお前《め》ぇ、勝ち目なんか絶対ねえぜぇ。

と、いきなり白旗を掲げられたらしい。

「だからほら、僕はさ、この組対特捜隊っていう執行隊を預かる、隊長だからさあ」

「──」

なるほど、改めて知る。

傑物は人物で、結局は食えない狸《たぬき》の化けた姿のようだ。

絆は踵《きびす》を返し、今度こそ第二池袋分庁舎の外に出た。

残暑の西陽はいつの間にか厚い雲に覆われ、夕立の様相を呈していた。

二

分庁舎から遠雷が鳴り始めた街路に踏み出し、絆はふと足を止めた。

組対特捜本部が入る警視庁第二池袋分庁舎は、ＪＲ池袋駅西口からロマンス通り商店街を抜けた池袋一丁目にある。ほぼ住宅街と言っても過言ではない一角だ。

繁華街でない分、人通りは少なく、行き交ったとしても生活臭がずいぶん濃い。

足を止めたのは、そんな場所に生活臭のやけに薄い気配を感じたからだ。

絆は研ぎ澄まされた五感の感応力によって、自身の周囲を取り巻く様々な気配を捉えられた。

この能力は正伝《しょうでん》一刀流の口伝《くでん》に曰《いわ》く、正しくは〈観《かん》〉という。

鍛練《たんれん》と稟質《ひんしつ》無しには得られず、また、求道と天稟《てんぴん》による掛け替えのない賜物《たまもの》だが、幼い頃から絆はこの〈観〉を身に備えていた。だから〈観〉えた。

絆が今捉えた気配は、どちらかと言えばギラギラとした、剣呑《けんのん》な気だった。それもひと筋ではない。

感じるままなら、六筋は観えた。

別に、肌にまつわりつく感覚もあった。

それは、絆に向けられたあからさまな視線だ。

「ふうん。外に出れば出たで、これだ」

常在戦場は剣士の心の下拵《したごしら》えだが、組対特捜の構えでもあるか。

だが、暫《しばら》くその場に留まったが、剣呑な気は絆に突き当たっても、剣呑なだけでそのままだった。殺気にまで昇華することもない。

それだけは確認出来た。

そして、まずそれだけ確認出来れば、人混みの中にも足を踏み出せた。

絆は駅方面に向かった。西口側のロータリー近くにある、いつもの喫茶店に行くつもりだった。

すると、六筋の気配も絆に合わせるように動いた。

（やれやれ）

溜息《ためいき》とともに、苦笑混じりに頭を掻《か》く。

剣呑と言っても、気配は純度も練度も足りない、あまりに雑な邪気だった。

かつて絆はこの分庁舎前のほぼ同じ場所で、キルワーカーという世界的ヒットマンと対《たい》峙《じ》したことがあった。

そのとき感じた殺気は、得も言われぬほどの冷気だった。無色透明で一枚の薄皮を実感させるほどの冷気は、膨張と収縮を繰り返して漂い、まるでクラゲのようだったのを覚えている。

今ある六筋の気配は、それとは比べ物にならないほど粗雑だった。雲泥《うんでい》の差だ。比べるということ自体で絆の口元からは苦笑が漏れた。

先に殴り掛かった者勝ちの、なんでもありの喧嘩《けんか》上等の成れの果て。

チンピラ、あるいはチンピラ崩れ。半グレ、あるいは半グレ上がり。

絆にとっては馴染《なじ》んだ者達が発散する気ばかりだった。

なら、剣呑だがどうということはない。無人の野を行くがごとくだ。

喫茶店までは、残り四百メートル余りだった。

金魚のフンよろしく、六筋の気配はそれぞれに距離を取ってついて来た。

すぐに六筋は、絆には六人として所在も顔も特定された。

年齢はバラバラだった。二十代から三十代。十代後半は混じっているかもしれないが、四十代はまずいない。

それにしても、一人でも手を出してくるなら全員を絡めて相手もするが、いつまで経ってもそんな感じはまるでなかった。それぞれに思い思いの距離を取って、ゾロゾロとただついて来た。

行き交う人々にはそんな連中がいるだけで迷惑だろうが、バンカケ、職質をしても出てくるのは、よけい迷惑なカビ臭い埃《ほこり》だけだろう。

だから、絆はひとまず放っておいた。

喫緊の目的は、まずは昼抜きの空腹を満たすことだった。

喫茶店に到着してカウベルを鳴らせば、絆の到来を待ち構えていたかのようなマスターが一番奥を示した。

そちらに、たしかに馴染みの人物がいた。

「よう。先に食ってたぜ」

ガラガラとした声は今年で五十五歳になる、渋谷署組織犯罪対策課の下田広幸《ひろゆき》のものだったが、いるのは一人ではない。

向かいの席にもう一人が座り、下田の声に合わせるように手を上げた。下田と同じ渋谷署勤務だが組対課ではなく、刑事課強行犯係の若松道雄《みちお》係長だ。

下田とは警察学校の同期で、列《なら》べばつまりは百十歳コンビとなるが、どちらも恐ろしく元気だ。

下田の言葉通り、テーブルの上には若松の分と合わせて空き皿が二セットあった。

マスターにミックスサンドのダブルセットを頼み、絆は席に近づいた。

「ご迷惑を掛けました」

この渋谷署の二人は、今回の監察官聴取にまで巻き込んだ。

だからまず、頭を下げた。

実際の現場には高井戸署の署員達も巻き込んだ。

甘い目算だったかもしれない。まだまだ未熟だとは重々痛いほど承知だが、その未熟さからくる甘さが今回の惨事の引き金になった。

――なあに。

取《と》り敢《あ》えず、渋谷署の二人が声を揃《そろ》えてくれた。

それがせめてもだった。

絆が下田の隣に座ろうとすると、入れ替わるように下田が立った。

「へへっ。悪《わり》ぃな。ちょっと外でよ、これだあな」

タバコを吸う仕草をする。

この喫茶店も、いつの間にか禁煙になったようだと初めて知る。

たしか道路の斜向《はすむ》かいのコンビニに、スモーキング・スタンドが設置されていた。

「やれやれ。シモのやつも、そろそろ本気でやめた方がいいのにな。タバコなんか、どうせ吸ってたって、ギリギリで東京オリンピックまでの命だろうに」

たしかにオリンピック招致以来、日増しに禁煙のエリアは広がっている。

——けっ。俺ら喫煙者にもよ、〈オモテナシ〉しろってんだ。

などとつまらないことを下田はボヤくが、世界の潮流には逆らえない。

若松も前は吸っていたようだが、張り込みの途中で風邪《かぜ》を拗《こじ》らせ、死にはぐってからは一本も吸っていないという。

「お待ちどうさま」

二種のミックスサンドとサラダがやってきた。少しパサついていたが気にしない。いつものことで、早さを重視した。そもそもが早さに〈特化〉した看板メニューだ。

ワンセット目を頬張り、人心地ついた頃に下田が戻ってきた。

マスターに自分と若松、二人分の追加のコーヒーを頼む、その声と表情がわずかに硬かった。

理由は、絆には簡単に察しがついた。

「おい、東堂。外のあっちこっちから見てる目つきの悪い連中、ありゃあ」

「ああ。シモさん。気にしなくていいですよ。ガラが悪いだけで、どうやら嚙《か》み付いたりはしないようですから」

席に着く下田の問いを、聞くまでもなく先回りして答えた。

若松が出入り口方向の窓に目をやり、ああ、と納得した。

この辺はさすがに、年季の入った強行犯係の刑事だ。

「お前も、次から次に忙しいな」

「いえ。次から次なのか、まだ今回を引《ひ》き摺《ず》っているのかはわかりませんが」

「ん？　まあ、そういえばそうか」

若松は新しく運ばれたコーヒーを手に取った。

「で、恵比寿《えびす》の方はどうですか」

二セット目に手を出しつつ、絆は若松に聞いた。

暴走集団に加わっていたはずの田中こと赤城は、最終的に惨劇の中にいなかった。

といって、逃《に》げ果《おお》せたわけではない。逃げ果せられるわけもない。

田中こと赤城は、方南《ほうなん》通りを塞《ふさ》ぐように現れた十トンダンプに激突し、四肢をあらぬ方向に捻じ曲げながら宙を飛んだのだ。

——二、三日で、どっかから出てくるかもしれませんよ。ボロ雑巾みたいになって。

いみじくも、絆が下田に告げた言葉はすぐに現実となった。

赤城はとあるマンションの共用廊下で、襤褸屑《ぼろくず》のようになって死んでいるところを数時間後に発見された。

左足などは同マンションの、別の場所で千切《ちぎ》れていたという。

通報してきたのはそのマンションに住む、田中としての赤城と〈懇意〉にしていたという女だ。

マンションは恵比寿二丁目にあり、渋谷署の管轄だった。

絆が恵比寿の方は、と若松に聞いたのは、だからだ。

杉並《すぎなみ》の永福《えいふく》からそこまで移動したというだけでも壮絶だが、殺人事件にマル被・マル害両方として関わるというのもなかなか異質だ。

その専従捜査班の担当係長が若松だった。

「ああ。恵比寿な。進めてるよ。感じだけでも真っ黒だけどな」

若松はコーヒーに口をつけた。顔をしかめたのは熱かったからか、さて。

下田も届いたコーヒーを手に取った。

「だいたい、女ぁ、旧沖田《おきた》組の店のキャバ嬢だ。当然店は、今は東京《とうきょう》竜神会《りゅうじんかい》のひも付きだぜ。それに、東堂。上の階にゃ、五条国光《ごじょうくにみつ》本人名義の部屋がある」

「おっと。そういうことですか」

「だからよ、五条のこれってこたぁ見え見えなんだが」

下田は空いた手の小指を立てた。

五条国光本人名義のマンションには、下階に必ず愛人がいる。これは、組対ならどこでも引っ張ることが出来る情報だ。

知らぬは本人、いや、本人とその女房ばかりなり、かもしれない。

それにしても――。

「届かないですかね」

絆は最後のひと切れを口に入れた。

かもな、と下田が曖昧《あいまい》にしたのは、担当係長の若松を慮《おもんぱか》ってのことだろう。

ただ、若松は眉間《みけん》に皺《しわ》を寄せた。

「田中、いや赤城か。あいつがマル被の方は被疑者死亡で手締めになりそうだが、マル害の方はなんともな。真っ黒は度を越すと、先がまったく見えない。言いたくはないが、こっちもお先は真っ暗だ」

「笑えないんで笑いませんよ」

絆はサラダの残りを掻き集めて食い、セットはそれで終わりだった。空腹は取り敢えず満たされた。

「ま、俺も色々と探っては見ます」

「おいおい。色々ったって、東堂、何をする気だい？」

下田が聞いてきた。

「何って、気になります？」

「なるね。放っとくとお前ぇ、とんでもねえことするからな。もう暫くは、監察官聴取は勘弁しろよ」

「それを言われると辛いですけど。——そうですね。まずは週明けにでも、五条の東京竜神会に顔を出そうと思ってます」

下田がコーヒーを吹きそうになった。

それを見て若松が笑った。

「俺、まだ新しい事務所を確認してないんで。ま、挨拶ですね。花でも持っていきましょうか」

「まったく。懲《こ》りねえなあ。お前ぇは」

下田が長い溜息をついた。

「ま、それはそれとして、今日はどうすんだい？　久し振りの外だろ。一杯呑《の》むなら、若松と二人で付き合うぜ」

いいえ、と絆は下田の提案に即答で首を横に振った。

「今日は帰ります」

「帰るって、湯島《ゆしま》か？」

湯島とは絆の父、片桐《かたぎり》が探偵事務所として借りていた場所で、五階建て雑居ビルの最上階になる。そこを今は絆が、自身の都内での待機場所として本庁のデータベースにも登録していた。

「湯島って言ったら都内も都内の、すぐそこじゃねえか」

「違います。今日は成田《なりた》の実家ですから。なんたって隊長に、さっきいきなり連休とか言われちゃいましたし」

「成田？」

「ええ。もともと、湯島の三階に今度、武骨なおっさんが住むことになりましてね。この土・日で大々的な荷物の運び込みがあるとは聞いてたんです。もっとも、本格的に住み着くのはエレベータの工事が終わる十月からって話ですけど。こっちにいるとしがらみで運び込みに巻き込まれそうなんで、なんとなく避難は考えてて。で、それもあって、今日は真っ直ぐ成田の方に」

「へえ。無骨なおっさんね。しがらみって、あれか？　お前ぇの知ってる人かい？」

「ええ」

矢崎啓介《やざきけいすけ》防衛大臣政策参与、と言えば、下田も若松もさすがに仰《の》け反《ぞ》った。

「でぇ。おう、簡単に言うがよ。それってお前ぇ、今後のこともあるだろうに」

下田が言えば、

「そうだぞ。しがらみ、大いに結構なことだろうに。東堂、率先して手伝った方がいいんじゃないのか」

と、若松も同調した。

「あ、でもですね。成田にもほら、今回のことを一応、シモさん達みたいに心配してくれてた人達がいるんで」

成田の仲間達、と、絆はざっくり大きくグループに括《くく》ってイメージしたつもりだったが、

――ああ。

――それで。

――それじゃあな。

――仕方ないか。

下田と若松は顔を見合わせ、妙な納得の仕方をした。

気になった。聞いてみた。

「何が、ああ、で仕方ないんです？」

「何がって、千佳《ちか》ちゃんだろ」

などと若松が真顔で言えば、

「彼女だってな」

と下田はシレッと言った。

「な、何をいきなり」

正伝一刀流のいずれ第二十代正統にして、組対の異例特例の化け物にして、絆は常になく狼狽《ろうばい》した。

「意味が分からないんですけど。また、どっからそんな話を」

――ゴルちゃん。

と、二人の声ははっきりと揃った。

ゴルちゃんとは湯島の四階の住人にして、今ロシアに行っているゴルダ・アルテルマンのことだ。

「うわっ。あんにゃろう」

今度は、絆が仰け反る番だった。

三

近い雷と降り出した夕立を合図に、下田達と別れた絆は、成田への帰路に就くべく駅に向かった。

ルート的に池袋なら日暮里《にっぽり》に回って京成《けいせい》本線に乗るのが早い。時間が合いさえすればスカイライナーならなお早いが、別に料金が掛かって金額が跳ね上がる。

そこまで急ぐ必要はさらさらないので、今回は考えなかった。

いや、考えようとすると、脳裏《のうり》では千佳を真ん中にして両側に立つ下田と若松がにやついたりして、かえって急ぐことに多少なりとも抵抗感があった。それで敢えて考えないようにした、と言うのが正しいか。

事に依《よ》らず明鏡《めいきょう》止水《しすい》、無念無想《むねんむそう》というのは難しい。些細《ささい》なことでも、道半ばを思い知らされるばかりだ。

そんなことを考えつつ、絆は池袋から山手線で日暮里に回った。

時刻は午後六時半に近く、JR構内は人でごった返していた。突然の夕立のせいもあったかもしれない。

そんな中にも、色と数を変えながら相変わらず剣呑で粗雑な気は存在した。

色が変わると言うことは、人が替わると言うことに他ならない。

先ほどからの六人の内、二人が池袋駅構内まで付いてきた。

そこで離れたと感じた途端、今度は別に五色の気配が湧いた。

張り付く数は減りはしたが、都合十一人だ。

絆が動くほどに、この延べ人数は増えてゆくのだろうか。

（面倒なことだ）

何人張り付こうと、たかがチンピラ・半グレ風情を撒《ま》くのは簡単なことだ。絆にとっては児戯《じぎ》に等しい。

だが、事態の因果が判明しない以上、それはそれで実行は躊躇われた。

何かの前触れ、あるいは事後処理なら、矢面《やおもて》に立つのも餌になるのも、特捜にただ一人の遊班たる自分の務めという認識が絆にはあった。

そのまま、何を気にするともなく、索敵の意識だけを漠然と広げつつ日暮里経由で京成に入る。

乗り込んだ電車は、上野《うえの》発成田空港行きの特急だった。

同車両に二人、前後の車両に一人ずつの〈目〉がついてきた。

こちらから触ってみるという選択肢もなくはなかったが、帰宅ラッシュ時で車内が混んでいたこともあり、さて、と躊躇っているうちに〈目〉は、二駅目の京成高砂《たかさご》で夕立とともに消えた。

京成高砂を過ぎると、次の駅は千葉《ちば》に入って京成八幡《やわた》になる。

都と県の境は超えないということか、あるいは、そこまで来れば絆の向かう先はわかったということか。

いずれにせよ、かすかに胸騒ぎはした。

何かの始まりの予感はあった。

刑事の勘、剣士の観。

悪いことに、外れたことはない。

その後、何事もなく電車に揺られ、成田に到着したのは八時近い頃だった。

駅前ロータリーを見る限り、成田には夕立はなかったようだ。

吹く風もかすかに草いきれの匂う、さわやかなものだった。

「じゃ、帰りますか」

肩を大きく回し、絆は月極の駐輪場に向かった。そこに自身のロードレーサーが停めてあった。

押畑《おしはた》の実家は駅から遠く、歩けないことはないが、普通に考えれば時間の無駄だった。

だから、決して安くはないが駐輪場を契約していた。

実は絆が成田に戻った理由には、下田達に話した、心配してくれる人達に顔を見せること、湯島に住み着く武骨な男の引っ越し作業に巻き込まれないことの他に、外せない理由がもう一つあった。

　絆は謹慎自粛中の暇に飽かせ、組対特捜本部の仮眠室のベッドから、大手サイクルショップのネット通販で新しい自転車を買ったのだ。

　そもそも絆の愛車だったロードレーサーは、バグズハートの一件のときにガードレールと縁石の間に挟まって大破した。

　廃車かと諦め掛けたところへ、大利根組《おおとね》の東出《ひがしで》が、俺が直しましょうかと声を掛けてくれた。

　東出は四十過ぎの、今時珍しい半農半ヤクザだ。農機具の補修やらは自分でこなし、そのためにアルゴンガスの半自動溶接機を持っているらしい。

　しかも、アルミの溶接は得意中の得意だと本人は言う。

「あれっすよ。若先生の自転車のフレームは、アルミっしょ。なら、切れたところは溶接で繋いだり塞いだりすりゃＯＫっす。ひん曲がったところはもっと簡単で、大抵は叩《たた》けば直りやす。少し延びやすけど」

　と、胸を張って請け負ってくれたから、なんとなく眉唾《まゆつば》のような気はしたがひとまず助け船に乗っかった。

　驚くことにというか案の定というかは、費用対効果を基準にした上での満足度に拠るだろうが、取り敢えず無償で〈自転車〉は戻ってきた。

以来、約三ケ月半はせっかくなので騙《だま》し騙《だま》し乗ってきた。前輪のブレーキが小鳥の囀《さえず》りのように鳴き、後輪がひと漕《こ》ぎごとに獣のような唸《うな》りを発し、ときどき勝手にギアが変わるという新たな変速システムまで備わった、変な自転車として再生したとしてもだ。

新車への十万から数十万の支出を考えれば、背に腹は替えられないと我慢してきたが、前回乗ったときに、最後は少し焦げ臭いような気がした。

背に腹どころか、命には替えられないとなると、痩せ我慢などというものは簡単に限界を超えるものだ。

謹慎自粛中に眺めたネット通販には、どこを見ても〈セール〉、〈Down Price〉の文字が躍っていた。

一長一短を見比べているうちに、思わず指は購入の流れに進んでいた。

最終的に選んだのは、ヨーロッパのメーカーのロードバイクだった。

通販のお知らせメールで、系列の成田駅近くにあるサイクルショップに、明日納車されるという情報が、なんと監察官聴取の最中にあった。

マナーモードにはしていたが、手代木には一瞬きつい目で睨まれたものだ。

その後、ちょうど休みを〈通告〉されたので、大部屋を出るときに明日の来店予約を入れたというのがまずなによりも、成田に向かおうとする一つの切っ掛けとしては十分だったろう。

加えるなら新車代の出費の足しにすべく、大利根組を鍛えるというのもまあ、この日のうちに帰る理由の多少ではあるか。

駐輪場から小鳥と獣が騒がしい〈自転車〉を漕ぎ、実家に帰り着く頃には八時半を過ぎていた。

普段なら二十分程度の楽な道程だが、三十分以上の苦行を強いられたのは、途次、ランダムと言っていいほどギアが勝手気儘《きまま》に変わったからだ。

滅多に掻かないほどの汗を掻きつつ、玄関口の冠木門《かぶきもん》から〈自転車〉を漕ぎ入れる。

絆の実家は木造平屋建ての、見るからに古民家だ。築七十七年は経つという。土地は二百坪あるが、母屋《おもや》が不必要にでかく、庭にそれなりの自家菜園もあって残りの土地はさほどない。

だからというか、小野次郎衛門忠明《おのじろうえもんただあき》が成田の知行地に〈天衣無縫《てんいむほう》〉を以《もっ》て伝えたという正伝一刀流の正統にして、東堂家は裏の垣根から奥の、小橋川《こばしがわ》に降りる土手沿いを土地ごと、道場として隣家の大地主、渡邊《わたなべ》家から代々借り受けている。

賃借ではない。無償貸与だ。

その代わりとして昔は、渡邊家当主が出かける際の、用心棒をしていたとか、していたらしいとか。

手前の俯瞰《ふかん》して玄関方向から見れば、左手に大きな渡邊家の土地が裏の土手まで続き、右手の手前が東堂家で、その奥は土手までの三角土地となり、そこに道場が建っている。土手の下はといえば、左手側に押畑地区の田んぼが遠く印旛沼《いんばぬま》まで続き、右手側に小橋川の細流があって奥へ奥へと向かい、そのまま印旛沼に流れ込んでいた。

つまり、東堂家裏の土地は使いように乏しい、〈余地〉ではあった。

が、そのことと無償貸与、つまりタダということに意味を見出《みいだ》していいのは貸主だけだろう。

いずれにせよ、今以て東堂家の正伝一刀流道場は同条件以下、つまり用心棒稼業なしでその場にある。

要するに現代では多分に、渡邊家側の厚意によるところが大きいということだ。

玄関を開ける前から、母屋の居間周辺には数を集めた気配があった。道場にもいくつかの気配がある。

居間からは濁声《だみごえ》混じりの笑い声が聞こえ、道場からは庭を回って、竹刀《しない》の音も掛け声も聞こえた。

どちらにも純な気配達と、圧倒的に分厚い気配があった。

居間のものは大利根組の面々とその親分、綿貫蘇鉄《わたぬきそてつ》で間違いないだろう。稽古のことは帰りしなに、日暮里での乗り換え前にいつも通り大利根組の、代貸格という名称の電話番である野原《のはら》に連絡しておいた。

道場のものは門弟達と、間違えようもないバカでかさによって絆の祖父、東堂典明《てんめい》以外に有り得ない。

近在の弟子を少年組、一般組に分けた道場での稽古日は、基本的に道場主の典明が駅前のキャバクラのどの娘に嵌《は》まるかでコロコロ変わるが、このところは水曜と日曜通いで安定しているようだ。

総じてこの日は、絆が帰ったときの東堂家の日常だった。

ただ一点というか、一人を除いては。

玄関のすぐ内側に、異質にして総量の知れない気配があった。特に、敢えて消そうとしていないのにときおり消え掛かる不思議な気配だ。

そういう訓練を耐え抜いた結果なのだろう。

絆はおもむろに玄関を開けた。

「ははっ。若先生の自転車はギコギコグワァッで、遠くからでもよく聞こえますねえ」

上《あ》がり框《かまち》に、膝を抱えてうずくまるようにした、小山のような外国人がいた。

「ゴルさん。いつ帰ったんだい？」

「ついさっきですねえ」

正伝一刀流に生まれた初の外国人の弟子にして、陽気な中東のI国人、ゴルダ・アルテルマンが白い歯を見せて笑った。

「さぁさ。どうぞぉ」

自分の実家だが、ゴルダに先導されるようにして絆は廊下に上がった。

ゴルダは湯島の同じビルの四階の住人にして、成田市内の外れに大利根組の蘇鉄が所有する土地を借り、ジャンクパーツの会社を営んでいる。

本人の日本国内の住居としてはそこが正式な場所のようだが、この押畑の東堂家にも一時期、内弟子扱いで住み込んでいたことがある。

ただし、マイホームはどこかと本人に尋ねると、家族が暮らすマイアミだと答えるややこしい中東のI国人だ。

ワールドワイドと言うことも出来、ゴルダ自体、自身を持て余すほどにいつもエネルギッシュではある。

「ゴルさん。ずいぶん血色がいいね」

居間に向かいながら絆は声を掛けた。

這《は》い蹲《つくば》るような平屋建ての古民家な分、内廊下も道場への渡り廊下もえらく長い。

「それはそうね。それくらい、ないとね」

ゴルダは振り返り、肩を竦めた。

「トホホなロシアの後、マイアミの家族の所に帰ってたよ。やっぱり、ファミリーはいいね。元気は百倍でドン、勇気はさらにその倍でドンドンね」

「よくわからないけど、そうなんだ？　で、ロシアの塩はどうだったの」

「トホホはトホホで、だからドンドンね。聞かないで」

「あ、そう」

「その代わり、犠牲者のおみっちゃんにはNBA、マイアミヒートのグッズ、一杯ね」

岩塩を加工した香料入りの高級バスソルトを、ロシアの生産拠点とタッグを組んで世界販売に乗り出す。

ゴルダが湯島の雑居ビルを借りた目的は、この事業の事務所が都内に欲しかったかららしい。

だが、世界に先駆け日本で販売を始めようとしたラベンダー入りの商品は、三十七万円分のサンプルを使って塩の飽和溶液を作ってもなお、水道水の匂いが勝ったという情けない優れ物だ。

そのとき試供品をもらい、身体が浮くほどの塩湯に浸《つ》かって悲鳴を上げたのが現在、薙《なぎ》刀《なた》を取って道場で元気に気勢を上げる、おみっちゃんという絆を生まれたときから知る近所の婆《ばあ》さんだった。

NBAマイアミヒートはNBAファイナルを連破したこともある名門チームだが、さて――。

そんなバスケットチームのグッズを、一杯だろうとなんだろうと八十近い老婆が有り難がるとは到底思えないが――。

「マイアミヒートって、人気あるの？」

「ＯＨ。いい所ズバリ。ああ、痛い所、ですね。だから話を変えましょう」

ゴルダが頭を抱えた。

思ったことがそのまま口に出るというのも、久し振りに聞くと面白い。

いきなり足を止めると、ゴルダは振り返って絆に顔を寄せた。

その肩越しにも、居間から廊下に漏れる明かりがすぐ近くだった。

「若先生。大きな声じゃ言えないから小さい声にしますけど。私もマイアミでは奥さんとＬＯＶＥね。ＶＥＲＹ ＨＡＰＰＹ。若先生も千佳ちゃんとＬＯＶＥ、そろそろリスタートかと思ってたよ。飛行機の中でも楽しみにしてた。それが、なぁんにも変わってなくてビックリね。この、なんだっけ？ 僕人参？ 極人参？ そうそう。朴念仁《ぼくねんじん》。大先生が言ってた」

「放っとけ」

少し声が大きくなった。

すると居間のざわめきが止《や》み、ふいに廊下に青いエプロン姿が現れた。

「あ。絆。お帰り。早かったわね」

セミロングの髪を傾ける愛らしい顔立ちは、隣家・渡邊家の娘、千佳だった。

四

千佳は一人暮らしに近い典明を、母の真理子《まりこ》と交代で世話してくれていた。

そんな関係で、絆とは元カノという少し複雑な間柄ではあったが、よく東堂家に顔を出す。

と、わかっていたことではあったが、

「あ。お、おう」

いきなり顔を合わせると、ふいに池袋での下田や若松、それに元凶でもあるゴルダのさっきのヒソヒソ話などが合わさり、どうにも照れが出た。

我ながら情けないと思いつつ、顔もあらぬ方を向く。

精神の未だし、極まれり、だ。

「朴念仁、朴念仁」

隣で笑うゴルダのささやきは取り敢えず放っておく。

居間に向かうと、中にいた者達がみな威儀を正した。

すでにというか最初から稽古着で来るのが、大利根組の性根の正しさだろう。

「ああ。若先生。へへっ。勝手に頂いちまってますよ」

まず絆の真正面、居間の奥に座る凄《すご》みのある面魂《つらだましい》が大利根組の親分、綿貫蘇鉄だ。今年で七十になるにも拘らず、吹き上がるような生気は身に隠れもなく、〈空蟬《うつせみ》〉などという離れ業を自ら工夫出来るほどの剣士でもある。

成田山内の香具師《やし》を束ねる任俠《にんきょう》の男で、独立系のヤクザにして関西の竜神会長だろうと北陸の辰門会《しんもんかい》だろうと、いざとなったら五分《ごぶ》の話をつけに行く男だ。

蘇鉄が頂いちまってますぜという卓袱台《ちゃぶだい》の上には、なるほどいくつかの料理が並んでいた。

見る限り洋風っぽいということと本人がエプロン姿ということは、今日の東堂家の当番は千佳なのだろう。

他にこの場には、代貸格の四十一歳になる野原、親同士が親戚で利根川を挟み、佐原《さわら》と潮来《いたこ》でともにヤクザだという二十六歳の立石《たていし》と二十九歳の川崎《かわさき》のいつものコンビ、それと――。

「あれ？」

東出もいるにはいたが、なぜか畳に身を投げ出すようにしていた。見ようによっては土《ど》下座《げざ》にも見える。

「なにしてんの？」

「若先生。申し訳ねえっ」

「えっ」

「あの音。俺の技術ぁ、今どきの自転車に通用しなかったぁ」

「ああ」

どうやら、東出の姿勢は本当に土下座のようだ。

蘇鉄が肩を揺すった。笑ったのかもしれない。

「ふん。笑わすんじゃねえぞ」

「あ、やっぱり笑ったんだ」

納得だが、どうにも大利根組の面々はいつもすることなすことが芝居掛かって、ときに絆にはわかりづらい。

「おい東出ぇ。お前にゃあ、そもそもの技術がねえだろうに」

「おっと親分。そいつぁ、あんまりだ」

「何があんまりだ。山内の噴水公園とこの屋台よ」

「おっ。去年直したやつだ」

東出が起き上がって袖を捲《まく》った。

「風が戦《そよ》ぐだけでギィギィ鳴るってよ。なあ、川崎ぃ」

「へえ。鳴りやすねえ。風鈴《ふうりん》より先に風が分かるって、近所の土産物屋《みやげものや》に評判っす」

返答は早かった。

ハァイとゴルダが手を挙げた。

「私の成田の会社も、出入り口のゲート直してもらったら、三日で前より重くなりましたねえ」

「あ、俺も」

今度は立石だ。

「二年くれぇ前に直してもらったバイクのマフラーですがね。こないだ火ぃ噴いて、もげやした」

「ようするに、だ」

蘇鉄が膝を叩き、手に持った箸《はし》で東出を指した。

「心意気はいいが、自覚しやがれ。元っから、お前ぇはぶきっちょだ」

「ちょっと親分。箸で指すなんて行儀悪いわよ」

千佳が口を尖《とが》らせる。

あ、こりゃ失敬と背中を丸める蘇鉄を見れば、自然と絆の口元も綻《ほころ》ぶ。

成田はいい。実家はいい。

季節ごとに匂いの違う風が吹き、いつも変わらない団欒《だんらん》がある。

そうこうしているうちに、道場の気配が緩く解け始めた。一般組の稽古が終わったようだ。

　典明の塊のような気配は、いち早く渡り廊下から母屋の風呂に向かっていた。

「じゃ、俺らも稽古といこうか」

　絆は肩を回した。

――へい。

　それまでの弛緩《しかん》した雰囲気とは打って変わって、一瞬にして気魂の入った声が揃う。

　改めて思う。

　いい弟子達だ。

　蘇鉄も入れて五人分。合わせて二万五千円の束脩《そくしゅう》だなどと下世話な計算をするのは絆ばかりだろう。

　明鏡止水、無念無想の境地はひとまず、霞《かすみ》を食らって生きられるようになってから考えようか。

　いや、どうせ下世話ならこの際――。

「ゴルさん」

　絆は視線をゴルダに移した。

「どうだい。みんなと」

「お金、掛かりますか？」

こちらの意図を見透かすように即答だった。さすがに中東の商売人は、日本の地方公務員よりやるものだ。

「そりゃまあ」

「円、ですか？」

「まあ、円だね」

「じゃあ、いいです。今、円はとっても高いです」

「あ、そうなんだ」

「ああっと。ゴル。手前ぇ」

立ち上がっていた蘇鉄が胡麻塩《ごましお》の頭を掻いた。

「東出の直したもんみてえに、キーキーギーギー煩《うるせ》ぇこと言ってんじゃねえ。いいからお前ぇも入れ」

「Ｏｈ。親分先生が言うんじゃ、仕方ないですねぇ」

かくて、都合三万円の稽古は決まった。

自室で着替え、道場に向かう。

各々で身体を動かしていた全員の目が絆に向かう。

いい目だ。教えを乞う、そんな器をすでに用意した者達の目だった。

門弟歴六十年になる蘇鉄と、そもそも習得した武技の系統が違うゴルダのやや斜めから見る目はさておくとして、だ。

絆は道場に足を踏み入れた。

道場に染み入る霊威が足裏から駆け上るようだった。

「始めようか」

そこから先は、ただ剣士の世界だった。


小一時間が過ぎ、道場に立っているのは絆ただ一人になった。あとは全員、板の間の思い思いの場所で転がっていた。

大の字に寝そべるが呼吸の乱れもさほどない蘇鉄は、さすがに正伝一刀流の高弟だ。

I国の軍隊式格闘術に熟達しているゴルダは、

「OH。相変わらず、若先生、化け物ね。私もロシアでトレーニング。馴染みのスペッツナズにも、負けなかったのに」

などと言いながら床をゴロゴロと文字通り転がり、伸びている他の大利根組の子分達にたいそう迷惑を掛けていた。

その体力があれば立っていられるだろうと思うが、立っていられても面倒臭いので放っておく。

ここまで、と声を掛ければ、

——ありあとやしたぁ。

取り敢えず全員が声を揃えた。

特に立石と川崎などは、去年は仕舞いの挨拶も出来なかったはずだ。少しずつだが、成長の跡は確実に見られた。

道場に一礼して渡り廊下に出、一人風呂場に向かう。

汗を流して刺子の稽古着からこざっぱりした軽装に着替えれば、風呂場と台所の境に千佳がいた。

地域的に押畑周辺は水道と井戸が混在で、水回りはすべてが近い。

千佳は汲《く》み上げの井戸水に浸した缶ビールを笊《ざる》に上げていた。

「やろうか」

「ん。お願い」

何気ない遣り取りの何気ない一瞬だが、柔らかく穏やかに、そして心のどこかを擽《くすぐ》る、掛け替えのない時間だ。

「道場の方ね。色々運んであるから」

言われるまでもなく、そちらから賑《にぎ》わいが聞こえていた。典明の巨大な気配も合流している。

いくつもの混ざりあった気配自体が、どれも和《なご》やかにして温かい。

「典爺《てんじい》が、縁側で一杯やるかって」

「そっか」

稽古後の一杯は、特に夏場はたまにあることだった。

絆は笊を受け取り、冷水に手を差し入れた。

「何本持ってく？」

「さっき一回運んだから。五本でいいかな。もうお酒の人もいるし」

「ＯＫ」

そのまま渡り廊下から道場の濡《ぬ》れ縁《えん》に回れば、稽古着をもろ肌脱ぎにして、すでにご機嫌な大利根組の面々が揃っていた。

蘇鉄とゴルダの二人は、濡れ縁の手前と奥に陣取っている。

その中央で軒柱に寄り掛かり、煮物やら唐揚げやら漬物やらを前にコップ酒を呑んでいる作務衣《さむえ》姿が、絆の母方の祖父・東堂典明だった。

正伝一刀流第十九代正統にして今剣聖として名高く、県警だけでなく警視庁からも武術教練に招かれ、現警視総監の古畑正興《ふるはたまさおき》も弟子の一人だという。

「遅いぞ」

その一声だけでも鍛えを思わせる波動を持って響くようだ。喜寿にして、まだまだ枯れることない現役の剣士だ。

「なんだよ。こんなこともあろうかって、汗流すだけで出てきたんだぜ」

「その後だ。なにやら井戸端でホカホカしてたろうが」

「えっ」

なるほど、典明にならお見通しか。油断ならない。

これからは実家と言えど、気配は断つか。

「ま、遅いというのには色々な意味が含まれる。待つ、待たせる。ホカホカの先が、真冬の冷え込みにならなければいいがな」

「どんな長期予報だよ」

「ふふん。これが意外とよく当たる」

典明はコップ酒に口をつけた。すでにほろ酔いは間違いだろう。

「だからっすね。大先生」

立石が典明に呼び掛けた。なにやら話の途中だったようだ。

「こう、ちょちょいっと物んなる奥義とか秘伝とか、ねえんですかい」

絆は蘇鉄と典明の間に座った。料理の真ん前だ。腹が減っていた。

「ああ、そうだったな。奥義、秘伝か」

「こら、立石。んなもん、俺が知らねえんだ。あるわけねえだろ」

「うわっ」

唐揚げを取ろうとする絆の耳元で蘇鉄が喚《わめ》いた。煩かった。

絆は思わず顔を顰《しか》めるが、

「あるぞ」

典明のこの言葉には、立石と蘇鉄だけでなく、場の全員が動きを止めた。絆さえも含めてだ。

――えっ。

素直な大利根組の、親分以下五人全員の声が揃う。

「ある。だがまあ、代々こういう田舎《いなか》に伝わる古流剣術だからある、というべきか。本流の一刀流にはまずない、だろうな」

典明はコップ酒を呑み、腕を組んだ。

「ある意味の秘奥義ではあるが、精神論でもある。いや、その側面の方が濃厚だ。重要でもある」

「難しいっすね。よくわかんねえっすけど、なんなんす？」

蘇鉄が典明のコップに酒を注《つ》ぎ足した。

骨喰《ほねば》み、と典明は言った。

「へえ。骨喰み」

これは絆だ。第二十代正統予定者をして、そんな技のあることなど聞いたことはなかった。

「そう。骨を喰らわせてでも勝たなければならない相手、守らなければならない者があったとき、いかに心を御すか。不惜身命《ふしゃくしんみょう》の無限心を養うというか。その広がりの中にすべてを包むというか」

眠くなるからもういいや、と蘇鉄が言えば、以下、大利根組の面々とゴルダはそれぞれに話を始めた。この辺の割り切りは気持ちいいほど早い連中だ。

「そうか。ま、話して教える、聞いて覚えるという代物《しろもの》ではないが」

典明は絆に向き直った。

「お前は、分かるか」

絆は缶ビールを呑みながら首を横に振った。

片桐は、と言いながら典明は天井を見上げた。

「あの最後の一件のとき、使ったのかもしれないな」

「えっ」

「お前との、息子《むすこ》との最初で最後のコンビのとき、あの一連すべて、あれも正伝一刀流秘奥義、骨喰みだったのかもしれない。骨喰みとは、実はそういうものの総称なのかもしれない」

「爺ちゃん。それって」

思わず身を乗り出したとき、隣の渡邊家と繋がる道場脇の木戸口が軋みを発した。

「あらあら。絆ちゃんお帰り。みなさん、スイカどう？　貰《もら》い物《もの》だけど」

千佳の母・真理子が現れ、満面の笑みでスイカを盛った大皿を掲げた。

スイカは近在、富里《とみさと》の名産だ。

押畑の夜に大利根組とゴルダの、拍手と歓声が木霊《こだま》した。

五

サイクルショップの予約時間は午前九時半だった。

朝の稽古に半額でいいからと蘇鉄らを募り、今晩と明日の晩も何人かを頼めば、それでロードバイク代の半分は賄える計算になった。

「これなら、総カーボンのフレームでも手が届いたかな」

そんな軽口も出るほど、気分は上々だった。

絆が購入したロードバイクは、当初予算の関係上フロントフォークのみがカーボンだが、前傾の深いフォルムが絆の好みで、ディレイラーやブレーキなどのコンポーネントはシマノのアルテグラ、つまり上位機種モデルになっていた。

成田には印旛沼サイクリングロードという自転車道が整備されている。八千代《やちよ》方面の新川《しんかわ》遊歩道や花見川《はなみがわ》サイクリングロードまで合わせると、東京湾から利根《とね》川《がわ》までを結ぶ、実に六十キロメートルに及ぶ長距離ロードだ。

（ここからは秋には秋の、冬には冬の風情がある、か）

沼辺の四季は、趣が深い。

やがて巡り来る季節と新しいロードバイクに想いを馳《は》せながら、絆は唸りに唸る〈自転車〉を駆ってサイクルショップに向かった。

パープルレッドに輝き、少なくとも武骨な溶接痕が剝《む》き出《だ》しのままなどということはない新車の説明を受け、サイズの調整をする。

旧〈愛車〉には手を合わせ、廃車の手続きをして新車にまたがる。

「うわ」

実車の感覚は、イメージをはるかに上回るものだった。なんといってもスタートの滑り出しが格段だった。

フロントフォークがカーボンだからか、手のひらに受ける振動がないというか、滑らかな感じだ。

もともとの愛車も、六年は乗っていたが過不足を感じたことはなかった。

どの世界も日進月歩で、些細な発見でも驚くほどに性能が向上するものなのだろう。

駅前から、身体に受ける風さえ軽やかなものに感じながら実家に向かう。

押畑までは、国道に出るとまず緩やかに長い上り坂で、最後は下り勾配になってからT字路を左折で生活道路になる。

上り坂に入っても、絆は疲れ知らずに快調だった。

が――。

坂の途中で、絆は溜息混じりに肩を落とした。

背後に、絆を指向する胡乱《うろん》な気配を感じたからだ。

まだまだ遠いようでかすかなものではあったが、絆には〈観〉えた。

一つ、二つ、いや、数はさすがに定かではない。

「無粋な連中ってのは、逆に才能かな。絶妙なタイミングで、よくもこっちの気分を邪魔するもんだ」

ゆっくり進むと、気配には雑な音もついて来た。

2スト、4スト入り混じりのエンジンの音、多種多数。

なんにせよ、バイクの集団のようだ。

「よっ」

絆はスピードを上げ、五十メートルほど進んで進行方向を左に取った。

国道から離れ、成田スカイアクセス線の成田湯川《ゆかわ》駅へ向かう一本道だ。車道も歩道も広いが、今現在はまだ成田湯川駅自体の乗降客が数えるほどで、行き交う車も人も絶無に等しい。

なので左右に広がるのは、〈いずれ開発〉されることを待つ空き区画ばかりだ。

季節的にどこも伸び放題の雑草にまみれ、全体的に青々とした草いきれが濃かった。

国道を曲がってから、背後の気配はあからさまな邪気を隠しもしなかった。

何台ものバイクが次第に迫ってきた。

——いやっほぅっ。

そんな奇声も聞こえた。

絆が逃げたとでも思ったものか、邪気丸出しの気配は小動物を追い詰め追い込もうとでもするかのように、集団として凶暴さを増したようだった。

まるで狩りだ。

だが、〈追われ〉てみせる絆はすでに、集団におけるバイクの数と人数までを把握していた。

迫りつつあるバイクは七台で、殺気にまで練り上がりつつある気配が七つと、ただ愉悦と好奇にまみれた気配が三つあった。

仕掛けてくる気のある奴《やつ》が七人と、興味本位、あるいは遊び感覚が三人ということだ。

数が合わないのはタンデムのバイクが三台あるからだろう。

ただし、二ケツのバイクは、仕掛けてくる気を発するのが運転者本人とは限らない。

――オラオラァッ。

いくつもの殺気がすでに背後、三十メートルに〈観〉えていた。

絆は辺り一帯を広く見回し、前方のとある一角に目を止めた。

商業用か、区画として一ヘクタールは有りそうな場所だった。地面を砂利《じゃり》で転圧してあるようで、比較的雑草が少なく見えた。

静かに呼吸を整えれば、絆の目には白い光が揺れる波のようだった。

肘を締めてペダルを強く踏み、ロードバイクを一気に加速した。

すると、七台のエンジン音もさらに高くなった。

二十メートル、十メートル。

一台が突出して早かった。気配は一番凶暴だった。

狩りとは、そういうものだろう。

――ウラァッ。

風が震えるように唸った。おそらくジャックナイフ系の棍棒《こんぼう》だろう。

当たれば怖いが、しかし、当たるわけもない。

その直前、絆はガードレールの切れ間から角度をつけて歩道に乗り上げた。

先頭のバイクが空振りで絆を追い越し、二台目と三台目も絆の転変に反応出来ず素通りする。

全車の全員がフルフェイスなのが見て取れた。

四台目がかろうじて歩道に乗り上げ、ついて来た。二ケツのバイクだった。

ヘルメットの中で、怒気が爆発していた。ただし、殺気が溢《あふ》れ出《だ》しているのはタンデムシートの方だった。

その手が何かを振り上げた。

やや細身の鉄パイプだった。

——んの野郎っ。

構わず絆は、狙う空き地にロードバイクで飛び込んだ。

刹那っ。

絆はフロント、リアともにフルブレーキを掛けた。体重を一瞬だけ前において抜重すれば、最新のディスクブレーキは音もなくその場に前輪を縫《ぬ》い留《と》め、離陸の素軽《すがる》さで後輪を空中に飛ばす。

絆は九十度のターンで左足を砂利に落とし、そのまま軸にして車体そのものを遠心力で高く振り回した。

それにしても、総重量十キログラムにも満たない最新技術あってこそだ。

背後に迫る気配は、隠し立ての一切ないその気配だけで全体の輪郭は摑めていた。

「よっ」

掛け声はぬるいが、後ろ回し蹴りの数倍の威力を以て、ロードバイクの後輪がハンドルを握る男のヘルメットの風防を破砕して跳ね返った。

「ぐえっ」

コントロールを失い空き地の奥に滑り込んでいく一台と二人を尻目に、絆はロードバイクを離れた隅に横たえた。こういう自転車はスタンドがオプションなのが玉《たま》に瑕《きず》だ。

タンデムシートの男が横転した４００ｃｃを起こそうとしていた。風防を割られた操縦者は、その近くで藻掻《もが》いている。

見る限り、その４００ｃｃにナンバープレートはなかった。

こんな馬鹿をやる割りに、いや、馬鹿だからこそ用意だけは周到か。

絆は、砂利の地べたに転がる鉄パイプを手に取った。

そのまま、おもむろに空き地の中央に移動する。

一度目を閉じふたたび開ければ、青い空が目に染みた。

絆にとってそれで、空き地は野天《のてん》の道場も同じだった。

いつもと同じ、常在戦場。鍛え覚えた正伝一刀流を振るう。

それだけだった。

五台目以降が空き地に入ってきた。

すぐに先頭からの三台も折り返して飛び込んできた。

絆を芯にして、六台のバイクが大きく円を描きながら何人かが風防を上げた。

「おらっ。手前ぇら邪魔すんなよなぁっ」

「ザケロってんだ。先に唾つけた者勝ちだろうが」

「おう。いいねいいね。やれや。最後は俺が貰ってやるからよ。なんだっけ。トンビに油揚げってかぁ」

「けけっ。馬ぁ鹿。逆だぜ。手前《てめ》ぇ、やっぱ頭溶けてんな」

声からして、まだまだケツの青いガキどもとわかる。

それにしても、中心にいながら絆が感じるものは、どうにも統一されないバラバラな〈意識〉だった。

熱に浮かされたような様々な気の入り混じった気配は、間違いなく集団暴走特有だっただろう。無敵状態と言うやつだ。

だが、例えばゴーストライダーの一件でも、寄り集まった〈走り屋〉連中に明確な意思は見えた。

官憲の囲みを突き破り、突っ走る。

狂走《きょうそう》連合の連中はそれを〈マツリ〉と呼んだ。いわゆる集会だ。

それがまったく、目の前にいる連中にはなかった。

「何度も言うがよ。俺の邪魔すんじゃねえぞぉっ」

「くでぇぞコラァッ。手前ぇ、先に潰したろうかぁっ」

個々なら半グレもチンピラも、絆の前には何を仕掛けようと児戯に等しい。

「おいおい。いい加減にしろよ」

声を落とし、腰を落とす。

「能書きはどうでもいいや。来るのか来ないのか」

丹田《たんでん》で練る剣士の覚悟を身体の隅々に送る。

「来いよっ」

絆は誘うように気合を発した。

まず一番最初に突っ掛けてきた男が輪を乱した。左手に持つのはやはり、全長三十センチほどの鉛入りのスラッパーだ。

「けへぇっ」

ただし武器は見せ掛けで、バイクで撥《は》ね飛《と》ばすつもりなのは気配に〈観〉て取れた。

おそらく他のバイクもほとんどの狙いはそれぞれだったろう。

各所で高くなるエンジン音が、それぞれのタイミングで真っ直ぐ絆に向かってきた。

ややずれた位置を走ろうとするのは、グリップが銀のドクロになった杖《つえ》をタンデムシートの男が振り回す一台だけだった。杖はおそらく、鉄かステンレスだ。

絆は――。

「おうさっ！」

全身に猛気を蓄え、けれど始動の一足は、地面の砂利にわずかな音を立てることさえなかった。

譬《たと》えるならまるで、深山に湧く清流のようだった。

流れる水をとらえることは、腕も覚悟もない連中には絶対に出来ない。

カウルをミラーを、スロットルレバーをマフラーを、その車体と車体の間を、おそらくミリの単位で絆は擦り抜け、鉄パイプを躍らせた。

バイクの連中にはそれぞれ、絆の命を盗《と》った、そんな実感さえ一瞬にはあったかもしれない。

実体のない幻でしかなかったが。

ギンッ。

すべてを擦り抜けたとき、バイク集団と絆の間に何かが突き立った。

絆が振るう鉄パイプの一閃《いっせん》が跳ね飛ばした、銀ドクロの杖だ。

吹く一陣の風が、バイク連中の気配で沸き立つようだった。

驚愕《きょうがく》、脅威、畏怖《いふ》、怯懦《きょうだ》。

――な、なんだってんだよぉ。

誰かが呟《つぶや》いた。

心に開いた隙間だったろう。

割って入るように、絆は鉄パイプを上段に回して一歩出た。

それで終わりだった。

「ちっ。やめたやめた」

「やってられっか」

「馬ぁ鹿」

捨《す》て台詞《ぜりふ》を残し、次々にバイクが空き地を出てゆく。

追う気は端《はな》から、絆には起こらなかった。

管轄外だったし、バイク対ロードバイクは、同じバイクでもさすがに無理があるからだ。

「まあ、一台は確保してるし」

そう呟いて顔を動かせば、吹き上がる４００ｃｃのエンジン音がした。

「ありゃ」

運転者にダメージを与えたことで安心していた。

それが前後を入れ替え、今は2ケツの男がハンドルを握っていた。

離れたところで動き出したバイクを止める術《すべ》はなかった。鉄パイプを投げてもいいが、
それでは事後が制御出来ない。

そもそも、国道では関係のない人も車も巻き込む恐れ有りとして咄嗟《とっさ》の判断で道を曲がった。

誰もいない空き地に誘い込むようにしたのは絆ならではともいえるが、同時に防犯カメラもない場所というのは迂闊《うかつ》ともいえる。

何かあって敏腕弁護士が相手についたとしたら、下手《へた》をしたらこちらの落ち度さえ問われかねない。

「この結果も、まだまだ未熟の現れってことか」

手の埃を叩き、砂利を踏む。

ただ、この場の気分は悪くはなかった。

なぜなら。

ロードバイクを起こし、特に前輪に目を落とした。

「いい感じ。ちょっと重いけど、グラフェンにしてよかったな」

この場合のグラフェンとは、グラファイトシートを応用したタイヤのことだ。２５Ｃの標準タイヤを、絆はグリップ力重視でグラフェンを使用した２８Ｃにカスタムした。

「天気もいいし、せっかくだ。このまま、サイクリングロードに漕ぎ出すか」

絆は、ロードバイクのフラットペダルに足を乗せた。

第二章

一

月曜日になった。

連日の稽古で、絆の心身に溜《た》まっていた謹慎自粛による澱《よど》みは見事に霧散した。改めて思う。

やはり成田は、実家は、道場はいい。

職務に励めば励むほど刑事、特に組対の捜査員は人の悪意や狂気を全身に浴びる。気が付けば奥底に溜まったどぶ泥のような澱《おり》は心身を蝕《むしば》み、やがて身動きが取れなくなるかもしれない。最悪の場合、そのまま漆黒の闇に取り込まれる危険さえある。

成田に帰り、実家の道場で汗を流す心身の〈清浄化〉は、絆にとって必要不可欠なことだった。

心身ともに軽さを感じながら、絆は池袋の組対本部に定時に顔を出した。

相変わらず時間帯に関係なく人の数は少ないが、同様にして相変わらず浜田は隊長席にいた。

「やあ。お早う」

それだけで安心出来た。

定時定期の留守以外、常に〈浜田がいる〉、というのが組対特捜隊の絶対的な核で間違いない。

「どうだった。久し振りの連休は」

「ええ。お陰様で。満喫《まんきつ》しましたよ」

すると、いきなり浜田が目を半眼にし、デスクの上に肘をついた。

「満喫？　ワーカホリックの君が？」

自分で聞いてきたくせに、いかにも胡散臭《うさんくさ》げだ。

「――それ、棘《とげ》はないよねえ。そのまま受け取っていいんだよねえ」

「そうですね。勝手に決められた休みですけど、特に含むところは一切ありません」

と、適当な辛辣《しんらつ》さを会話に塗《まぶ》すくらいには、自分も社会人として世慣れてきた意識はある。

はぁい、と浜田が手を挙げた。

「一つ、質問」

「どうぞ」

「今朝は成田から？」

「そうですが」

「通勤ラッシュはどうだった？」

「最悪です」

「なるほど。感覚は正常なようだねえ。じゃあ、本当に楽しめたんだ。結構」

よくわからないが、浜田が納得出来たのならそれでいい。特に深くは突っ込まないし、だから代わりに、土曜日の野天道場での立ち回りのことも言わない。

どう転がるかわからない出来事は、案件として立ち上がるかどうかも定かではないからだ。そのくらいの〈芽〉なら、他にいくらでもある。

「で、リフレッシュ出来たところで、これからの動きはどうするの？」

浜田の問いに、絆の答えはすでに決まっていた。

金曜に下田達にはもう話してあることだった。

「上野毛《かみのげ》に顔を出そうかと」

「上野毛？」

浜田は眉根を寄せ、

「うわ。それってあれだ。東京竜神会の本部だね」

と騒ぎながら大げさに椅子を軋ませるが、さほど驚いた風ではない。

この辺が組対特捜の核たる所以《ゆえん》であり、その前に特捜隊長という職務は、化け物を化かすほどの狸でも狐《きつね》でもないと務まらない。

「目的は、あるの？」

「職場復帰のためのリハビリ、じゃまずいですか」

「まずくはない、と私は思うけどさ。私だけだろうねえ。あ、大河原部長なら絶対、手を叩いてやれやれって言うだろうけどさ。でも、何かあったときには、書類に記載は出来ないねえ」

「そりゃそうですけど」

絆は頭を搔いた。

「別に、ことあるごとにいつも行こうかってわけじゃないです。せっかく所在も確かな事務所を開いてくれたのに、訴えられでもしたら元も子もないですからね。あくまで今回は、〈祝い〉ですよ。事務所開きの」

「ふうん。〈祝い〉ね」

浜田は目を細めた。

「竜神会を向こうに回して、さらっと言っちゃうところが、さすがに組対の異例特例か。

驕《おご》りじゃなければいいけど」

「勘弁してください。そうですね。強いてあげれば、今回は渋谷の刑事課の手伝いですか。若松係長には迷惑掛けましたし。それに、そもそもは俺の案件でしたから」

「ああ。五条国光の愛人の件ね。でも、どうだろう」

「当然、何か出るって確証はないです。ただ、ああいう連中の本部ですから。煽《おだ》てて脅して引っ掻き回せば、何かしらの不純物は浮かび上がるかもしれません」

「藪《やぶ》をつついて蛇の喩《たと》えもあるけど。でも、そうね。そうなっても君なら、大蛇でもなんとかしちゃうか」

「恐縮です」

「謙遜しないところが、大人だねえ」

「褒《ほ》めてもらったところでついでに言えば、〈祝い〉の花、買うとしたら領収書で落とせますか」

「大人なら〈祝い〉の花くらい、自分でなんとかしないとねえ」

などという会話があって、絆は午前中のうちには組対本部を後にした。

東京竜神会の事務所は、絆自身口にした通り上野毛二丁目にあった。

第三京浜玉川ＩＣから環八通《かんぱちどお》りをやや北上し、道を一本多摩川《たまがわ》寄りに入った辺りになる。

駅で言うなら、最寄り駅は東急大井町《おおいまち》線の上野毛になり、事務所はそこから四百メートルくらいの場所だ。

敷地面積で百五十三坪、築二十八年のＲＣ構造の三階建て。最終売買金額はおよそ六億二千万円。

警視庁はこの事務所に係《かか》わる、建築確認書類から売買契約書の写しまでを取得していた。近々完成予定のリノベーションの図面もだ。

暴対法の絡みもあるが、竜神会くらいになると実際には不動産売買などは黙認の場合もある。徹底的に排除しようとすれば、闇に潜る可能性もあるからだ。

そうなったら、末端の事務所一つ割り出すにも膨大な時間と人員と、費用が掛かる。敢えてスルーするのは、互いの労力を削減するためだ。

東京竜神会の立ち上げと上野毛の事務所取得自体は、警視庁組織犯罪対策部部長、大河原正平《しょうへい》宛てに、なんと竜神会会長・五条宗忠《むねただ》名で案内さえ届いていた。

正義と悪、合法と非合法の馴《な》れ合《あ》い、持ちつ持たれつ。

「ふうん。ここか」

バブルの頃に土地成金が建てたというビルは竜神会の手に渡り、ふたたび金満と傲慢の臭いを取り戻したかのように見えた。

磨いたような外壁のタイルが悪趣味で、すべてに遮光シートが貼られた窓が実に不気味だ。

入り口のドアの前に、痘痕面《あばたづら》の若い衆が三人たむろしていた。全員に見覚えがあった。美女木《びじょぎ》辺りをシマにする、武闘派で鳴らした匠栄会《しょうえいかい》の若い衆だった。

一人が無造作に近づく絆の方を見て、やがて眼を引き剝いた。

「て、手前ぇは組対のっ」

他の二人も絆を認め、一斉に立ち上がる。

「よお」

絆は片手を上げた。

「わかりづらくて遠回りしたぜ。表札出しとけよ。金文字で」

「んだぁっ」

「おらぁっ」

剣呑な気は撒き散らすが、だからと言って咬《か》み掛かってくるわけではない。

一度、徹底的に叩きのめしたことがあった。

痛みに恐怖を味わった犬は、もう番犬の役はなさないだろう。

絆は手に持った花束を剣のように前に出した。

「祝いだぜ。退《ど》けよ」

低く、しかし鉄の声を喚きの隙間に投げれば、三人の間にわずかな道が出来た。

出入り口に向かうと、先に中からドアが開いた。

もっさりとしたデブがいた。岸和田四方会《きしわだしほうかい》の男だ。名前はたしか、北山《きたやま》と言ったか。

絆は花束を肩に担いだ。

「へえ。誰かいるのはわかってたけど、開けてくれるとは思わなかった。東京竜神会の事務所は便利だ」

「けっ。人んちの店先で騒がしいで。ホンマに、新天地《しんてんち》のオヤジ連中とちゃうやろが」

北山に続いて、とにかく中に入る。

それだけでも、まずは上々だった。

やくざの事務所でも、勝手に押し入るわけにはいかない。それこそ不法侵入を口にされただけで絆の動きは制限されるが、北山にそんな機知はないようだ。

広い室内だった。一階は元々店舗スペースだったということは把握していた。それでも奥には個室が何部屋かあって、リノベーションされているはずだった。

事務所の中は、花の匂いが充満していた。事務所開きに各所から贈られた祝いの花々だろうが、雑多に過ぎてなんの匂いだかは不明だった。

ノートPCをのせたOAデスクや事務机も並ぶが、ソファにテーブルにテレビに雀卓《ジャンたく》も備え付けだ。

二十人程度が思い思いの場所にいて、絆を見ていた。

当然、好意的な目は一つもない。

「ほらよ」

絆は花束を一人に投げた。受け取ったのは匠栄会の若頭、高橋《たかはし》だ。

「けっ。ちんけな花だぜ。この回り見てよぉ、よく恥ずかしげもなく出せたもんだ」

高橋は言いながら手近なテーブルに放り捨てるようにした。

一斉に下卑た笑いが、悪意を持って濃く漂うようだった。

絆は、睥睨《へいげい》するように辺りを見渡した。

「自腹だぜ。この花は」

朗と張る声は、悪意を貫いて通った。

「小さいけどな、汚れてないんだ。この花は、どの花より清廉だぜ」

即発の気が一瞬満ちた。

掻き散らしたのは、奥の一室から出てきた男だった。堺《さかい》を本拠とする井筒組《いづつぐみ》から国光についてきた島崎《しまざき》だった。

「東京代表なら、おらんでぇ。なあ、北山ぁ」

それだけで島崎と北山の序列はわかった。

「へえ。そうなんだ？　おらんて、遠出かい？」

「せやな。今日一日そこに立っとっても、まあ、会えんわなあ」

聞き捨てにして、絆はもう一度事務所内を見渡した。

奥にあるいくつかの部屋に、気配は一つしかなかった。当たりをつけていたが、それは島崎だった。

「桂欣一《かつらきんいち》は？」

そう。今回の訪れの、そもそもの狙いはそっちだった。

「おらんで」

島崎はつまらなそうにそう言った。

「先に言うとくとな。そこに一ケ月立っとっても、多分桂さんには会えんやろなあ」

「ありゃ。逃げたか」

知らんわ、と言ったきり、島崎は口をつぐんだ。

田中こと赤城の死に関し、方南通りを塞いだダンプの運転席に絆が見た顔は、たしかに桂欣一だった。

だが、立件に繋がる証拠は何もない。だから直《じか》に叩くつもりで来たのだが、いないものは仕方がない。

いずれ叩く。今はそう、心に沈めるだけでいい。

踵を返そうとして、斜で止める。

「そうそう」

絆は顔を一番手近な北山に向けた。

「東京代表も桂も、まさかとは思うけど、エグゼ絡みかな」

「ああ？」

北山は眉を顰《ひそ》めて見せた。居並ぶ連中も反応は同程度だ。

つまり、エグゼを知らない。

絆も多くを知るわけではない。ただ七月の下旬、監察の小田垣管理官からもたらされた情報にあった。

出所《でどころ》は東大Jファン倶楽部OGによる〈魔女の寄合《よりあい》〉の、宝生聡子《ほうしょうさとこ》らしい。

──エグゼ、渡さへんで。渡してたまるかい。

銀座の夜の蝶《ちょう》の傍らで、五条国光は酔えばそんな言葉を何度も口にしたという。

だから振ってみたが、見事に空振りだったようだ。

「お邪魔様」

それ以上、噎《む》せ返《かえ》る花の匂いの中にいる意味はなかった。

外に出て上野毛の駅に向かう。

途中で携帯が振動した。

自堕落《じだらく》屋の奥村《おくむら》からだった。

「はい」

──はい、ではない。

いきなりだったが、奥村が尖っていた。

「え、何か？」

――何か、でもないだろう。

九月になったぞ。

そう言ったきりで、奥村の電話は切れた。

少し考え、絆は手を叩いた。

「ああ」

一ケ月に一度来い。奥村はそう言った。

デジタルのアナログ、アナログのデジタル。

くだらない花の遣《や》り取《と》りより、

「こういう複雑に見えて単純なおっさんの方が」

信じられる、と絆は思わず頷《うなず》いた。

二

同夜、国光は大阪《おおさか》にいた。

この日が初日ではない。大阪に戻ってすでに九日目の夜だった。

九月三日の午前中に、泳ぐようにして国光は大阪に舞い戻った。田中こと赤城一誠の馬鹿がボロ雑巾《ぞうきん》のように死んだ日のことだ。

――面白《おもしれ》ぇモン、くれてやるよ。

田中こと赤城は死に際に、一本のUSBを国光に預けて逝った。

思わず受け取ってしまったが、それが冗談では済まない代物だった。

兄、五条宗忠は兄ではなかった。いや、兄ではあるが義兄だった。しかも、日本人でもなく中国人だった。

その名が、劉仔空《りゅうしあ》。

国光は仰天した。

どう考えてもこれは兄、宗忠の秘事だった。

国光にとっては、知っているだけで時限式の爆弾を腹に抱えているに等しい。しかもUSB自体が、田中こと赤城が最後に仕掛けたトラップだった。

宗忠の秘事を国光が知るという返信メールが宗忠と、郭英林《かくえいりん》とかいう見知らぬ男に勝手に送られてしまった。

国光は生きた心地がしなかった。背中をウゾウゾと、氷の地虫が這い登るような感触があった。死の感触だ。

どうにも、兄・宗忠は昔から他人《ひと》と違う男だった。常に怖かった、と言っても過言ではない。それで、白石《しらいし》を使って弱みの一つでも探ろうとした。

後悔先に立たずだが、探り当てる前に白石が死んでくれてよかったと、今なら心底から思う。

だが結果として田中こと赤城という、別のところから飛んできた矢に拠って、それを国光は知った。知ってしまった。

生きた心地もせず、国光は新幹線に飛び乗った。

せめて一緒に育った〈義兄弟〉だということに一縷《いちる》の望みを託し、今生《こんじょう》の忠誠を誓って足元に縋《すが》りつくくらいしか、思いつくことも出来ることもなかった。

そうして三日の昼前には、国光は北船場《きたせんば》の道修町通《どしょうまちどおり》にある竜神会本部に飛び込んだ。

それだけで不思議なもので、少しだけ落ち着いた。

竜神会本部は、極道華やかなりし頃に亡き五条源太郎《げんたろう》が建てたビルだった。宗忠、国光ともに育ったビルだ。泣き笑いの思い出が詰まってもいる。匂いもあった。

〈ここに来たら許される〉

勝手にそんな思い込みもあったが、なかなか上手く人生は回らない。

宗忠は留守だった。

代わりに、

「おや。なんや知らんけど、大当たりや。ホンマに来よりましたな」

と、冷えた笑みを口辺に張り付けた木下《きのした》が応対に現れた。関西の名門私立大卒のインテリヤクザで、竜神会本部本部長だ。

ちなみに東京に行くまで国光が務めていた役職は、竜神会全体を睨む〈総本部長〉だ。現在は空位になっている。たかが竜神会本部のシマ、この本部ビルのエリアだけをまとめる木下とは格が違う。

「なんや木下。何が大当たりや」

「会長がですな。出がけに言うてはったんですわ」

――東京代表が来るかしれんけどな。相手することないわ。放っとき。

そんなことを口にしたらしい。

「出がけって。会長、おらんのかいな」

「へえ。いつもの上海《シャンハイ》ですわ。いつ帰るかもわからしません」

寒気も目眩《めまい》もしたが、このときばかりは応対の相手が木下で助かった。

「会長、ずいぶん素っ気なかったですが、何かしよりましたん？」

そんなことを探るように聞いてくる、鼻持ちならない奴だ。小物のくせに、常日頃から国光をライバル視している。会うたび話すたびに、だから国光の頭には血が上る。

それでなんとか、寒気も目眩もこらえられた。相殺《そうさい》だ。

「知らんわ。ボケ。なら、帰ったら知らせぇや。また来るわ」

語気荒く木下を睨《ね》めつけるようにして本部を後にした。

それから三日ばかりは本宅にいたが、焦《じ》れるだけで子供にも怒鳴り散らし、妻と険悪になるだけだった。

「ちっ。どいつもこいつも、この俺を舐《な》めくさって！」

本宅を飛び出し、JR大阪駅近くのシティホテルに入った。当然スイートだ。

毎晩の身の回りの世話は、キタに小料理屋を持たせてやった女に任せた。店が引けた後に何某《なにがし》かを持ってやってきた。

同じキタの寿々奈《すずな》というキャバ嬢がこのところのお気に入りだったが、同伴だアフターだは、今は特に鬱陶《うっとう》しかった。

ただ六日目ともなると、女が運ぶ大阪らしい炊《た》き物《もの》にも飽きた。それで寿々奈に連絡し、同伴で店に顔を出した。アフターは埋まっていた。相手は国光もよく知る府議会議員の狒々爺《ひひじじ》いで、ある意味安心といえた。

もう一軒に一人で顔を出し、深更になって戻ると部屋の照明がついていた。テレビの音も聞こえた。

「来《こ》とったんか。今日は来んでええて言うたのに」

小料理屋の女にはスペアキーを持たせてあった。

上着を脱ぎながら奥へ進み、脱ぎ掛けの形で国光は固まった。

　ソファに白いスーツを着た見知らぬ男が座り、オンザロックを呑んでいた。

　テーブルには氷の入ったアイスペールと、国光が持ち込んだルイ十三世の瓶が出ていた。最高級のコニャックだ。

　男の手の内でグラスが動き、氷が鳴った。

　皺のない男。

　それが、国光の男に対する第一印象だった。恰幅《かっぷく》がいいといえばそうなのだろうが、内圧が高い、そんなイメージか。七三に固めた髪は、海苔《のり》を貼ったようだった。

「なんや。あんた」

　異常事態だ。それでも、国光も多少の場数は踏んでいる。動揺を誤魔化し、誤魔化すために声にした。

　男はオンザロックを舐めた。

「ふうん。仔空の弟だから、どれだけの胆を練ってるか思ったけど。まだまだ甘ちゃんだね」

　仔空。その言葉に引っ張られた。

「誰や」

「グォ・イン・リン」

　男はまた、オンザロックを舐めた。

「グォ？　イン・リンて」

国光も中国にルートもあれば知己もいる。すぐに男の発音が脳裏で変換された。グォは郭で、インより先にリンが林となって、脳裏には黒雲が満ちた。インは、英で間違いない。

「か、郭英林か」

日本読みならね、と言って、郭英林はトウモロコシの粒のような歯を剝いて笑った。

郭英林だから、仔空を知っている。宗忠を仔空と呼ぶのだろう。

だが、まだわからない。

座ればと言われたが、素直に従えるわけもない。

この男は、何者だ。

「仔空から聞いたことないかい？　その昔、私は日本にいたよ。高崎《たかさき》、だっけ。そのときは、陳芳《ちんほう》って言ったね」

国光の喉が、隠しようもなくケクッと鳴った。

ティアドロップのルート。

上海シンジケートの男。

沖田から西崎次郎《にしざきじろう》に繫がり、今またティアドロップEXEに繫がるだろう男。

それが、郭英林だった。

再度、座ればと言われた。逆らう気は起きなかった。

キャバクラの酔いは醒《さ》めていた。ルイ十三世の瓶を摑み、直に呑んだ。

熱い塊が腹に落ち、少し力になる。

「その陳芳さんがまた、何しに来たん」

それにしても探り探りなのは間違いない。

「観光、って言ったら信じるかね」

「ホンマならな」

国光はソファを立ち、キャビネットに向かった。

「まあ、観光って言えば観光かね」

英林の声がした。

グラスを取って戻り、自分の分のオンザロックを作る。

マドラーがなかった。

「そう、仕上がりを眺める。それも観光よ。イコール、巡るルートは、死出の旅路に他ならないけどね」

国光はグラスから顔を上げた。

「仕上がり。死出の旅路。――もしかして、エグゼかい」

「ほう。やっぱり仔空の弟だ。少しだけ見直したよ。頭の回転は、悪くないね」

国光は英林に目を据えた。

おもむろに英林が右手を出し、人差し指を国光のグラスに突っ込んだ。

激昂《げっこう》する前に、「取り持ってあげようか」と言われた。

咄嗟に「何をや」と聞いてしまった。

「仔空と、あなたの仲を」

そう言われて、怒るタイミングを失った。

「兄《あん》ちゃんと？ 俺と兄ちゃんの、兄弟のことに要《い》らん手ぇ出すなや。ボケ」

「ふん。兄弟ね」

英林はオンザロックを掻き回し、指を引いた。

「まあ、兄弟にも色々あるね。それより確実なのは、このままだとあなた、仔空とどうなるかわからないよ。少なくとも、仔空と私は今日、同じ飛行機で日本に入った。そうして私は今ここにいる。仔空はいない。どういうこと？ ははっ。そういうことよ」

国光の手でグラスの氷が鳴った。

酒が揺れたからだ。いや、知らないうちに手が震えていた。

英林はそれを見て、低く笑った。

「無様な答えだけど、初見の礼儀ね。手土産、かな。何より、私は今、気分がいい」

笑いの合間に、十一桁の数字を羅列した。携帯の番号のようだった。

「なんや」

「用心深い仔空が、日本滞在中は使えって渡してくれたプリペイドＳＩＭの番号ね。覚えておいて損はないと思うけど。もう一度言うね」

英林は謡うように三度繰り返した。

国光は、いつの間にか復唱していた。

「信じて、いいのか」

「もちろん。私達は半島の人間とは違う。言ったことは忘れないよ」

英林はグラスを置き、大仰《おおぎょう》に両手を広げて見せた。

「ただし、守るかどうかは別ね。あなたに言ったことが、あなたと私の関係の優先順位第一位なら、ね」

「優先？　――俺は、何をすればいいんや」

「そうね。まずはそれ」

英林は国光のグラスを示した。

「それ、呑みなさい。それで、まずは私と繋がる」

「なんやとっ。そないなこと――」

出来るかとも容易《たやす》いとも答えないうちから、手はどうしようもなく本心に従い、動いていた。

かすかに口をつけた。そのまま下を向いた。

「それでいいよ。なら後は任せて、東京にいればいい」

英林の膝が動いた。立ち上がったようだった。

最後に、

「ああ。繋がったからには、敬《うやま》うことね」

英林の声が降ってきた。

「老兄《ラオシオン》。私のことは、そう呼びなさい」

わからなかった。顔が上がった。

「はあ？」

「私は五十歳。あなたより一つ歳上《としうえ》だから」

英林は笑い、ソファから動いた。

それを目で追い、また驚かされた。唾を飲んだ。

ドアの近くに誰かが立っていた。今の今まで、いることすら気が付かなかった。

丸眼鏡《めがね》を掛けた、ダークスーツの男だった。蓬髪《ほうはつ》を首の後ろで束ねているようだが、緩くくねる前髪が眼鏡に掛かっていた。

細身だが、か弱い印象は皆無だった。立ち姿はかえって見事だ。

「紹介するよ。上海のね、私の属するシンジケートの男」

劉博文《りゅうはくぶん》、と書き、リウ・ボーエンと英林は発音した。

「私のボディガード、いいや、右腕ね。なあ、ボーエン」

呼べば男はそれまでの無表情を割り、口を開けた。

笑ったようだが、口中は真っ黒い洞《ほら》のようにしか見えなかった。

「ひっ」

国光は思わず喉を詰めた。

「まあ、みんな初見はそうなるけどね」

英林は笑った。

「幼い頃、ボーエンはずいぶんおしゃべりだったようね。それで口の中をお掃除されたって。けど、頭の回転は速いし、腕は、そう日本語ではなんて言う。——そうそう、武芸百般に通ず、ね。どっちも一級品よ」

英林はドアに歩き、ボーエンの肩に手を置いた。

ボーエンは微動だにしなかった。

口を閉じれば、また鋼の無表情に逆戻りだ。

「必要なら、いつでも貸すよ。そうね、一日百万元。——いいや。一千万元で」

忍び笑いに肩を揺らし、英林は出て行った。

ボーエンも続き、ドアが閉まり、けれど英林の忍び笑いは暫く、国光の耳について離れなかった。

三

水曜日は朝から雲一つない快晴だった。

にも拘らず、絆は朝から湯島の雑居ビルにいて、熟寝《うまい》を貪っていた。

前夜は赤坂署の吉池《よしいけ》から前もって応援要請があった闇カジノの摘発に臨場した。帰ってきたのが早朝四時半だった。

帰ってすぐ、ベッド代わりに向き合わせたソファで毛布にくるまった。

この日、湯島の雑居ビルはエレベータ工事もすでに最終調整段階に入り、久し振りに音的には静かなものだった。

いかに絆が〈自得〉の、一流を打ち立てるほどの領域に入った剣士でも、ビル全体に響く振動込みの騒音の中で熟睡できるかどうかは、これは別の話だ。

人はやはり、静けさの中でこそゆっくり眠ることが出来るというものだ。

そんな絆の熟寝が破られたのは、午前十一時を回った頃だった。

出入り口のドアが叩かれた。

リノベやリフォームの進む一階から三階までと違い、少なくともそのままで使っている五階のドアは年代物で、ちょっとした振動でも派手にガチャガチャと鳴る代物だった。日光東照宮《にっこうとうしょうぐう》や知恩院《ちおんいん》などと同じ、うぐいす張りの床のようなものだと思えばまあ、加減してくれさえすれば我慢もできるが、このときは間違いなく加減知らずの派手なノックだった。

ドアの振動が何か他のものまで揺すって、良からぬ共鳴さえ起こした感じだった。

「ぐあ。うるさっ」

絆は顔を顰《しか》め、耳を押さえた。

ドアに近づく気配で半覚醒はしていた。誰であるかは分かっていた。

だから起き上がりもしなかったのだが、さすがに力の加減まではわからない。

「開いてるよ」

起き上がって頭を掻く。寝癖がついていた。

「グーモーニン。若先生。昼ね」

よくわからない挨拶で入ってきたのは四階の住人、ゴルダだった。

日曜の夜は一緒に成田にいた。月曜の動きは知らないが、夜に湯島に帰ってくると四階にいた。

バスソルトの商売がトホホならもう都内に事務所の必要はなさそうなものだが、〈芽〉はまだあるのだという。

「ゴルさん。知ってる？　俺、夜勤明けなんだけど」

「知らない。でも大丈夫。私は夜勤明けじゃないから」

「――そう」

嚙み合わない会話はいつものことだ。

絆は洗面台へ立って口を濯《すす》いだ。冷蔵庫を開け、冷えたミネラルウォーターを取り出して飲んだ。

それでだいぶ覚醒した。

「そうそう。若先生。聞いてはいたけど、三階の人、凄いね。凄い迫力」

コーヒーメーカーのスイッチを入れると、ゴルダが話し掛けてきた。

「あ、もう会ったんだ」

「夕べ、引っ越しの挨拶に来たよ。クッキーもらったね」

まだ完全移住ではないはずだが、今朝方に帰ってきたとき、絆も三階にその気配は感じた。寝ていて、にも拘らず野放図《のほうず》に広がることなく、一点にわだかまるような気配に感心したものだ。

「あの人、矢崎さんだっけ？　間違いなく軍人さんね。聞かなくてもわかる。向こうもわかったみたいだけど。私も矢崎さんと同じ、優秀な軍人さんね」

「そうなんだ。ああ、でもね、ちょっと違うかな」

「何？」

「ゴルさんは正真正銘の軍人だろうけど、あっちは自衛隊」

「でも軍人さんね」

「自衛隊だってば」

「何が違う？」

「自衛隊は軍隊じゃない」

腕を組むゴルダ。

「それって、哲学？」

コーヒーメーカーが音を立てたので、そうだということにして話を打ち切った。多分に日本的な話だ。哲学だといえば、まあ哲学でいいだろう。

（それにしても、こんな湯島の裏通りの雑居ビルに、どちらも限りなく優秀な、かたや鍛え上げた元I国軍人と、もう一人は叩き上げた元自衛官の二人が揃うって）

なかなか興味深い。それだけでも目が覚めるというものだ。

コーヒーを注《つ》ぐ絆に代わり、ゴルダが有線のスイッチを入れた。

流れてきたのは森田健作の、〈さらば涙と言おう〉だった。

昭和歌謡は父が好きだったようで、このフロアが片桐探偵事務所だった頃からのまま契約を継続している。もう有線自体が形見のようなものだ。

染みついて抜けようもない煙草《たばこ》の臭いと、飾られた無数の観葉植物と、昭和歌謡の充満する二十畳足らずの部屋。

それが父が探偵として生きた部屋で、今、絆が住み暮らす部屋だった。

コーヒーを飲んでひとまず落ち着く。すると疑問が湧いた。違和感もあった。

さて、ゴルダは何をしに来たのだろう。

「ああ。忘れてた。外にお客さんが一杯。監督が邪魔だって」

ツラッと言われると切迫感がないが、疑問と違和感の解にはなった。

どうにも少し前から、ビルの外に尖った多くの気配があった。ときには〈工事現場〉にも感じる類《たぐい》のものだが、たしかに気にはなっていた。

「えっ。――うわっ」

窓辺に寄って見下ろせば、いきなり目に飛び込んでくるのは湯島坂上の狭い通りに並んだ、十台ほどのバイクだった。

「バイク？　いや、単車かな」

そう呼ぶのが相応《ふさわ》しいほど、見る限りどれも恥ずかしくなるような暴走族仕様に改造されたバイクだった。

しかも、十台はイコール十人ではない。ほとんどがタンデムで、総勢は十八人だった。

その大勢が今、雑居ビルの前に仁王立ちで腕を組む、ＫＯＢＩＸ建設の現場監督と睨み合っていた。

「なるほどね」

たいがいの意識も視線も、向けられているのは絆の住む五階のようだった。

バイク連中の目的は、正確な理由はわからないが絆で間違いないだろう。成田での襲撃もあったばかりだ。

ただし、この情景の中で一番ハッキリしているのは監督の目的で、作業と交通の邪魔に対する怒りが手に取るようにわかった。

窓から少しだけ顔を出すと、ちょうど三階の窓からはポロシャツの矢崎も顔を出していた。この日は休みのようだった。

その顔が、怖いことにそのまま上を向いた。

「あ。お早うございます」

「どうするのかね」

さすがに叩き上げの元自衛官は動じることなく、〈元凶〉である絆に問い掛けた。

「そうですね。すぐ降ります。——あ、そうだ。これから一緒に飯、どうですか。引っ越し挨拶ってことで」

一瞬だけ目を動かし、「了解だ」と言ってすぐに矢崎は引っ込んだ。

「ぐわっ。理解が早いのは助かるけど」

自身も手早く顔を洗い身支度を整える。

「ほら、ゴルさんも行くよ」

「OH。私もですか」

ゴルダも急《せ》かし、一階で矢崎と合流したのは約四分後だった。

矢崎は、敢えてバイク連中の中央に立つようにして腕時計を睨んだ。さすがに叩き上げの陸自。いい度胸だ。

「監督。悪いね」

「いえ。けど、なんとかなります？」

現場監督がヘルメットの庇《ひさし》を上げた。

「なんとかする」

絆は監督の肩を叩き、矢崎の方に足を踏み出した。

一斉に視線が集中するが、値踏み探るような気配と好奇ばかりで、直接膨れ上がるような邪気はほぼ皆無に等しかった。ないわけではない。

場所と本人を一度見ておこう。見て、あわよくば――。

そんな類の連中だったか。

腕の差を理解しない者はもしかしたら体格差で突っ掛かってくる可能性はあったが、そんな連中には矢崎やゴルダがいることが抑えだった。そうするつもりで誘ったものだ。

坂上から坂下に降り池之端《いけのはた》に向かう。

十台は威嚇《いかく》するような空吹かしを繰り返しながら、真後ろについてきた。上からは一方通行の順路だ。

絡み付くような気は濃かったが、それ以上になることはなかった。

やがて昌平橋通《しょうへいばしどお》りに出て、歩道と車道が分離した。

それでもガードレールを挟んで不可思議な道行は、絆達が池之端の交差点に出るまで続いた。

まで、とは、連中がそこで諦めて去ったというわけではない。単に信号の関係で、歩行者信号にタイミングが合って絆達が先行した恰好だ。

向かうのはいつもの、来福楼《らいふくろう》だった。

時刻は十一時半を回ったところだった。平日の開店時間だ。

「OH。ここですか。いいね」

ゴルダは素直に喜んだ。何度か訪れたことがあったからだ。味は知っている。

「あれぇ。いらっしゃい」

絆一人だと最近は愛想笑いもなしになった店主の馬達夫《またつお》が、ゴルダと矢崎、特に矢崎に向けて〈キャッシュ〉な笑顔と揉み手を向けた。

さすがに、生き馬の目を抜く〈ノガミ〉、上野で二代に渡って店を守ってきた商売人だ。

上客を嗅ぎ分ける嗅覚は鋭い。

「さぁさ。こっちね」

席もいつもの厨房《ちゅうぼう》近くではなく、一般席の窓寄りだ。不忍池界隈《しのばずのいけかいわい》を行き交う人々の賑わいが見える。

「参与は、ここは初めてですか？」

問えば、そうだという答えが返った。

「じゃあ、今日は任せてください」

胸を叩き、絆はあれやこれやと結構いい料理を注文した。

嗅覚鋭い馬達夫も弁《わきま》えたもので、

「もっとどうよ。滅多に口に出来ない物、ドンドンどうよ」

などと囃《はや》し立《た》てた。

アルコールは、この後防衛省に出ると矢崎が言うので無しにして、まずは出された冷菜に舌鼓を打つ。

すると、海鮮と白ネギ塩炒めを運びながら、馬達夫が難しい顔をしていた。

理由は、わかっていた。

「東堂さん。表の道路に妙な形のバイク、一杯。どうせ、あなたでしょ」

「当たらずとも、遠からず」

絆は笑顔で頷いた。

「だから、お客さん連れてきた。さて、損得はどんな計算になる？」

馬が腕を組んで唸った。目は窓の外とテーブルを忙《せわ》しなく往復する。

さして時間は掛からなかった。現金な即決は、出来る商売人に共通だ。

「仕方ないか。でも、東堂さん。帰るまでにはなんとかしてね」

「了解。わかってる。いや、今後も続くと面倒だから、一回で済ませるつもりもあってさ」

絆はおもむろに携帯を取り出した。

それから、ふと思い出したように矢崎を見た。

「参与。引っ越し挨拶のお礼に、これから一つ、面白いマジックをお見せしましょうか」

絆が電話を掛けた先は、魏老五《ぎろうご》に直通のナンバーだった。すぐに繋がった。

「やあ、どうも。——えっ。事務所にいない？　ああ。あなたがどこにいようと、今回は関係ないんで」

絆は矢崎に笑い、そのまま悪戯気《いたずらげ》に達夫を見上げた。

「店前にたむろするバイク集団の排ガスで、馬さんが困ってますすよ。——え、こっちで？　上野署？　冗談。謝って済むなら警察は要らない、なんて言いますけど、謝りもしないならあなた方の出番ってことで。ましてや、仲町通りから来福楼界隈は、あなたのテリトリーだ」

魏老五は何かを言っていたが、聞く耳は持たなかった。

その間にも、来福楼自慢の料理が次々と運ばれてきた。

魏老五との通話を終え、食事を終える頃には、外のバイク集団は残らず消えていた。

徒歩でやってきた〈フレンドリー〉な連中が、固めた笑顔でバイクを先導していたようだった。

間違いなく、魏老五の配下だ。

チェックの時間になった。

絆とゴルダの視線が一点に集まり、ようやく矢崎が、何かに思い至ったようだ。

「はて。東堂君。最初にたしか、今日は任せてくださいと言っていなかったかね」

「言いました。なので、今日の注文は俺が任されましたが」

「なるほど」

矢崎は大きく頷いた。

「ということは、だ。さきほど店主が口にしていた、滅多に口に出来ない物、ドンドンとか、君の言っていた、引っ越し挨拶のお礼、とか。それらを総合すると、もしかして支払いは私かね」

――ご名答。

絆とゴルダの声が揃った。

矢崎は肩を竦《すく》めて苦笑いだ。

「ま、いいだろう。どんな形にせよ、私も挨拶は考えていたからね。——じゃあ、これで挨拶は終わりってことでいいね。十月になったら、よろしく」

——そのときはまたそのときで。

本当にこういうとき、絆とゴルダの声はよく揃う。

四

この翌日、絆は池袋の特捜本部に顔を出してから亀有《かめあり》署に向かった。

「仁義だけは通しておいてね。不義理をすると後が面倒だから」

と言われたからだ。

言ったのはヤクザや香具師稼業の親方ではない。特捜隊長の浜田だが、別に組対がヤクザや香具師稼業に近いからというわけでもない。本庁及び所轄間では当たり前で、〈任俠〉なものの考え方はどの業界も実は共通だろう。

風通しを良くしなければ、特に縦割りの組織は上手く機能し得ないものだ。

ただ、単語としてストレートに〈任俠〉なのは、たしかに組対、いや、ヤクザの真裏《まうら》に存在する警察ならではか。

いずれにせよ、浜田の指示もあって絆は亀有署に向かった。

この第七方面本部下亀有署の刑事組織犯罪対策課には、酒井紘一《さかいこういち》という、絆にとっては警察学校の同期となる男がいた。

まだ田中稔と同一人物とは知らず赤城一誠を探っていたとき、川口《かわぐち》で土建屋を営む子安《こやす》明弘《あきひろ》が殺害されるという事件に遭遇した。

子安は狂走連合八代目総長を務めた男で、七代目の赤城とは近いというか、直属だった。それで気になって子安の情報を得るため、触ったのがこの亀有署の酒井だった。

殺害現場は川口にある子安の会社付近だったらしいが、自宅が亀有で、人の出入りとしては会社も自宅も境目がなかったらしく、それで亀有署からは酒井が所属する一班が子安の捜査に加わっていた。

絆の狙いとしては、当然最初は別だった。だが、田中こと赤城一誠を絆は追い詰めた。結果として子安殺しの犯人でもある赤城は、得体のまだ知れない〈不慮〉の事故でこの世を去った。

ある意味、組対特捜の捜査が刑事課の捜査を〈壊した〉恰好だ。

だから仁義は通さなければならず、つまり不義理をすれば、後々に様々な禍根を残すことになりかねなかった。

絆が酒井と接触を持った七月下旬以降、子安明弘の事件は亀有署と川口署の合同捜査になったが、現在は本部自体は解体され、犯人と目される田中のウラを取るべく、そんな作業中だった。

〈被疑者死亡のまま書類送検〉、は必ず不起訴になると刑事訴訟法上で決まっているが、だからと言って不毛な作業などではない。

この書類送検によって検察官は公益性に照らして捜査の適正を判断し、警察官はおざなりの後捜査で、死亡被疑者の尊厳を踏《ふ》み躙《にじ》ることがあってはならないからだ。

午前中に顔を出した亀有署に、酒井は不在だった。朝から川口署の方に回っていて、午後には戻るという話を聞いた。

大部屋に顔を出して課長以下に挨拶だけはし、いったん外に出て午後を待つ。

亀有署に仁義は通すが、不義理云々《うんぬん》で言えば窓口は酒井だ。情報を貰いもしたが与えもした。

バーターではあったが、捜査が立ち消えた後に残るものは、〈下げた〉酒井の株であり、〈潰し〉たのは酒井の顔だけだろう。

せめて書類送検に当たり、田中こと赤城一誠に関して、絆が知る限りの情報を酒井に提供するに如《し》くはない。

浜田に言われるまでもなく、そんな連絡は謹慎中の特捜本部内から酒井にはしておいた。

ここで率先して送検作業の音頭を取るくらいになれれば、下げて潰した酒井の株も顔も、上げて整えて、せめて〈元通り〉には出来るかもしれない。

上手く立ち回れば、逆に名前を本庁にまで浸透させるチャンス、と言えなくもない。いずれは捜一、とは本人の口からも聞いたことはあった。かえって目立ったとしても、損になることはないだろう。

電話口では、

「貸しだぞ」

と絆がみみっちいことを言っても、

「さあてな」

酒井は鷹揚《おうよう》に流すようにして受け答えた。

この辺は損得勘定もなくはないだろうが、多分に酒井紘一という男の度量も混じっているはずだ。

午後になってもう一度亀有署に顔を出すと、果たして酒井は大部屋に戻っていた。

会議室を予約したということで、そちらに移る。

さしてタイムラグもなく部下がコーヒーを持ってくるところまで、酒井という刑事は同期だからというだけでなく、用意も手際もいいと認めざるを得ない。

段取りよく話を進める手際もいい。だからテンポよく一時間もしないうちに、絆の手持ち情報は事件との関わりが曖昧な境界上にまで至った。

そこからは互いに探りながらの、〈世間話〉へと移る。

コーヒーの二杯目も、なかなかいいタイミングだった。

「そうだ、東堂。この前耳にしたんだが、お前、大人気らしいぞ」

酒井は〈聴取〉が済んだ気安さからか、足を投げ出すようにしてパイプ椅子の背を軋《きし》ませた。

「なんだ？」

絆はコーヒーカップに口をつけたところで視線だけを向けた。

亀有署の会議室は各フロアともおおむね西に並ぶようにして窓があり、午後に入ると一部が眩《まぶ》しい。この部屋は酒井の背側に窓があった。

件《くだん》の方南通りでの大立ち回りに、尾鰭《おひれ》が付いてだいぶ大げさな噂話《うわさばなし》になり、方々に出回っているという。

「そう聞いた」

「誰に」

新土建興業の子安、と酒井は言った。

絆は思わず噎《む》せ返《かえ》りそうになった。

「子安って、死んだ子安明弘か」

「そんなわけないだろうが。お前、ちゃんと寝てるか」

ちゃんと寝ているかどうかはともかく、どこでも眠れるのは特技だ。

子安の弟の翔太《しょうた》、と酒井は言った。

「翔太？」

聞き返した。絆の記憶にはない名前だった。

「そうだ。兄ちゃんは狂走連合の総長まで張った馬鹿だが、弟の翔太はそうでもないぞ。まあ、本人も狂走連合には入ってたが、二歳上の兄ちゃんにな、当時は無理無理引き摺り込まれたって話だ」

「へえ」

そう聞いても特に思い出すことは何もなかった。総長の弟にしてまったく覚えがないということは、相当に〈地味〉だったということに他ならない。

「ここん家《ち》はお袋さんが早くに亡くなっててな。親父《おやじ》さん一人の男手で二人とも育てられたってことだ。そんな苦労が祟《たた》ってか親父さんも三年前に亡くなってよ。総長を引退してから、まあ、適当には仕事を手伝ってた兄ちゃんが、何人かの仲間も引き込んで会社を継いだらしいが」

酒井もコーヒーカップを手に取った。

少しの動作でも椅子が軋むのは、本人が大柄なせいもある。高校時代は柔道で鳴らし、国体にも出場経験があるという。

「継いでも狂走連合そのままっていうか、会社もな、兄ちゃんは強引で荒っぽい仕事振りだったようだな。そんなトラブルはあちこちでずいぶんあったらしいが、尻拭いはこの翔太が一手に引き受けていたってことだ」

「へえ。社内の役割分担としちゃ、いい関係じゃないか」

「そうだな。ただ本人に言わせりゃ昔からで、しかも一時《いっとき》は兄ちゃんだけじゃなかったってよ」

「なんだ？」

「赤城一誠」

子安明弘が総長のとき、後見役であった赤城一誠は途中でその役を放り出してどこかへ消えた。

その後ボロボロと出てきたのが赤城の女関係、しかも手癖の悪さだ。仲間の女や先輩の彼女もいて、赤城を連れて来いと激怒するＯＢも一人二人ではなかったようだ。

「そんなのの尻拭いや調整も兄貴から丸投げされたってさ。つまり十七、八の頃からすでに、大いに苦労人だ」

「なるほどな。――で、その弟がなんだって？」

「ああ。そうだった」

酒井は湯気の消えたコーヒーをひと口飲んだ。

――そうだ。刑事さん。東堂絆って組対の話、知ってますか？　俺の周りではずいぶん出回ってる噂なんすけど。

話の始まりは、そんな切り出しだったようだ。

「知らないって言ったら、ずいぶん楽しげに話してくれたよ。そもそも人懐っこくて、よくしゃべる男でな」

曰《いわ》く、
警視庁組織犯罪対策部特捜隊の東堂絆は、歴代狂走連合千人を手玉に取った。

曰く、
百五十人殺し。

「うわ」

絆は仰け反り、手で顔を覆った。

「百五十人殺しって、それがなんとか対処したその場の実数くらいで、そもそも殺しってなんだよ。殺しって」

「噂なんてのはそんなもんだろう。ただ、百五十に対処するってだけで、俺に言わせりゃたいがいの化け物だが」

ただな、と酒井は前置きをした。雰囲気が多少変わる。刑事の顔だ。

「ただ、なんだよ」

「半グレ、元半グレの間で懸賞がかかってるって聞いた。手足一本百万、だそうだ」

「えっ。手足って、誰の？」

「お前のに決まってるだろが」

「俺の？」

絆は自分の四肢を見た。

「これで四百万？」

「馬鹿。全部取られたらたいがい死ぬぞ。それに当然、噂はそれだけじゃない。手足一本百万、命一つ、一千万」

「げっ。一千万」

「だそうだ」

「高いな」

「知るか。そもそも、自分の命を安売りするな」

だから気をつけろ、と刑事の顔で酒井は言った。

「気をつけろって言われてもなあ」

何もしようはない。ただ、今の話で合点《がてん》だけはいった。

「なるほどね。それでか」

成田でじゃれついて来た一団、湯島でゾロゾロとついてきた連中は、おそらくそんな噂に焚《た》き付《つ》けられた馬鹿どもだろう。

絆の様子に酒井は目を細めた。

「それでかって、なんかあったのか」

「ちょっとな」

「ちょっとって。おい。まさか」

絆は、特には答えなかった。

酒井は長い溜息をついた。

「なんとなくわかるけどな。俺も刑事だ。何事もなくちょっとって言える根性は見習わなきゃならないんだろうが、言っちまう環境はやっぱり願い下げだ。それこそ俺なんかじゃ、命がいくつあっても足りない。——いや、運も不運も、そんなだから呼び寄せるってのもあるか」

「さてな」

「それにしても現実に襲われたってことは、本式に構えるなら殺人未遂から、突き詰めれば殺人の教唆《きょうさ》まであるぞ、おい」

絆は黙ってコーヒーを飲み干した。

太陽が西に傾き始めていた。

酒井の椅子がやけに軋んだ。

「東堂。繰り返すが、気をつけろ。半グレだけじゃないぞ。元半グレもいるってことは、現本職の可能性もある。数え上げればきりがない。手足一本でも百万。あわよくば一千万。いや、金じゃないと嘯《うそぶ》く輩《やから》もいるかもしれない。お前にかすり傷一つ付けただけでも、下手《へた》打ってくすぶってる奴らには、そっちの世界ではもう一回日の目を見るチャンスだろうぜ。たとえそれが、どんなにどす黒い太陽だろうとな」

「ふうん。どす黒い太陽、ね」

絆は目を細めた。

西陽が酒井の真後ろに入った。

その姿が、まるでシルエットだった。

酒井が影の形で、どす黒い太陽と口にした。

真に迫って聞こえた。

五

東京にいろという郭英林の言葉を容《い》れ、この前日の木曜に国光は東京に戻った。

赤の他人に命じられるまま、唯々諾々《いいだくだく》と従うのは癪《しゃく》に障《さわ》ったが、このときの国光には他に兄に繋がる手段がなかった。

東京に戻って、そのまま愛人のマンションに入った。件の、田中こと赤城が死んだ恵比寿二丁目のマンションでも、そこに囲った銀座の女でもなかった。

もう、場所も女も、験《げん》が悪い感じしかしなかった。千切れた田中こと赤城の足と、赤いナメクジが這い摺ったような跡が目に浮かぶ。

だから国光はどちらも、近々払い下げるつもりになっていた。

マンションは井筒組の島崎で、女は匠栄会の高橋でいいか。特に高橋は、女を乗せて運転手をさせたとき、ずいぶんな色目を使っていた。

前夜に入ったのは、六本木で〈買った〉女のマンションだった。旧沖田組の千目連《せんもくれん》にいたという男が、たまたま黒服をしている店の女だ。

竜神会のひも付きばかりでは、その都度サツに紹介するようなものだろう。

マンションのローンを払ってやる契約で〈買った〉女だ。竜神会も五条国光も、一切表に出ない女だった。

一人、二人は、そんな隠れた存在もいいものだ。たとえ薹《とう》が立っていようと馬鹿だろうと、背徳の匂いが味を変える。少なくとも、大阪の小料理屋の女よりは確実にいい匂いがした。

何日か振りに東京の〈味〉を堪能し、翌日、国光が上野毛の事務所に顔を出したのは十一時半だった。

迎えの車は九時に来たが、十時開店と同時に女を連れて渋谷のデパートに回った。欲しい物があるとねだられたからだ。

買い与えて、女とは渋谷で別れた。上野毛にはその足で来た。

胡蝶蘭《こちょうらん》の匂いの濃い事務所に足を踏み入れると、見る限り事務所のスペースにいるのは東京の若い衆だけだった。北山や島崎の姿もなかった。

奥の、それぞれに振り分けた部屋にいるということか。

いや、それにしても――。

国光は入ってすぐ気が付いた。

「なんや」

若い衆が全員、揃ってひどく緊張しているようだった。何かに怯《おび》えているようでもあった。

「あ、だ、代表」

近くの若いのが、受話器を持ったまま立ち上がった。川崎《かわさき》の不動組《ふどうぐみ》から回された一人だった。

「おう。なんやねん。この妙な感じは。北山や島崎はどこや」

「えっと。あの」

若い衆の目が彷徨《さまよ》い、と同時に国光の携帯が振動した。

ポケットから取り出してみれば、この事務所の番号だった。

「ちっ」

受話器を捥《も》ぎ取《と》ってフックにのせる。

「アホんだら。シャンとせぇやっ」

怒鳴ると、ようやく覚醒したように若い衆の背筋が伸びた。

「み、皆さん一番奥っす。なんか、急に来た、いや、来られたんすよ。おれ、代表に電話掛けろって。そしたら代表が入ってきて」

まるで要領を得なかった。さすがに数を集めてカチコミに備えるためだけの、肉の盾だ。頭がない。

「さよか」

それ以上は無視した。

国光の声を聞きつけたか、奥から島崎が走ってきたからだ。

「代表っ」

「なんや。お前まで慌てて」

「会長が」

いらしてます、と最後まで聞く前から身体は反応していた。

奥へ奥へと、島崎を掻き分け、泳ぐようにして急ぐ。しかし、もどかしいほどに足はついてこなかった。

一階一番奥の、いずれは芦屋銀狐《あしやぎんぎつね》の若狭《わかさ》と桂のものになるはずだった部屋のドアが開いていた。

北山の背中が半分見えた。

匠栄会の高橋が、盆を片手に一礼して出てくるところだった。それも掻き分けて中に飛び込んだ。

果たして、

「あ、兄ちゃん」

「やあ。国光」

革張りのソファで細く長い足を器用に組み、宗忠がコーヒーカップを取り上げた。

「元気しとったか」

言われて、膝から落ちた。なぜか力が抜けて立っていられなかった。

「代表」

北山が脇から支えてくれた。かろうじて宗忠の正面のソファに座った。

宗忠は一連を、興味深そうな〈表情〉で眺めていた。

細い顎に広く秀でた額、常に優しげな微笑みの〈形〉は口元に浮かぶが、それが〈形〉でしかないと誰にも確信させる動かない目があり、全体として他人を寄せ付けず、また、他人に馴染まないオーラがある。

それが竜神会会長、五条宗忠という男だった。

「襲名披露以来やから、一ケ月半くらい振りやね」

宗忠は何事もなかったかのような口調で言った。いや、事実、宗忠には何ほどのこともなかったのかもしれない。

襲名披露はたしかに、八月の初旬に挙行された。場所は〈五条源太郎を偲《しの》ぶ会〉、つまり組織葬が行われた四条畷市《しじょうなわてし》の、宗忠名義の別荘だった。

〈五条源太郎を偲ぶ会〉は内外に周知を徹底した盛大なものだったが、襲名披露は宗忠の希望でごく内輪だけの儀式になった。

――要らんわ。紋付き着るんが披露なら、あれで仕舞いや。十分やろ。

葬儀のときから宗忠はすでにトップの貫禄だった。

そしてすでにこのときから、誰もが異を唱えることなく宗忠に従うだろうと、たしかに国光の目にも映った。

だからもう――。

何を覗かれたところで、今さら揺るがないのだろう。

揺らぐ可能性が少しでもあるとしたら、それは父の生前だったかもしれない。

（まさか。だからか）

不意に浮かぶ思考を、国光は頭を振って散らした。

あれもこれも、覗き見てしまった方だけがただ狼狽《うろた》える。そんな構図か。

気が付けば、宗忠が静かに国光を見ていた。

象の足下で右往左往する、蟻《あり》を見下《みくだ》すように。

島崎が部屋に入って壁際に北山と並び、高橋が国光のコーヒーを運んできた。

手を伸ばすと、こめかみからテーブルに汗が滴った。

慌てて袖口で拭いた。

「い、一ケ月半か。そやったかな」

「月遅れ盆の前やったし。そや、若狭が死んだて聞いた直後やったしなあ」

穏やかに言って宗忠はコーヒーを飲んだ。

「ああ。若狭で思い出したけどな。桂も死んだで」

「えっ。兄ちゃん。そりゃあ」

思わず尻が浮き掛かった。

壁際に並んで立つ連中もざわつくが、

「あれや。知ってるやろ。福島《ふくしま》区にあるフロントのマンション。あそこの九階から落っこってな。ボロ雑巾や」

「落っこってって。殺《や》られたんか？」

「せやろな。自分で落っこったら阿呆《あほう》や」

「なんでや。誰にや」

「まあ。詳しくは、お前が知らんでもええ話や。ただ、それにしてもうちの本部長な、勝手するならするで、少ぅし詰めが甘いわ」

「――ああ。そっちか。木下が」

木下が桂とつるんでいることは知っていた。国光が白石を使役したようなものだ。

桂の死は、そっち関係のトラブルか。

「みんな頑張っとるんやろうけど。打ち上げ花火なら、せめて打ち上げるまではきっちりして欲しいわ。たとえしょぼくとも花火は花火や。不発はまだしも、地べたで暴発は堪忍や。グチャグチャやからな」

宗忠は肩を竦め、またコーヒーを飲んだ。

内容に拘らず、口調は終始穏やかだ。

宗忠はいつもそうやって話す。

かえってそれが、恐ろしい。

「せや。それはそうと、国光。警視庁の例の組対の若いの。なんか知ってるようやね」

いきなり宗忠がそんなことを言った。

「えっ。なんかて」

どれのなんだ。迂闊なことは言えない。いや、どのことも迂闊に思える。覗いてしまった身としては、心臓が縮む心地しかしなかった。

エグゼ、と宗忠は口にした。

「え、エグゼて」

こめかみから流れる汗が倍量に増えたような気がしたが、ハンカチはない。テーブルのティシュを三枚使った。

「兄ちゃん。そないな話、一体どっから仕入れたんや」

「案外近いで。ほれ」

宗忠が顎をしゃくる。

壁際で井筒の島崎はバツの悪そうな顔をした。

「月曜っすわ。花持ってきて」

いきなり頭に血が上った。

ソファから立ち上がった。

「なんや、ボケッ。俺は知らんで」

「そ、そりゃそや。代表が、必要なときは自分から連絡するて。緊急以外、帰るまで連絡すなって。それからぁ今ですやん」

「ボケがっ。これが緊急やのうて、何が緊急や！」

「わからしませんわ。エグゼてなんですの」

低い笑いが地を這うように聞こえた。宗忠だった。

「私の言い付け通り、こいつらには内々《ないない》にしてたようだね。国光、上出来だ」

国光の頭がいきなり冷えた。

「当たり前や。と、当然やないか」

そのとき、国光の背後、部屋の出入り口の方に複数の声と足音がした。

「おう。荷物は運べたか」

国光越しに宗忠が声を掛けた。

——へえ。

と揃った声が返る。

見覚えも聞き覚えもある二人の男が入ってきた。

荷物とはなんだ。

「国光。知っとるやろ。若狭も桂も、とにかく狐が下手打ったからな、今度は狸や。ただ、二匹は要らんから、一匹は九州の獅子《しし》から呼んだで。——いや、そやないな。お父ちゃんの葬儀以来、金獅子の寺田がな、関東関東って五月蠅《うるさ》あて敵《かな》わんかってん」

立っていたのは祇園狸《ぎおんだぬき》の杉本晃《すぎもとあきら》と、九州金獅子会の平橋快二《ひらはしかいじ》だった。杉本は祇園狸の中の人間で若頭補佐、平橋は金獅子会の若衆頭だ。

「今し方、私と一緒に来てな。駐車場で車から荷物取り出しとったんや」

「荷物？」

「せや。身の回りの諸々《もろもろ》をな。長うなるか短いかは、狐のこともあるし、ようわからんけど、とにかく二人とも、たった今から東京竜神会に預けるわ。国光、あんじょう使うたってや」

宗忠が言えば、

——よろしゅうに。

まるで決めてあったように、また同じ言葉で狸と獅子が頭を下げた。

六

杉本と平橋の挨拶を潮に、一階での話は終いになった。

北山や島崎が新顔の二人を高橋達〈東京者〉に紹介し、部屋の割り振りなどを始めた。

「ほな、兄ちゃん」

国光は先に立って、宗忠を三階の東京代表室に誘った。

「うん。いい場所で、思たよりいい建物やね。東日本への橋頭堡《きょうとうほ》としては、十分や」

宗忠はそんなことを言いながらついてきたが、国光は特に答えなかった。

──とにかく二人とも、たった今から東京竜神会に預けるわ。国光、あんじょう使うたってや。

というからには、今はまだ死ななくて済みそうだということだけはわかった。

首の皮の一枚や二枚はまだ繋がっていそうだが、それでも二人になると緊張感はいや増す。

劉仔空。

なんといっても、赤の他人だ。

先導して代表室に入りはしても、国光はそこで留まった。

すべての主《あるじ》は劉仔空、五条宗忠に他ならない。

「ふうん」

部屋の内部を、宗忠は眺め回した。

特には何もない三十畳ほどの部屋だ。窓が右手と奥にあり、比べれば右手の窓が大きく陽光を取り込んでいる。そこに窓を背にするように黒檀《こくたん》のデスクがあってPCが載り、左手の窓がない壁側には革張りの背の高い応接セットがあった。

ドアのすぐ右手には、モニターのように巨大なテレビだ。

「なかなかシンプルやな。テレビだけなんや知らん、ごっついけど」

宗忠は執務机に進み、肘掛け付きのキャスターチェアに座った。

「さて」

まず宗忠はそう言った。

そう言っただけで、国光の肩が上がった。

「なんや。えらい硬いな。自分の部屋やで」

宗忠は白い歯を見せた。

「え。——ああ」

そういえば、部屋に入ってドアの傍で、立ったままだった。

ソファに向かう。どうにも手足の油が切れたようで、上手く動かなかった。

また宗忠は、今度は声にして笑った。

「わかるけどな。勘弁しいや。私は何も、お前を取って食おう言うんちゃうで。いいか、国光。お前は私の可愛い弟や。私と国光は、兄弟やで」

「——ああ。せやな。兄弟や」

言われて、多少は心身がほぐれる。

そう、皮一、二枚は残った首に、さらに薄皮一、二枚は増えた感じだ。

それにしても——。

宗忠の響かない声、笑わない目、人がましさを排除したオーラ。

まだ死は、国光の首からそう遠くへは離れていない。

(いいや)

そうだ。ヤクザな家業、いや、ヤクザ稼業そのものが、そもそも死に近いのか。もしかしたら人より偉そうにさせてもらって生きる分、生まれたときから限りなく死に近いのかもしれない。

(なんや。そういうことか)

ストンと腑《ふ》に落ちた。それで大分、落ち着いた。

ソファに座る。座れた。

「兄ちゃん。郭英林に言われてきたんか」

ほう、と宗忠が目を細めた。

「なんやら、腹が定まったようやね。それでこそ私の弟や」

宗忠は顎を引いた。

小さな動きだったが、少しだけ感情が見えたかもしれない。

嬉《うれ》しそうな気がした。

「言われたよ。けどな。別に、英林に言われたから来たわけではないで。私を一存や思惑で動かせる人間なんか、もうこの世に存在せえへんし。実際、狸と獅子の二人のこともそうやけど、東京に用事もあったんや。これでも忙しい身の上でな。そろそろ、いくつかを肩代わり言うか、助《すけ》て欲しいと思てんやけどな。お前には」

国光は何も言わなかった。ただ、喉が鳴った。乾いていた。

「なんや、そのままじゃお前が可哀そや。——少し、話しよか」

宗忠は椅子を、背側の窓の方に回した。

青い空が広がっている。

「私はな、五条宗忠や。間違いないねん。けど、劉仔空と言う名前もあるようや。これも間違いないことやねん。なんたって国光。昔、お前には教えたったで。兄ちゃんが特異体質やってな。兄ちゃんな、自分のこと、ぜぇんぶ覚えてんねん」

宗忠が口を開いたのは、自身についてだった。

たしかに、

——国光。だぁれも知らんけどな。兄ちゃんな、生まれたときからのこと、ぜぇんぶ覚えてるんや。それもな、オカンの腹から出た瞬間からや。

昔、宗忠から聞いたそんな話が瞬時に思い出された。

——あのなぁ、国光。これはな、闇の話や。お前なんか想像もできんくらい、ホンマは暗くて辛くて、悲しいことなんやけどなぁ。

そうも言っていた。

宗忠の話は、爆弾も同様だったUSBの内容通りだった。いや、動転して途中で切り上げた内容を補完するものでさえあった。

宗忠は劉学兵《りゅうがくへい》という男の次男として、一九六三年に上海で生まれた子供だったようだ。前年、中国では計画出産指導機構が設けられた。この組織は俗にいう一人っ子政策の走りともいうべきもので、計画出産弁公室へと発展する。

宗忠、いや、仔空が生まれた年、仔空の父・劉学兵は、上海市の弁公室主任だった。学兵は生まれたばかりの仔空を、数々の〈メリット〉を付けて五条源太郎に託すことにしたらしい。

満州《まんしゅう》生まれで上海語を解す五条源太郎は、このとき、引き上げた日本国内での愚連隊だけでは飽き足らず、民間貿易協定のルートを辿《たど》って舞い戻った上海の、外灘辺りをうろついていたという。

立場上、二人目の子供を持つわけにはいかない学兵と、中国裏社会に太いパイプを是が非でも欲していた五条源太郎の利害は一致した。

月曜に国光が会った郭英林はつまり、はるか昔に劉学兵が〈メリット〉の一つとして源太郎に紹介した、上海シンジケートに属する男だったようだ。

――いいっすよ。別にどうってことねえ。貰いやしょうか。

源太郎は劉学兵に流暢《りゅうちょう》な上海語でそう答えたらしい。

特に源太郎には子供がおらず、そもそもそういう情にも乏しかったようだ。

この瞬間、劉仔空は生まれたばかりにして、五条宗忠へと生まれ変わったのだ。

それにしても、この源太郎の言葉を宗忠は覚えていた。学兵の手から源太郎の手に渡る瞬間からだ。

ただし、言葉の意味を理解したのは、ひそかに独学で学んだ四歳のときだったという。音として記憶していたのだ。

「私はな、口もまだよう動かん赤ん坊の頃から、普通に他人の言葉を理解してたんやで。いいや。言葉だけやないで。打算に塗《まみ》れた大人達の目、表情。わかるか、国光。いいや、わからんやろな。その怖さ、悲しさ」

わかるわけもない。

いつの間にか、国光は下を向いていた。大理石のテーブルの模様が、黒白を露《あら》わにして冷たく冷えて見えた。

――出来ん子なら、道頓堀《どうとんぼり》に投げ捨てるもよし。ああ、東南アジアに臓器で叩き売ってもええな。

五条源太郎は日本への帰路、宗忠をベロベロバァッとあやしながら、同じトーンでそう呟きもしたという。

「だから私はな、負けられんかったんや。常に優秀でおらな、臓器やからな。小中高大。

けど、そうやな。手始めは、お前のまだ生まれる前やった。スモック着て幼稚園バッグ下げた入園式の桜の下やったかな。決めてたんやで。キャハキャハ笑って楽し気な振りしながら、絶対負けんて。ずっと一番やて。そんで、いつか潰したるて。いつか——まあ、こっからは今に繋がる、つまらん話や」

宗忠がキャスターチェアを軋ませた。

顔を上げれば、窓の外の青空を従えるようにして、宗忠がこちらを向いていた。

「今に繋がって、今を切る。お父ちゃんが残した黴臭《かびくさ》い物の断捨離《だんしゃり》も真っ最中やけどな。捨てるだけやないで。国光。私はちゃんと種も蒔《ま》いとるよ。いくらでも蒔いとる。いろんなところで蒔いとる。お前も、言えばそんな種の一つやし」

「え」

「国光。命の心配なんかせんでええ。あんじょうお気張り。まずはエグゼや。組対の若いの絡めてな」

宗忠は肘掛けに肘をのせ、手のひらを開いて顔をのせた。

「そう。さっきの桂の件な。木下の絡みの。あれにはな、お前も知っとる磯辺《いそべ》君が嚙んどるんや。IRとかを絡めてな。さすがにサーティサタンやで。なかなか面白い趣向で事を運ぶとな、私は本気で感心してるんや。一つ、尻馬に乗ろうかともな。後でおまえにも話したるけど、なんにせよ、種蒔きと細工はな、切らすことなく、常にし続けるもんや」

　さして面白そうではないが、笑ってはいた。

「ま、言うほど簡単やないけどな。ときにはええ土も水も、一杯お陽様の当たる一等地も与えるで。けど、またときには、凍える寒さ、煮えくり返る暑さや、飢餓も与えるんや。種っちゅう物《もん》がいずれ芽を出し、甘く大きく育つにはどっちも必要やと、私は思っとるよ。いいや、話した通りや。私は、身を以て知っとるんや。だから国光。もう一度言うで。あんじょうお気張り。なあ、東京代表」

　宗忠はキャスターチェアから立ち上がった。

　冷ややかに見下ろす背後に、雲が流れた。

「私はな、お前に期待しとるんやでぇ」

　声が遠かった。

　宗忠は顔を国光から動かした。

「殺風景な壁や。絵、送っとくで。私の好きな、あの絵の習作や。本物やで」

　宗忠の好きな絵。

　大阪・竜神会本部会長室のシャガール、〈家族の顕現〉。

（家族て、なんやろうか）

　国光は何もない壁を見詰め、暫時動かなかった。

第三章

一

日曜日だった。

特にこの日は土日に敬老の日を含む三連休のど真ん中だが、絆にはなんの関係もない。

午後に入って絆は中野のネットカフェ、〈自堕落屋〉を訪れた。

社長の奥村金弥《きんや》に会うためだ。

いつもの事務方の女性に案内されて絆が向かったのは、この日は四階だった。

一階から七階までの全三十室の中を、奥村は一時間ごとにランダムに移動する。とにかくそのとき、〈社長室〉のマグネットプレートが貼られた部屋が居場所だ。

日々の忙しい移動は、ネットの闇に潜るハッカーとしての自身に掛けた、一番高度なセキュリティらしい。二番目が、ICセンサーが内蔵されたマグネットプレートで、このセンサーで廊下を移動中は半径五十センチ内外を、ドアにプレートが貼られた時点からはその室内を、防犯カメラの記録から除外するという。

徹底したセキュリティにより奥村は自堕落屋にいる限り、王様として君臨しゴーストとして存在を消す。

「遅い。来たか」

ドアを開けた途端、音量調整の利かないでかい声が絆を迎えた。

およそ七㎡の室内にハイエンドPCが二台は、自堕落屋の中ではもっとも一般的な部屋だろう。絆が入ると一杯一杯だった。

「月に一度は来いと言ったぞ」

ドアを閉めると奥村の声はさらに響いた。

「来ましたけど」

「来いと言ってから六日になるぞ」

奥村はキーボードを動かす手を止め、座ったまま顔を斜め後ろに振り上げた。

細身で声がでかい癖毛《くせげ》の白髪、高い頬骨《ほおぼね》となお高い鼻梁《びりょう》に二重瞼《ふたえまぶた》のドングリ眼《まなこ》。

それが奥村金弥という、曲者《くせもの》の天才ハッカーだ。

「すいません。色々ありまして、すぐには来られませんでした」

頭を下げると、それだけで奥村に当たりそうだった。

立派なOAデスクと椅子の入った七㎡は、それほど狭い。

「いろいろあっても来ることだ。頼み事をすれば来るというのは、しなければ近寄らないということと同義であり、そんなネットワークは0と1の世界以上にドライだ」

「ごもっとも」

「わかればいい」

奥村がどうわかってくれたのかは定かではない。

しかし実際、三日前に亀有署の酒井のところに顔を出したときはそのまま、刑事組織犯罪対策課の中でも主に組対を担当する一班に捉まった。夜になってから、京成お花茶屋《はなぢゃや》駅近くの雑居ビルにガサを掛けるから手伝えと言う。

依頼があれば逆らうわけにはいかない。その辺が特捜の、しかも遊軍である絆のそもそもの働き場所だ。

ただ、謹慎自粛のツケが溜まったとでも言わんばかりに、先週はこの亀有署の手伝いで夜勤が三件目となり、前夜は渋谷署の下田に駆り出されて朝帰りだった。

午前中、特捜隊本部の仮眠室で寝た。今はその午後だ。

なかなか、息をつく暇もないほどのハードワークだろう。

普通の警官なら——。

前日の土曜は夜だけでなく、昼間は川口に行っていた。酒井から聞いた子安翔太の元を訪ねたのだ。

新土建興業の定休が日曜・祝日と第二土曜ということは、これもあらかじめ酒井から聞いていた。

白いフェンスに囲まれた作業所兼本社の敷地内に足を踏み入れる。

すぐ近くでトラックに単管パイプの積み込みをしていた作業員に聞くと、

「ああ。社長の弟なら、あそこだね」

と、一番奥のプレハブを教えられた。

向かえば、子安翔太はすぐにわかった。

途中の作業場には仕事の打ち合わせをするニッカポッカの職人が何人かいたが、プレハブの中には一人しかいなかった。しかも開襟シャツにネクタイだ。

「えっ。あ、東堂って、東堂絆、さん？　本物の？　うわっ」

身分証票とともに東堂と名乗るだけで、いきなり子安翔太は自分から近づいてきて握手を求めた。

一瞬面食らったが、どうにも人懐っこい性格は明らかだった。酒井の言った通りだ。

「東堂です。本物か偽者かの区分はまあ、何が基準かがよくわかりませんけど」

「赤城一誠を手玉にとって、しかも百五十人の、あの東堂さんっすよね」

「ああ。それですか」

「凄いっす。もう、ホントに凄いとしか言いようがないっす」

土建屋らしくないというか、痩せ型で上背《うわぜい》もさほどない。今年で三十歳になるということは絆より二歳年上ということだが、童顔と相まってとてもそうは見えなかった。

嬉しいなあ、感激だなあと、翔太は繰り返した。

間に挟むように例の噂話について聞いてみたが、出所はどうにもはっきりしなかった。

「どこだったかなあ。うちの社員からだったか、九代会《きゅうだいかい》の集会だったか」

「九代会？」

「あ、狂走連合の、俺らの代のOB会っすよ。もっとも九代会ったって集めた本人、総長の中里《なかざと》が死んじまってからは、半グレ連中とか本職になっちまった奴らはバラバラで。今はもう、ただ昔を懐かしんで大人しく走る、有志の集まりっすね」

「なるほど」

狂走連合九代目総長の中里は、たしかに自爆の交通事故に一般人三人を巻き込んで二年前にあの世へ去った。

「その九代会のリスト、頂けますか」

「いいっすけど、家に帰らないと住所はわかんないっす。後で揃えて送りましょうか」

「よろしく」

その後も嬉しいなあ、感激だなあと繰り返す翔太に名刺を渡し、

「他にも何か思い出したら、いつ何時《なんどき》でも遠慮なくどうぞ」

と言い置き、外に出る。

敷地から出る前に、まず手近にいた社員達には話を聞いた。

翔太同様、誰も判然とはしなかった。

東堂絆という組対の刑事を知る者すらおらず、東堂が名前を知る狂走連合の強者《つわもの》もいなかった。

それから新土建興業の外に出て、すぐに連絡を入れたのが奥村だ。

奥村が言う、

――頼み事をすれば来るというのは、しなければ近寄らないということと同義であり、そんなネットワークは0と1の世界以上にドライだ。

という言葉は、本当にドライに前日の土曜日に繋がる。

奥村なら、半グレ達に流布《るふ》する噂の出所くらいすぐに判明するだろうと高を括《くく》り、新土建興業を出たその場で頼んだのだが――。

「やはり、すぐにはわからんな」

日曜日の奥村の答えはにべもなかった。

「ありゃ、わからんって、またですか」

「またとはなんだ」

「なんたって二連チャンですから」

ふん、と奥村は鼻を鳴らした。

「田中稔のときと一緒にするな。――いや、一緒にしろ。やはりあれは大変だったのだ。深過ぎた。正確には開き過ぎた」

聞けば今、〈トリモチ〉のセキュリティをよりシビアなものに再構築中なのだという。

「だから、今出来るのは一般人と同じ程度の検索だ。上辺《うわべ》を撫でる程度。それ以上はさすがに無理だ」

〈トリモチ〉とは、奥村自作の情報解析収集ソフトの名称だ。ネーミングセンスはさておき、汎用型検索エンジンとは比べ物にならない速度と精度と深度を誇る。

それが、田中こと赤城一誠の件でセキュリティレベルを落として使用して以来、奥村と自堕落屋周辺をうろつく輩がいるらしい。

特にロシアとコロンビアが厄介だというが、これはさすがに絆にどうにかできるリアルの話ではない。バーチャルの話だ。

自堕落屋の事務の女性が運んでくれたコーヒーを立ったまま飲む。奥村も飲んだ。

飲んで、「和《かず》ちゃん、美味《うま》い」と奥村は言った。

女性が和ちゃんということを、絆は初めて知った。

「東堂。この前の一件は、電脳の奥深くに隠そうとしたものをどう暴き出すかの恰好になった。仕方ないと言えば仕方ないが」

「ご迷惑様で」

「気にするな。したくてしたことだ」

「では、用件はお預けしますんで。気長にと言うか、少なくとも手短に、とは言いません」

「デジタルに気長は、もっとも縁遠いはずなのだが」

「それにしても、短気は損気。これはデジタルもアナログも変わらないでしょう」

頃合いと見て立ち上がり、ふと思い出したことを聞いてみる。

「奥村さん。エグゼって知ってます？」

「なんだ？」

「その質問も含めてわからないんで聞いてますが。なんでも、どエラく高そうな店で呑んだ東京竜神会の代表が、うわ言のように繰り返した言葉だって聞いてます」

ふむ、と腕を組み、一瞬奥村は考えたようだ。躊躇《ちゅうちょ》も見られた。

が——。

「それも、完成したらトリモチに掛けてみようか。そういうことだろ」

「まあ」

「ただ、過度な期待はするな。特に今はな。一度、ネットの奥底まで泳ぎ過ぎた」

「了解です。さて――」

財布を取り出す。

すると、読んでいたようなタイミングでモニターに向き直りながら、要らないと奥村は言った。

「何も出来なかった。だから要らない」

「いや。そういうわけにはいきません。わからなかったということも立派な情報です」

「それはそうだが」

ふむ、と腕を組み、なら五千円だと奥村は言った。

絆は机の端に千円札を五枚のせた。

奥村は軽くそちらに顔を振った。

「お前、カネさんにまた似てきたな」

「そうですか?」

「また来い。今度は言われる前に来い」

「約束はなかなか出来ませんが」

苦笑し、頭を下げ、絆は自堕落屋を後にした。

外に出て歩行者信号待ちをしながら、絆は広く辺りを眺め渡して肩を落とした。

(またか)

左右の歩道と、車道にいくつかの視線を感じた。正面のブロードウェイ入り口から右手、中野通りとの交差点に向かっては溜息が出るほど数多くの邪気もあった。

（なんか、しょうもない方面で人気者になったもんだ）

商店街の買い物客にもいい迷惑だろう。特にこの日は三連休のど真ん中だ。

どれも身構えなければならないほどではないが、中には今にも爆発しそうな、殺気にも似た凶暴なものもあった。

横断歩道の真向かいで腕を組むツナギにパンクリベットのレザーマスクの連中は、明らかに戦闘態勢でニヤついている。

舐められたものだ。

闘志も湧く。

「掃除だけ、していくか」

呼吸を整え、落とした肩をその位置から回した。

すぐに歩行者信号が青になり、絆はいきなり走った。

数を頼んで凄めばビビる、尻尾《しっぽ》を巻くと、そんなふうにでも思っていたのだろうか。

険呑な壁のような一団の中に躊躇なく飛び込む。

意表を突く絆の行動に邪気が大いに揺れた。

――んなろぉっ。

——舐めんじゃねえぞっ。

何人かが拳《こぶし》を突き出してくる。

ただ、そこからは先は一気だった。

吹き上がる怒気の間《ま》に間《ま》に身体を差し入れ、絆は縦横無尽に足を飛ばし、腕を伸ばした。

それにしても一度たりと止まることはなかった。

無人の野を、一陣の風となって吹き渡るに等しい。

その気になった絆に触れることすら出来るわけもない。

所詮は、小物の集団だ。

最後は、早稲田《わせだ》通りと中野通りの交差点に立ち止まる。

絆の引く澪《みお》の如く、ブロードウェイから中野通りに向かう歩道に半グレ、チンピラが次々にへたり込んだ。

百円ショップの前で二人、アイスクリームショップの辺りに三人。

そして、交差点の空地《くうち》に六人、いや七人。

通り掛かりの一般人には、何かのパフォーマンスに見えたかもしれない。

——何？　フラッシュ・モブ？　撮影？

そんなことを呟きながら、カメラを探す女子のグループも事実あった。

振り返ることなく中野通りから駅を目指し、絆は大きく息をついた。

それで、なにごともなかったような状態に戻る。

恐るべし。

駅前に至って、絆は携帯を取り出した。

メールの着信があった。

新土建の子安弟からのメール。

頼んでおいた九代会のリストだった。

そのまますぐに奥村に転送して現況の確認を頼み、歩きながら電話を掛けた。

留守電だったが、端からわかっていることだった。

「ええと。がぁさん、東堂です。最近は、どちらにいらっしゃいますか」

相手は奥村同様に金田《かねだ》から引き継いだ捜査協力者、プラカード持ちの〈がぁさん〉こと、鴨下玄太《かもしたげんた》だった。

二

同じ日の夜だった。

魏老五は上野の来福楼にいた。

いつもの最奥《さいおう》の部屋だ。扉に龍虎の彫り物がある。

今日は上海から、魏老五にとって朋友《ポンユウ》と言っていい相手が訪れていた。

朋友とは親友以上、同志にも近い存在を言い表す言葉だ。日本語にすれば、義兄弟が近いかもしれない。

それもあって魏老五は、いつもの馬の店、いつもの部屋だが前もって予約をした。

正確には、馬の腕を見込んだ松鼠桂魚《ソンシュウグイユー》や獅子頭《シージートウ》、無錫排骨《ウーシーパイグー》などの料理の予約だ。

今、魏老五の右隣でグループの人間と一緒になって円卓を囲み、松鼠桂魚に舌鼓を打つのが朋友、郭英林だった。

郭英林と魏老五の交流は長い。

一九五九年に上海で生まれた老五は六七年、〈下から上への奪権〉をスローガンとするプロレタリア革命運動、一月革命に巻き込まれて両親が共に命を落とした。七歳のときのことだ。

〔大変だったね。でも、もう何も心配は要らない。私達がお前を守るから〕

途方に暮れる老五に、救いの手を差し伸べてくれたのが子供が生まれたばかりの、父の妹夫婦だった。このとき生まれた子が、英林だ。

叔母《おば》が嫁いだ魏大力《だいりき》は、父の本家筋と同じ長江漕幇《チョウコウソウバン》の流れを汲んでいた。そんな縁で叔母は嫁いだようだ。

義父は長江漕幇から派生した、より闇に近い青幇《チンバン》の生き残りだった。当時の上海黒社会で合法・非合法を問わず手広い商売をしていた。その関係で日本の五条源太郎とも繋がりがあったようだが、老五がそのことを知るのはもっと後の話だ。

魏大力の息子、魏老五として、老五は黒社会の男達の間で生きることになった。

ただしその後の七一年初頭、周恩来《しゅうおんらい》の提唱によって一度は頓挫したかに見えた計画出産活動が再始動し、文革終結後の七二年には農村部にまで広く浸透した。七三年には国務院に、計画出産指導小組という専門の部署が誕生する。

〈晩婚、晩産、一夫婦に子供二人の指導〉

折りしも、叔母が二番目の実子を身籠もった年だった。

実際には、この子は運がなく陽の下に産まれ出ることはなかったが、義父が決断せざるを得なかったのはたしかだ。

〔俺は、約束と新たな命を守る〕

義父は幇の誇りを重んじ、上の実子、英林を養子に出してまで老五と新たな命を守ろうとしてくれた。

しかし、この関係は一年と保《も》たなかった。

義父は老五を〈あらゆること〉から守ろうとしてくれたが、一族の中には血の結束を重んじ、実子を外に出した魏大力を詰《なじ》り、老五を疎《うと》んじる者も少なくなかった。

産前の叔母の体調のこともあり、老五は思い切って義父に、上海に別れを告げ日本へ渡ろうとする旨を切り出した。

これが十四歳のときだった。

日本を目指したことには、特に大きな意味はない。

直前に実現した日中国交正常化の共同声明により、上海ではこの時期、海外を目指すなら渡日が一種のブームのようでもあった。

実際、この後の二十年で日本へ移住する中国人は四倍以上に増加する。

加えて、このとき義父との商談のために、ちょうど日本から竜神会の男が上海に来ていたということも大きい。

この頃にはもう、五条源太郎という個人名より、竜神会というジャパニーズ・ヤクザの名前の方が上海黒社会では大きく、また意味があった。

老五が上海を出る意思を伝えると、義父が連れてきたのがこの男だった。老五は渡日の手続きの一切を、この竜神会の男に任せた。

老五は無事に日本に渡り、ノガミに落ち着いた。

その後、魏大力の方はといえば、叔母が運悪く流産したこともあって実子英林を、養子に出した先家に頭を下げてまで呼び戻した。

だが、英林は戻りはしたが、魏英林とはならなかった。

養子に出された先の姓、つまり郭を名乗り、これを譲らないことを先家に対する義としたようだ。あるいは、自分を養子に出した実父に対する〈憤〉の表れ、でもあったか。

逆に老五は、義父の家とは袂《たもと》を分かったが、遠く日本でも魏老五を名乗った。魏の苗字を用いるのは、自分を拾い育ててくれた魏大力に対する恩であり義であり、考え方としては郭英林と一緒だった。

なんにせよ、実家に戻った郭英林は生き馬の目を抜く上海黒社会で、父・魏大力の跡を継いで立派に青幇の裔《すえ》として生き残り、成り上がった。

その過程で生き残るために竜神会とも手を組み、成り上がるために、上手く五条宗忠と誼《よしみ》を通じたようだ。

それがかの、ティアドロップに繋がるらしい。

〔魏大哥《タイコー》。いい店だ。懐かしい味がする。日本で、本場の江蘇《こうそ》料理が味わえるとは思わなかった。感謝するよ〕

江蘇料理とは中国八大菜系の一つで、上海料理を包括する。

英林は実に満足げだった。馬達夫の腕のたしかさを示すものでもある。

魏老五は紹興酒《しょうこうしゅ》のグラスを掲げた。

〔礼には及ばない。小英。お前と私の仲じゃないか〕

小は、年上から見た年少を意味する。親しみを込めて＊＊君、＊＊ちゃん、くらいの意味か。そして、ルールとして小の下は必ずひと文字だ。英林の場合は林を消し、小英となる。
〔それにしても、小英が来ると聞いたときは驚いた。何年振りだ？　日本は〕
〔そう。かれこれ、十八年かな〕
つまり、陳芳としてN医科歯科大学に通っていた頃だ。
〔遠いが、懐かしい記憶だ。魏大哥。ネットでは見ていたけど、日本は変わったね。あの頃とは大違い。驚くほどだ〕
〔上海も同じようなものだろう〕
〔とんでもない〕
英林はまずナプキンで口を拭き、両手を広げた。
〔上海は旧態依然として、何も変わらない。綺麗なのは上辺だけだ。路地を一本入っただけでゴミの山。たかが路地一本で、誰もがそれでいいと思っている。日本は、少なくともどこにも汚れが見えない。ないとは言わないが、上手い。それが大違いで、それだけでケタ違いだ〕
魏老五は頷いて見せた。
と、扉の外から、用心のために立つグループの若者に話し掛ける馬達夫の声が聞こえた。
少し煩いというか、何かを伝えているようだった。
命じる前に、魏老五の真正面、グループNo.2の席から王拍承《おうはくしょう》が立った。

本来ならその席には陽秀明《ようしゅうめい》が座るはずだが、今現在は不在だ。このところは上海に腰を落ち着け、向こうで新たな事業に取り組んでいる。

ティアドロップを世界流通に乗せるため、上海から台湾《たいわん》へのルートを確立させるのだ。

そもそもは日本から持ち出し、台湾を拠点にして広く海外で売ろうと画策していたものだが、組対の東堂絆に潰された。そこで魏老五は、ティアドロップを上海で直に買い付けることにした。

売主は当然、今魏老五の右隣に座る郭英林だ。

魏老五にとって朋友とは、良き商売仲間と同義でもある。

六月初旬、向こうに渡った陽秀明と英林が属するシンジケートの間で、すでに正式な契約は取り交わされていた。

今回、英林は竜神会のルートで入国したようだが、詳しい目的は本人が言わない以上聞かない。

〈聞く〉という行為で、情報は価値の輝きを失う儚《はかな》いものだ。秘かに知る、あるいは推論立てて正解に辿り着いてこそ、無上の価値を見出せる。

それにしても、魏老五にはおおよその見当はついていたが、今のところ自分の出番はないように思われた。

今のところ——、いや、今後も、金輪際《こんりんざい》——。

だからただ、英林の来日を喜ぶだけに今日は留めて、祝杯を挙げるのだ。上機嫌でいると、

〔おい、蔡宇《さいう》〕

部屋の外から王が、魏老五の左側に座る№４の蔡宇を呼んだ。

魏老五はそちらに意識を傾けた。

外で何かがあったようだ。

蔡宇は立って、壁際から扉に向かった。

何かを王と話し、行きより速足で蔡宇が戻り、魏老五に耳打ちした。

聞いて魏老五は相好《そうごう》を崩した。

〔おう。そうか。それは、ちょうどいい機会かもしれない〕

魏老五は蔡宇を通じて馬に、フカヒレの姿煮を注文した。食うためではない。宛《あて》がうためだ。

それで、座興のアトラクションは自動的に動き出す。

新たに運ばれた無錫排骨を齧《かじ》り、その脂を紹興酒で流していると、部屋の空気が一瞬揺すられたような浮遊感があった。

英林もさすがに何かを感じたようで、無錫排骨を貪る顔を上げる。

ちょうどそのときだった。

「あのさぁ」

扉に手を掛けて立つのは爺叔《イエシュウ》・片桐の息子、東堂絆だった。

〔組対の東堂さんが、夕飯を食べに来ましたけど。また何か出しますかね?〕

先程、商売人の馬が伝えてきたことはそれだった。

「あれ?　お客さん?」

東堂は魏老五の隣に郭英林を認め、眉を顰《ひそ》めた。

郭英林はただ、東堂の様子を目を細めて眺めていた。

古くからの付き合いだから、魏老五はこの朋友を知る。

表情を隠したいとき、この男はよく目を細める。

「仮面、かな」

東堂が呟いた。

思わず魏老五の口からは感嘆が漏れそうになった。

五十年からの付き合いで成し得たことを、この組対の男は一瞬にして飛び越える。

「ま、なんにもしないならなんでもいいですけど」

東堂は扉の桟に寄り掛かり頭を掻いた。

「勝手にいい物を食うのはそっちの勝手ですけど、ささやかな庶民の食事を邪魔しないでもらえますかね。フカヒレで」

「でも、来るよね。フカヒレで」

「そりゃ、フカヒレですからね」

東堂は肩を竦めて笑った。

まったく物怖《ものお》じしないのは前からだが、少し角《かど》が取れて来たか。

その分、やはり親子だ。どことなく爺叔・片桐がダブる。

「聞いてるよ。半グレとまた、ずいぶんな大立ち回りを演じたそうね。監察のトップに聴取されたって」

「へえ。相変わらず早いですね。どこからです?」

「さあて。情報提供はどこからでも、いつでも来る。そう教えたね。爺叔の息子。大事なのは正確な取捨選択と、スピードだとも言ったはずだ」

聞いたかな、と東堂は腕を組んで視線を泳がせ、空惚《そらとぼ》けた。

なかなか食えない男にも育ってきている。この辺は爺叔・片桐にはなかった狸振りだ。

死んだあの、金田とかいう相棒か。その他の仲間、組対部長の大河原辺りの薫陶《くんとう》か。

「ああ、爺叔の息子。この前、この店の前から散らしたバイク集団も、その関係?」

魏老五は肩を揺すった。

東堂の目がかすかに光った。

「あ、まさかあなたが噂の出所なんて」

「なにそれ。なんの話かね」

「いえ。知らないならこっちのこと。——で、今日のフカヒレの用向きはなんです？」

「上海王府国際旅行社。知ってるよね」

それはゴーストライダー、田中稔が上海で繋がっていた旅行社だ。

魏老五が言えば、東堂の口元が引き締まった。

嫌な顔だった。正義を振《ふ》り翳《かざ》す、組対の男の顔だ。

避けるように右隣に顔を向けた。

「董事長《とうじちょう》だよ。郭英林と言う」

「董事長？」

「日本で言う、社長みたいなものよ。偉い人。だから、顔くらい見せておこうかと思ってね。それだけ」

東堂は頷いた。納得したかどうかは知らないが。

「なるほど。どういうご関係で」

「別に。友達。そう、ここから買う時計、私は気に入ってたんだけど」

「わざわざ上海で？」

「そうよ」

「日本で買った方がはるかに安かったと思いますが。例えば、ＴＳ興商からとか」

「高いのがステイタス。それと信用。そんな買い物もあるね」

「へえ、羨ましい限りです」

東堂は郭に白々とした眼光を向け、そのまま背を返した。

「フカヒレと焼き餃子《ギョーザ》が冷めますから」

扉の外に居並ぶグループの若い衆を掻き分けるようにして東堂が去った。

英林は東堂がそれまでいた場所に目を当て、やがて大きく息をついた。

〔あれが、魏大哥が言っていた男か。西崎次郎を潰し、日本におけるティアドロップのことごとく、そして、私の犬々《けんけん》を潰した男〕

東堂の眼光に当てられ、その程度で平静を取り戻せるのは、さすがに英林も魔都上海で生きる男だ。

〔そう。警視庁の中にもまず何人といない、決して動かせないこの国の正義。その化身だね〕

英林は肩をゆすって笑った。

〔正義とはまた、害ばかりで利にも金にもならない迷惑な物の化身だ。同じような物でも、それなら私のボーエンの方が遥かに重宝だ〕

笑いながら細めた目を扉の方に向け、英林は紹興酒のグラスに口をつけた。

三

土曜から始まる三連休は、三日とも晴天に恵まれた行楽日和《こうらくびより》となった。

強いて不満があるとすれば、三日目だったか。

風がなく、日向《ひなた》でじっとしていると残暑の強い陽射しを感じる一日になった。

そんな月曜のことだった。

世の中が休みの日は、仕事としては進みが悪い。

三百六十五日はただ続く三百六十五日で変わりのない絆にとって、これはすでに幾度となく経験した上での実感だった。

それでこの日は、金曜にいきなり掛かってきた依頼の電話に、強引に引っ張られた。

——東堂君。今度の月曜日、来られる？　来られるわよね。

『㈲バグズハート』の久保寺美和《くぼでらみわ》だった。

「ええと。確認してみます」

有無を言わさず他人に自分の予定を断言されれば、少々癪に障ってやりもしないことを口にしてみたくもなる。

だが、電話口の向こうで、

——いいわよ。確認なんてしなくて。三連休の最終日よ。あっても君の場合、仕事絡みのろくなもんじゃないに決まってるし。ってことはさぁ、お爺ちゃんお婆ちゃんの菜園とどっちが大事か、なんてのはもう最初から答えは出ているようなものね。しかも、敬老の日だわよ。

と言い切られてしまえば、正義に歯向かうようで言葉に詰まるというものだ。

——トマトとかナスとか、台風が来る前に夏野菜を片付けて土を作らなきゃなんないの。なんたってさ、秋蒔きの野菜には、霜が降りるまでってタイムリミットがあるんだから。

さらに畳み掛けるように言われると、なるほどそういうものかと思わざるを得ない。しかも内容が至極真っ当にして、正論だ。

正義と正論には逆らえない。

それで、この月曜日は勝手知ったる解放農園に向かった。

農園の正式名称は〈第三石神井《しゃくじい》区民農園〉で、駅で言えばバグズハートがある練馬《ねりま》高《たか》野台《のだい》より、ひと駅先の石神井公園の方が近かった。

農園は貸し出しのひと区画がおよそ二〇㎡で、バグズハートが現在手伝っている区画は、この〈第三石神井区民農園〉だけで十四区画あった。

「ああ。来たわね」

美和は広い農園の入り口に立っていた。丸眼鏡にショートカットで、百七十に近い長身を赤いツナギに包んでいる。一見華奢《きゃしゃ》で愛らしくも見えるが、仁王立ちで実に堂々とした立ち姿だ。

「そりゃ来ますよ。来いって言われましたから」

「一人？」

「ああいう呼び出し方をされれば、普通は一人だと思いますけど」

美和は警視庁にいた人間で、氏家《うじいえ》理事官率いる時代のオズの捜査官だ。氏家の指示で白《しら》石幸男《いしゆきお》のバグズハートに潜入し、そのまま居つき、現在では亡くなった白石幸男の後を継いでバグズハートの代表取締役を務めていた。

現在は三十四歳で、幼稚園に通う一人息子の大樹《たいき》とともに暮らす、良き母親であり、肝の座った情報屋の社長だ。

――私は、ここを守ってくわ。なんでも屋で、情報屋で。

近づきながら絆には、かつて美和に聞いた言葉が思い返された。

各地の菜園や農園の新規申し込みから運営までの一切あるいは部分委託管理をする。

これが、美和が考えた表のなんでも屋であり、この業務実態を以て裏の情報屋稼業をヴェールに隠す。そうして、様々な場所に潜入したまま捨て去られ忘れ去られた〈一寸《いっすん》の虫達〉を繋ぎ、その個別の情報を売り買いするのがバグズハートだ。

〈一寸の虫達〉を管理委託者として登録すれば、定期的に連絡をしても怪しまれることはない。堂々と、暗号化通信が出来る。

「ま、いいでしょ。一人でも。来ないよりましだし。そんな気もしたし」

「言い方がちょいちょい気になりますけど。バーターですよ」

手伝う分、情報をもらう。あるいは請け負ってもらう。バーターは何も金銭だけではない。

いや、絆の場合、金銭でない方が実は有り難い。

「わかってるわよ。ただし、釣り合いは考えてね」

言われるまでもなく考えていた。

青と赤のリスト。業者の青が百八十人以上、顧客の赤がおよそ三十人。

美和は白石から受け継ぐそんなデータを有している。

情報を仕入れる青には、狂走連合からの半グレや、そのまま本職になったチンピラもいる。

だから美和には九代会と、絆の百五十人殺しの噂について当たってもらうことにした。エグゼについても考えたが、こっちは顧客にも触らなければならないだろう。そうなると少々〈値が張る〉かもしれない。対価が肉体労働で済むかどうかははなはだ疑問だ。しかも、美和が白石を継いだということは、そのまま竜神会と繋がっているということでもある。

情報は商品だ。依頼したことがそのまま、右から左に売られることもある。

いずれは聞くこともあるかもしれないが、エグゼを口にするのはまだ先、少なくとも今ではない気がした。

「OK。成立ね」

「ああ。それと」

「え、まだあるの？　なんにしても別建てになるわよ」

美和は眉を寄せた。

「わかってます。今のところこっちは貸し、で結構です」

郭英林、と絆は口にした。

「何？」

「上海王府国際旅行社の董事長だそうです。知ってました？」

美和は言葉にせず、ただ首を横に振った。

「今、日本に来てますよ」

「どうしてあなたが知ってるの？」

「会いましたから。魏老五のところで。友達だそうです。さて――ストック1、でどうです？」

絆は空の手のひらを美和に向けて差し出した。

暫時考え、美和はツナギのポケットから取り出した軍手をその手にのせた。

「OK。借りてあげる。まあまあね」

美和は頷き、そのまま顎をしゃくるようにして菜園の奥を示した。

どうにも扱いがぞんざいな気がするが、何も言うことはない。仮にも美和は絆より年長者であり、なにより警視庁に在籍した先輩でもある。

「あれ？ 美和さんは行かないんですか」

「斉藤《さいとう》さんがまだなのよ。もう来るはずだけど」

「斉藤さん？ ああ、斉藤真三《しんぞう》さん」

腰が曲がっている関係で、返事をするとき地面と水平に手が伸びる愛らしい元気な爺ちゃんだ。

「途中の自販機で一番上の段のを買おうとして手間取ってるって、先に来たお婆ちゃんが言ってたわ」

「ああ。納得です」

絆は一人で区画の中に入った。

駐車場を見れば、まあ、見たくなくても勝手に目に飛び込んでくるサイケな色遣いのミニクーパーが停まっていた。全体的にパープルな車体に、前後に貫くような黄色の細いラインが入っている。

「そういうことか。さすがに社長ともなると、用意周到だ」

手伝いに呼ばれたのは、間違いなく絆だけではないようだった。

管理棟を回って奥に向かう。

「あ。来たね。遅いよ」

果たして目印のように、美和の息子の大樹が立っていた。さすがに親子か。大樹も母同様の仁王立ちだった。

なかなかいい立ち姿だ。

「よお」

大樹の奥で作業中の爺ちゃん婆ちゃんの中から、組対部長の大河原が軍手の右手を上げた。

来ているのは気合の入ったミニクーパーでわかっていた。

大河原はミニクーパーをこよなく愛するマニアで、捨て駒にされた潜入捜査官の悲しみを理解する、いや、理解しようと努める男だ。

だからこうして、美和と大樹の様子を窺《うかが》いに農園へも顔を出す。

「さぁて」

軍手をはめ、しばし絆も農園の作業に混じった。没頭した。

陽差しが首筋にヒリつくような陽焼けを押し付ける頃、美和が全体に休憩の声を掛けてきた。

腰を伸ばして見れば、大分離れた区画で斉藤さんも元気に作業をしていた。

汗を拭きつつ、手近な小道に設置されたベンチに座る。

「ほらよ。もらってきたぜ」

大河原が冷えた五百ミリペットボトルのスポーツドリンクを投げてよこした。

「有り難うございます」

自身も隣のベンチに腰を下ろし、緑茶のペットボトルに口をつけた。

「かあ。汗掻いた後は、何を飲んでも美味《うめ》えや」

絆も飲む。

たしかに、その冷たさだけで五臓六腑《ごぞうろっぷ》に染み渡る美味さだった。

バグズハートが手伝う区画の参加者達が、いくつかのグループになって思い思いの場所で休憩を始めた。笑い声が聞こえた。

大河原はそんな様子を眺めながら、

「知ってっかい？」

そう切り出した。

「金獅子会の組長がよ、殺されたってよ」

「金獅子。――いつですか」

場所には似つかわしくないが、聞き返さざるを得ない。

金獅子会は竜神会の二次団体で、福岡を拠点とする九州最大派閥だ。その組長が殺されたとなれば、相手と理由の如何《いかん》によっては九州全土に血の雨が降る。

「十五日の夜だそうだ。現場ぁ自宅だってんだが、心臓をひと突きだってよ」

「自宅」

「聞いた話じゃ、防犯システムの電源ブッ千切られてから三分だとさ。結構広い家なんだぜ。風か、勝手知ったる人間かってな」

「手練れってことですか」

「さぁてな。今のところすべては予断だ。ただよ。あそこは、ちょうど一年くれえ前に組長の女房が死んでる」

絆は頷いた。知っている。それは聞く限り、臓器移植に関わる哀《かな》しみの話だった。大河原が焚き付け、小日向《こひなた》純也《じゅんや》率いる公安部のJ分室が決着をつけたはずだ。

公の論功行賞の対象に出来ないから有耶無耶《うやむや》になってはいたが、あるとき大河原は一番の功労者である猿丸《さるまる》警部補を来福楼に呼んだ。絆を始め、特捜隊の浜田や、渋谷署の下田、三田署の大川《おおかわ》も一緒だった。

若狭の死から四日目の、若狭を向井《むかい》浩生《ひろき》という名で知る者達だけで囲む〈送る会〉の夜のことだ。

大河原は緑茶を飲んだ。

「九州のは、あんときの事件の顚末《てんまつ》もある。気になってな。分室にも声掛けてみたんだが、アイスクイーン絡みでなんか忙しいってよ。けんもほろろだぜ」

「アイスクイーン絡み？　監察の？——ああ」

「なんか知ってんのかい」

「いえ。詳しくは知りません。ただ先月の終わりに、小田垣警視から直々に駆り出されました」

「ああ。そうだったな。水元《みずもと》公園の、あの派手な爆裂か」

「ええ。組対というより、公安らしいって言えばらしい案件でしょうか。それが関係してるなら、ですけど」

「してんだろうな。——ま、そんなだから、金獅子のこたぁ、福岡《ふくおか》県警に任せるしかねぇんだが」

「任せる？　本当ですか」

絆は膝に肘をつき、下から見上げる恰好になった。

「いいねぇ。その目つき。組対にだいぶ馴染んだ感じだ。そう、五、六人な、福岡から佐《さ》賀《が》、大分《おおいた》。で、そっからこっち、関門海峡《かんもんかいきょう》渡って山口《やまぐち》、広島《ひろしま》辺りにも、研修ってことで送り込んであんだがな」

「あ、やっぱり」

「ただ、ここまでならお前には関係ねえ。けど、そしたらよ。今さっきの話だ」

緑茶を飲みきり、空いたペットボトルを大河原は小道のゴミ箱に投げた。

大いに逸《そ》れた。

「入んねえもんだな」

「入ったってダメですよ。あのゴミ箱は可燃ゴミ用ですから。後で俺が捨てときます」

絆は立って、転がるペットボトルを手に取った。

「で、今さっき、どうしました？」

「ん？　ああ。そうそう。今さっきな。広島からよ」

「広島？」

「神舎組《かんじゃぐみ》の組長が、顔面斜めに斬り割られて殺されたってよ。今朝方の発見だそうだ」

大河原は事も無げにそう言った。

「えっ。今朝って」

こちらも絆としては、当然のように反応せざるを得なかった。

神舎組は広島の三原《みはら》市に根を張る竜神会の直系だ。金獅子会ほどではないが、瀬戸内海《せとないかい》の利権を上手く握り、羽振りは常に悪くないはずだ。

「何かが、ゴソゴソと動きやがってるみてえだな」

大河原は腕を組んで呟いた。

絆は口を開かなかった。答えはない。

遠くで美和の、作業再開を告げる鈴のような声が聞こえた。

四

水曜日は、朝からあいにくの雨模様となった。秋雨《あきさめ》前線が活発化し始めていると気象庁は発表した。

ワンショルダーバッグにビニル傘の出で立ちで、絆は、JR神田《かんだ》駅に降り立った。腕のG‐SHOCKを確認すると、時刻は午前十時半を回ったところだった。

雨でも、神田の人通りは落ちない。

「相変わらず、えらくゴチャゴチャしたところだな」

呟きながら駅前に出る。

頭上の高架に、ちょうど電車の通過音がやかましかった。

人も車も行き交うガード下通路のほぼ中央、ガードパイプの内側に、一基のプラカードが立っているのが見えた。

平日の午前中に出るプラカードは、もちろん水商売のサービスチケットがつくような広告ではない。この日もプラカードは、どこぞのパチンコ屋の新台入れ替えのお知らせだった。海物語の新作と世紀末アニメコラボのライトバージョンが出るようだ。そんなことが記されていた。

丹田に気を落とし、絆は目を細めた。

それだけでプラカードの裏側に、いつものパイプ椅子に蹲《うずくま》るようにして座る、ジャージの上下に透明なレインコート姿の男が影のように浮かび上がった。

それが金田から絆が引き継いだ捜査協力者の〈がぁさん〉、鴨下玄太だ。

雨の日も風の日もプラカードを支え、酷暑も厳寒も関係なくプラカードの裏に蹲り、ただそこにいて、聞くともなく人の、町の声を聴く。

鴨下は言えばただそれだけの男だが、四十年もただそれだけを積み重ね、障らず馴染む丸い気配を備えた稀有《けう》な男だった。

普通の人にはそこにあるプラカードはわかっても、そこにいるプラカード持ちはわからないだろう。

だから繁華街の噂話は、吹き溜まるように鴨下の元に収斂《しゅうれん》する。

鴨下と奥村。

デジタルとアナログは両輪だ。

絆の元相棒、金田は実に上手く、そのどちらも使っていたようだ。

（デジタルが上手く機能しない現状は、アナログで打破するか）

土曜に子安翔太からメールを受け取ってすぐ、そんなことを考えて絆は鴨下に電話を掛けた。

プラカード持ちの仕事中は出ないことはわかっていたので、用件は留守電に吹き込んだ。

夜の内には連絡があり、この日に都内、神田に出るということだった。

「そういえば、この前も雨だったかな」

プラカード持ちの鴨下とは色々な場所で会うが、前回神田の同じ場所で会ったときもたしかに雨だった。

およそ二ケ月前の、梅雨《つゆ》残りの雨だったか。若狭が殺される直前の雨の日。

蒸し暑さでこのガード下が、やけに〈水臭い〉感じだったことを覚えている。

高架の継ぎ目から滴る糸を引くような雨垂れの向こう側に、彼《か》の日も今日も、鴨下はいた。

傘また傘の雑踏を分けるようにして、絆は鴨下に近づいた。

傘を差し掛け、雨垂れを弾《はじ》いてやる。

それで鴨下も絆に気付いたようだった。一瞬で気配に色が滲《にじ》む。

行き交う人の何人かも、鴨下を単なるプラカードではなく、〈プラカード持ち〉として認識したようだった。

　レインコートを着ても細く小さいとわかる全体から、胡麻塩の角刈り頭が動き、上げられた細い目が絆に向けられた。

「ほいほい。久し振りだねえ。今日もまた、雨だねえ」

　顔中を皺くちゃにして笑う。

　それが、鴨下玄太という男だった。

「そうですね。がぁさん、雨男ですか」

　半分冗談交じりに聞けば、ううん、と唸りながら鴨下はプラカードの支柱にもたれた。

「そんなつもりはないけどねえ。ほら、雨ばっかじゃ私らの商売、上がったりだし」

　それからしばらくは四方山話《よもやまばなし》になった。

　雨垂れ、雑踏、高架上の電車。

　音量と会話のタイミングは雑談で測られる。

　といって話は、鴨下の仕事に直結する最近の屋外広告プロモーション業界の話だ。デジタル・サイネージの波に押され、鴨下が飯能《はんのう》や水戸《みと》にも遠征するという話は聞いたが、今では関東一円までテリトリーが広がったという。

「へえ。そんなところからまで依頼があるって、がぁさん、人気者じゃないですか」

「プラカード持ちが減ったってだけだよ。出るのは日当だけだもの。交通費も宿泊費も自腹」

「え。それって、すいません。食えるんですか」

遠征は食えないねえ、と鴨下は雨垂れを見上げた。

「でも、こっちのお得意さんの顔もあるしさ。チェーン店の仕事だったりもね。だから断ったりすると、こっちの食える分も減るかもしれないし。いやな世の中だねぇ」

そんな話を五分ほどもしたというか、聞いた。

絆本人の最近の噂について、に話が移ったのはその後だ。

「ほいほい」

ここからビジネス、という線引きははっきりしたもので、鴨下が手のひらを差し上げてきた。

その手に一万円札をのせる。

これが、鴨下との情報の遣り取りの常だった。

「あんたの噂ね。よく聞くよ」

鴨下は言いながら、受け取った札を濡れたレインコートの隙間からトレパンのポケットに捻じ込んだ。

「うわっ。がぁさん。だったら連絡くれればいいのに。それで、出所は」

勢い込んで聞くが、鴨下は細い目を動かすことなく真っ直ぐ絆に当てた。

不思議なものでも見るような目付きだった。

「出所も何も、よく聞くこと自体、今に始まったことじゃないけど。無理に出所って言えば、夜の繁華街。酔っ払った半グレやチンピラ。そんなのにお金、払えるの？」

「——え」

「聞くのはさ、ガサ入れとかの話ばっかだねえ。繋ぎ合わせるとさ、あんたのスケジュールも大まかにわかるけどねえ。一体、いつ寝てんだい？　ずいぶん働くねえ。誰々が捕まったの、腕折られただの。ああ、そう言えば、誰それが華奢な姉ちゃんに、ケーキ食いながら投げ飛ばされた、なんてのもあったねえ。これはさすがに眉唾物だろうけど」

「ははっ。いやあ。ははっ」

笑うしかなかった。勝手な解釈で少し先走ったようだ。

それにしても改めて思う。

鴨下の情報は正確だ。

「当然、そんなのじゃないです。がぁさん。実は」

百五十人殺し、一肢百万、一命一千万。

顔を寄せ、鴨下の耳に吹き込んだ。

「ふうん。このご時世に。いや、このご時世だからかねえ」

鴨下はそれだけを呟いた。

「そんな話の関係をお願いします。——ああ。それと」

九代会ってのがあるんですけど、と絆は話を続けた。

「九代会？」

「知ってますか」

ほいほい、となって手が出た。

絆はバッグから、あらかじめ用意しておいた一万円とA４の紙片が入ったクリアファイルを取り出して渡した。

A４の紙片は、子安から送られてきた九代会のメンバーリストだ。四十人を超える姓名が列記されているが、備考欄に〈脱退〉と記入されている者も多い。総長の中里以下、〈死亡〉と書かれている者も五人を数えた。平穏無事にというか、住所まで記載がある者はわずかに十七人だ。

鴨下は一万円だけ抜き取ってポケットに仕舞い、ファイルの方は一瞥《いちべつ》しただけで絆に戻してきた。

「知ってるのが何人かいるね。聞いたことあるのも」

この辺が、日々街の声を聞いて四十年になる鴨下ならではだろう。

「さすがですね」

「仕事だもの」

「仕事？」

「あたしが知ってるのってのは、水商売のオーナーだったり、ホストだったり、パチンコ屋の店長だったりでねえ。つまり、あたしに仕事くれる連中さ」

「なるほど。じゃあ、俺も出来る限り直接当たってはみますけど、商売柄での聞き込み、お願いします」

「聞き込み？　聞き齧り程度だけどねえ。でも、貰った分は働こうかねえ。あんたの噂についても、気に留めとくよ」

ちょうど、頭上を通過する列車があり、空気自体が激しく振動するようだった。雨垂れも大きく散り散りに乱れて落ちた。

そのときだった。

絆が歩いてきた改札側の交差点付近に、突如としてどす黒い殺気が沸き上がった。

いくつも並んだ高架の橋脚に隠れて姿は見えなかったが、甲高く吹き上がったツーストのエンジン音はオートバイで間違いなかった。

硬質な矢となって殺気が先行してきた。

しかし先行と言っても距離がない分、実体の襲来にタイムラグはなかった。

フルスロットルのバイクが、いきなり三メートルとないところに現れた。

黒ヘルメットの、雨に濡れたスカジャン男が左手に振り上げていたのは、おそらくカスタムで黒く塗った細い鉄パイプだった。

それでも、頭蓋骨を粉砕する威力は出るだろう。長さも一メートル近くはあった。

列車が頭上を行き過ぎた。

——死ねやぁっ。

くぐもってかすかにだが、声が殺気に乗った。

鉄パイプの軌道を見切り、絆は戦慄した。

絆が避けても鴨下がその直下だった。

「があさん。ごめんっ」

ビニル傘を投げ、わずかにも相手の視界を奪いつつ、絆は咄嗟に鴨下の細い首と肩を抱きかかえ、車道から飛び離れるようにして歩道に転がった。

肩口に鉄パイプの先端を感じた気がした。


ガイィン。


コンマ五秒の余裕はあったたか。

絆と鴨下を巻き込む軌道を過ぎた鉄パイプが、ビニル傘ごと橋脚を派手に叩いて火花さえ散って見えた。

列車の行き過ぎたガード下に、耳障りな金属音が長い余韻を響かせた。

——きゃっ。

——なんだよっ。

ちょうど行き合った人々はみな一様に顔を顰め、耳に手をやった。

このときにはもう、走り過ぎたバイクは高架の下を離れていた。

耳に雨垂れの音が蘇《よみがえ》り、ガード下に人々の往来が戻る。

「悪かったね」

絆は鴨下に手を貸し、起き上がらせた。

「がぁさん。大丈夫？」

起き上がった鴨下はまず、倒れたパイプ椅子を元の位置に戻した。

そうして座り、「ほいほい」と雨に濡れた手を出した。

絆は一瞬、目を泳がせた。

「何？」

「危険手当だねえ」

もうやめた、やらないとは言わないところが、さすがに金田のスジだ。

「ごもっとも」

まったく、奥村といい、この鴨下といい、まったく——。

思わず笑えた。

鴨下に予定外の一万円を渡し、その場を離れる。

近くにコンビニがあるのはわかっていた。

これも予定外の出費になるが、ビニル傘を買わなければならなかった。

ガード下を出ようとしたとき、絆のポケットで携帯が振動した。

大河原からだった。

——今いいかい。

「どうぞ。ちょうど暇になったところです」

——お前ぇの暇ってのは想像つかねぇが。

前置きはいつになく短かった。

「祇園の狸が殺られたってよ。声帯ごと首がぱっくりだ」

単刀直入に大河原はそう言った。

祇園の狸、祇園の狸。

五条源太郎と兄弟盃《きょうだいさかずき》の、伊奈丸甚五《いなまるじんご》。

「えっ」

——福岡、広島、京都《きょうと》。まったく、秋雨前線じゃあるめぇし。北上してくんじゃねぇってんだよな。

大河原の声は聞こえていた。

ただしそれより、アスファルトを叩く雨の音が強く激しく聞こえた。

五

二十二日の夜、絆は東京を離れて前橋《まえばし》にいた。

この日は都内を起点にして川越《かわごえ》から高崎、前橋へと移動するつもりだった。

それで、最初から機動性を考慮して特捜隊の車両を借り受けた。

池袋を出発したのは朝だったが、関越《かんえつ》の下りは秋の行楽シーズンの金曜日ということもあってか、ところどころで渋滞した。

——じゃあ、俺も出来る限り直接当たってはみますけど、商売柄での聞き込み、お願いします。

と、二日前に鴨下に告げたことの、有言実行だ。

川越も高崎も前橋も、向かうのは九代会のリストにある者達の住所だった。

そんな連中はまず電話番号の記載もあったが、捜査には直当たりによる肌合いや匂いというものが重要だと、絆は繰り返し金田から教わっていた。

——便利に流れ過ぎるとね、人は大事なものを色々と忘れるよ。忘れた方がいいことも、たいがい多いけど。

川越で向かったのはアパートで一人暮らしの男だった。携帯の記載があったからアポイントは取った。仕事が塗装屋で前日は夜の室内作業だったらしく、この日は休みということだった。

高崎の方はといえば、こちらも連絡はついたがラーメン屋で修行中の身ということで、昼営業後の休憩時間なら、という時間制限があった。

なんにせよ、二人の都合が合ったので動いたが、絆に関する噂の出所については特に収穫は得られなかった。

それ以前に、〈東堂絆〉という警視庁組織犯罪対策部の男のことどころか、赤城一誠が六代に近い山崎大元《やまざきだいげん》や、七代の旗持ちだった田浦正樹《たうらまさき》を巻き込んだ犯罪のこと、その結末すら二人は知らなかった。

直に当たった肌合いにも匂いにも、不審なところはなかった。

逆に言えば、肌合いにも匂いにも照らして、不審がないことがたしかめられた。

これはこれで必要なことだ。

金田も生きていれば、

――それでいいね。よかったじゃないか。

とでも言ってくれるか。

この日はここまで、特にアクシデントもなく順調だった。

監視というか、ゾロゾロと付き回るような無粋な〈目〉もない。

早朝から隊の車両で動き始めたのがよかったか、などとも思う。未熟な〈目〉を感じ始めた日から、車で移動するのはたしかにこれが初めてだった。

高崎を離れた絆が前橋に入ったのは、釣瓶《つるべ》落としの秋の陽が浅間山《あさまやま》の向こうに隠れ始める頃だった。

向かったのは九代会の一人、大矢《おおや》という男が経営するキャバクラだ。リストに記入された電話番号が、その店のものだった。

場所的には利根川の支流、広瀬川《ひろせがわ》沿《ぞ》いの萱町《かやちょう》通《どお》りにあった。地図を見れば、駅からだと二キロメートルくらい北上した辺りだったか。

オーナーである大矢が来るか来ないかは不定期だと、店に掛けた電話で知った。まさにそのときも大矢は不在だった。

だが、昼間は親父の下で地場《じば》の不動産屋を手伝っているということも、このときの電話で聞いて知っていた。

先に川越と高崎のアポイントが決まっていたので、特に大矢の都合を確認することはしなかった。

地場の不動産屋で親父の下なら、遠出はないと高を括った感はあった。

なので、前橋に入ったその足で、まず最初に絆はその不動産屋を訪ねた。

意表を突かれてというか、この日は運悪く定休日だった。他にリストに記載があった本人の連絡先は、まだ時間的に開店前のキャバクラのみだ。

「ま、横着をすると、こういうこともあるだろうね」

と、妙な納得をする以外、特にすることもない。

それで駅前のビジネスホテルの空きをたしかめ、チェックインして夜まで待った。

店のオープンからしばらくは外で周囲の様子を窺い、その後客として入ることにした。

客であることの是非はある。が、そうしたのは入り口のスタンド看板に掲出された料金設定のあまりの安さと、それも納得出来るあまりの人通りのなさを見たから、に他ならない。

多分に、情だ。

薄暗い店内にはキャバ嬢と言うか、髪だけ捻じるように盛った私服の女性が二人で、後は誰もいなかった。

「うちは、毎日が私服デーなんだ」

一人がメンソールの煙草を吸いながら、そんな冗談とも本気ともつかないことを言った。

大矢が来たのは、店のオープンから一時間半が経過した頃だった。

店内は徹頭徹尾、絆一人が客だった。

大矢は髪をオールバックにした、小太りの男だった。表情は柔らかい。狂走連合ＯＢや夜の店のオーナーというより、不動産屋と言われた方が納得だ。

実際にもそちらで頑張っている、そんな匂いが出ているのだろう。

肌合い、匂いは、たしかに大事だと思わされる瞬間だ。

「警視庁の組対？」

名刺を渡すと、煙草をくわえて大矢は目を細めた。

「ああ。馬鹿やってた頃の話かよ。で、なんだって。俺ぁ今、頑張ってんだぜ。この寂《さび》れた町の裏通りでよ」

大矢は自分用のグラスに注いだ安物のウイスキーを呷《あお》った。

〈その昔は良かったんだぜ。大手の百貨店、デパートじゃねえぞ、百貨店だ。そんなのが六個も七個もあってよ。それが今じゃあよ、もともと駅前とこの辺の商店街が離れてんのが、使いづらくていけねえんだけどな。商店街の通行量なんざ、景気が良かった頃の八十パーセント以上減だってよ。へっ。八十パーセントってなあ、なんだよ。笑いも出ねえぜ。その分、みぃんな高崎に持ってかれちまってよ〉

あまり聞かせる客もいない愚痴や不満は、恐ろしく定型文のようで立て板に淀《よど》みのない水だった。

ひと頻《しき》りを聞いてやってから、本題に入った。

「東堂？　知らねえな。誰だい？　え、あんたのこと。よくわかんねえけど、何が聞きたいんだい？」

これはバーターではない。人情というものだ。

聞いてやればその分、聞いてもくれる。

川越でも高崎でも、まったく同じことを聞いた。

答えは良くも悪くも、似たり寄ったりなものだった。

「だいたいよ。総長はもういねえ。戸島《としま》さんや赤城さんや子安さん、ああ、兄ちゃんの方な。それに、うちの中里にくっ付いて大馬鹿やってた連中も全部だ。九代会ったって名ばかりでよ。今じゃあ、狂走連合のキの字もねえや。名前だって変えてえくらいだけどよ。他に気の利いたのも思いつかなくてな。俺ら、みぃんな学がねえからよ。へへっ。そもそも九代会ってぇ名前だって、中里に言われて翔太が付けたんだ。まんまストレートで、捻《ひね》りもなんにもありゃしねえ。ま、中里は気に入ってたみてえだけどよ」

だから九代会はもう、中里が生きていた頃の集まりではない。額に汗して働く者達の集まりだと大矢は断言した。

「でもよ。ここだけの話、みんな昔ぁ、けっこう揺れてたんだぜ。一線の向こうとこっちぁ、バンジージャンプみてえなもんでよ。ジャンプして奈落に落ちて死んじまったのもいるが、底の方で元気に生きてるのもいてよ。俺らぁ尻込みして地上にいるまんまだが、景気のいいときにゃあ、奈落の連中が羨ましい時期もあってな。飛べなかった自分の意気地なさを恨みもしたが、一人また一人って、どっか削ったり塀の中行ったりしたのを見るとな、奈落はやっぱり奈落だって。――へへっ。それが逆に、こうして地味にコツコツ生きる力にもなったりしてな。歯ぁ食い縛んにも、これがなかなか力が要っからよ」

そう。昔は、若い頃は馬鹿をやっても、そうやって太陽の下に這い出して来る者は多い。太陽の下は眩しいものだ。まずはその眩しさに耐え、汗水垂らして馬鹿を抜き、そうして、少しずつ大人になってゆく。

「けどよ、だいたい、俺らが馬鹿やってたなあ十年も昔だぜ。なあ、東堂さんって言ったかい？　あんた、今いくつだい」

二十八歳と答えれば、若《わけ》ぇなと大矢は鼻で笑った。

「そもそも俺より二つも下じゃねえか。へへっ。この女連中からぁ、十五も下だぜ」

十二よお、と一人が答えた。

「それにしたって、ひと回りだ」

大矢は女達をからかい、いい調子で杯を重ねた。

さらに一時間ほど経った頃、絆は酔い潰れた大矢を置いて店を出た。

けれど、すぐに駅方向へは足を向けなかった。

店を出た途端、絆は辺りを取り巻くような剣呑な気を感じた。

ねっとりとした気は夜気に近く、煩わしいだけで大した危険は伝えてもこなかった。このところ馴染んだ半グレ、チンピラの輩で間違いない。

ただし、数が明らかに今までで一番多かった。それで駅前に向かう愚を控え、離れてみたのだ。

一般人の巻き添えは好ましくない。況《ま》してや、前橋は遥かに管轄外だ。

暫時、夜気を混ぜるように漫《そぞ》ろ歩《ある》けば、向こうから勝手に吹き付けてくるまでに、さして時間は掛からなかった。

六

大矢の店を出て、五分ほども歩いた頃だったか。

息を潜めるでもない気配が次第に厚みを増していった。

その気圧に前後を塞がれる感じになったのは、萱町通りから諏訪橋《すわばし》西詰めに抜け、広瀬川沿いの一方通行に入った辺りだった。

太陽の鐘のモニュメントの近くだ。人通りは絶えていた。

街灯の頼りない明かりの中で、前後から二人ずつが挟むように突っ掛けてきた。

新月を過ぎたばかりで、夜空に月はない。

前後、敵襲はどちらも無言だった。そこそこには喧嘩慣れしているようだ。

ただ、背後の二人の足音に少し乱れがあった。喧嘩慣れはしても、力量が全員五分ということは有り得ない。

絆は見ずに右斜め後ろにステップを踏んだ。

踵《かかと》を軸にし、振り向きざまにしなりを利かせた裏拳を回す。

右手の甲に感じるのは、潰れた鼻骨の形だった。

――ぐほぉっ。

一瞬でまず一人が沈んだ。

そのまま裏拳に制動を掛けながら身を沈めれば、頭上を何かが通過した。

観えてはいた。

大気を切るというより引き千切るような唸りからすれば、ナイフではなくブラックジャックの類か。

なんにせよ、絆との力量の差は打撃系のちゃちな武器で埋められるものではない。

体勢の崩れたもう一人の顎先に沈んだ位置から拳を突き上げ、わずかにも脳を揺すってやればこれで二人目だ。

白目を剝いて膝から落ちる男の、軽い脳震盪《のうしんとう》は間違いないだろう。

最後まで確認することなく次に対する。

予備動作もなしに、軽いバックステップで三歩ほど下がる。

前方から迫っていた二人のうち、右の方がそれで絆への目測がズレたようだ。

我慢が利かずにただ始動させた雑なストレートなど、物の数ではない。

一瞬の反転で前に出れば、力のない拳を手のひらで抑えることなど絆には当然、造作もないことだった。

そのまま拳を力の方向に流しながら足を掛ければ、監察官室の小田垣ほどではなくとも、大の男一人くらいなら宙に舞わせることは絆にも出来る。

しかも方向を操れば、突っ込んでくるもう一人の真正面に投げ出すことも可能だ。

慌てて止まったところで、逃しはしない。

――げっ。

――おわっ。

絡みながら地面に激突し、これで三人目と四人目も終了だった。

その間に湧き出した六人の怒気、または殺気があった。

絆はその場で身構えた。

周囲には、地べたに転がる無様な四人があった。

そこが剣界、絆にとっての戦いの領域だった。

六人はどの方向からでも、絆を目指すためにはそこを越えなければならない。

越えなば、斬る。

それが卓越した剣士の間積もりというものだった。

剣界に横溢《おういつ》する冴《さ》えた剣気は、敵を見ずとも正確に〈観〉る。

右方の男がまず先だった。手に護身用の伸縮棒を持っていた。

そいつが伸縮棒を振り上げつつ、地べたに転がる男を飛び越えようとする。

「おうっ」

その瞬間、無音の風となって絆は走り寄った。

男の着地までを待ってやる気など、さらさらなかった。

下種《げす》な殺気だけに塗れた男の意表を突き、無防備な胸を体重を乗せた右のストレートで思いっきり打ち抜く。

――げへっ。

足を振り上げるようにして後方に飛ぶが、知ったことではない。

瞬間的に奪った伸縮棒は、今や絆の手にあった。そうなれば振るうのは、正伝一刀流小《こ》太刀《だち》の技だ。

後方から剣界に侵入しようとする影は伸縮棒のひと振りで膝からその場に落とし、残る四人も、闇夜になお流れるような、絆の剣技の前には敵でさえなかった。

星々よ、笑覧あれ。

東堂絆という孤影身の、顕現自在の演武だった。演舞でもある。

ある者はグリップエンドで突かれ、ある者は真正面から打たれ、あるいは払われ――。

風が吹いたか、風自体が絆だったか。

いずれにせよ絆が動きを止めたとき、街灯の明かりが届く中に立っている胡乱な連中は一人としていなかった。

未だその外には六、七の気配があったが、怒気や殺気を発散する者はいなかった。

どちらかといえば怯懦、後悔に気配は染まり始めていた。

全員がそれぞれに、引き際のタイミングを探っているようでもあった。

と――。

「何してんのさ！　おやめっ」

闇を切り裂くような凛《りん》とした声に、それまで絆に集中していた視線や気配が一瞬にして散り散りになった。

声に威圧や貫禄があったから、だけではないだろう。全員の背筋が伸びるような感じもある。

知った声なのだと絆は看破した。

地べたからダメージが軽かった男らが、呻《うめ》きながらも何人か立ち上がった。

いや、ダメージの軽重に拘らず、声が起こしたのかもしれない。

間を置かず、街灯の届く明かりの下に、浴衣地《ゆかたじ》のオーバーブラウスにスラックスの女が現れた。

切れ長の目は見ようによっては少々きついが、卵形の輪郭を覆う切り髪は柔らかい。

右目の下に泣《な》き黒子《ぼくろ》があった。

その背後に、付き従うように男二人が控えていた。街灯に、ダークスーツが滲む影のようだった。

女はヒールの音も高く、立ち上がった男らの一人に真っ直ぐ近づいた。

厚い胸板に白いTシャツが張り付くような男だった。歳は二十代半ばくらいか。

女が動くと、ダークスーツの男も距離を変えずに一緒に動いた。

つまりはそういう主従関係で、そういう、堅気《かたぎ》ではない筋の男女だった。

女はTシャツの前に立つと、何も言わず思いっきり頰を張った。

Tシャツも何も言わず、ただ打たれるに任せ、引き下がって項垂《うなだ》れた。

鮮やかにして艶やかな一瞬だった。

女の気配は怒りに傾くことなく、少しばかりの悲しみを伝えた。

ほう、とひと息つくと、女は絆に向き直って頭を下げた。

「警視庁、組対特捜の東堂さんとお見受け致します。この者どものご無礼はどうか、私の顔に免じまして」

上げる顔は頼りない街灯の明かりにも、先程来よりハッキリと浮かび上がった。四十は超えているだろうが、スッキリとした美人に見えた。

「あんたは」

「ここいら界隈を生業《なりわい》にさせてもらってます、天神《てんじん》組と申します。私は――」

下田安也子《しもだあやこ》、と女は名乗った。

「天神組、下田」

記憶の中にあった。

何年か前に組長が死に、女房が跡目を継いだ組だ。

竜神会と対を成す、北陸の広域指定暴力団辰門会《しんもんかい》直系で、死んだ組長は四十手前にして、たしか辰門会の副理事長まで上った男だったはずだ。

「どうして俺のことを」

問えば下田は、艶冶《えんや》な微笑みを浮かべた。

「私らの目と耳は赤城《あかぎ》の山も浅間の山も越えて、どこにでもございます」

それでこの馬鹿も、あなたの訪れを知ったのでしょう、と下田は、項垂れたままのTシャツの頭を叩いた。

「しかも、昔の仲間とコソコソと。どこにでも向こう見ずな馬鹿、無鉄砲な馬鹿はいるとはいえ、さすがに愛想も尽きようというものですが」

風が吹き流れるような声だった。熱くもなく、と言って醒めたわけでもなく、揺れることなく、芯で強いと感じさせる。

なるほど、一家を束ねる者の胆《たん》、その声だ。

それにしても――。

「俺は管轄外だし、この辺にはさして防犯カメラもない。盛り場の喧嘩だとすりゃ、焚き付けるって手もありだと思うけど。いいのかい。警視庁の人間に助け船なんか出して」

「良いも悪いも」

下田はかすかに首を振り、髪を揺らした。

「ここいら界隈を生業に、と申しました。あなたはたとえわずかでも、萱町通りでお金を落としてくれました。それだけで、私らにとってはお客人です」

「たとえわずかでもってのは気になるけど、いい気《き》っ風《ぷ》だ」

「恐れ入ります。――お詫《わ》びにと言ってはなんですが、せめてお近付きの印に、一献いかがでしょう」

絆は首を左右に振った。

「さすがに、ヤクザの酒は要らない」

下田に変化はなかった。わかっていて言った言葉だろう。

その証拠に、

「ではひとつ、頼まれて頂けませんか」

これもバーターの一つの形か。見返りはないが、なんとなく押し込まれる。

「ことと次第に拠る」

「お堅いこと」

「時と場合にも拠るけど」

下田はまた、笑った。少し気配が揺れた。

「公安の鳥居《とりい》さんは、もう少し砕けた方ですよ」

「部署と立場が違いすぎます。——って、ああ」

思い出した。J分室の鳥居がたしか、辰門会には太いスジを持つと大河原に聞いたことがあったが——。

「で、頼み事とは？」

「その鳥居さんに、伝言をお願い出来ればと思いまして」

下田は月なき夜空に星を見上げた。

「娘、咲耶《さくや》も九歳になりました。バイバイのおじちゃんに会いたがっております。お暇な折りに是非一度、空っ風の上州《じょうしゅう》にお運び下さいと」

「へえ」

見返りはないが、そもそも見返りの要らない話だ。

「了解しました」

いつしか敬語になり、知らず、絆は下田に頭を下げていた。

それから形ばかりに、襲撃者達を聴取した。

――仲間から聞いた。

――仲間が誰かから聞いた。

――誰かから聞いた。

遡《さかのぼ》っても遡っても、伝聞の元には辿りつけなかった。

第四章

一

上野毛の東京竜神会事務所に、この日、国光はいた。

土曜日だったが、曜日などヤクザには関係ない。

ある意味で言えば勤勉なのだ。

笑えるが。

ただし、このときの国光はそれどころではなかった。かえって、休めと言われたとしてもとても休める状態ではなかった。

身体の問題ではなく、心の問題として。

「ふざけろやぁっ」

代表室で、国光は叫んだ。ソファで暴れるようにして応接テーブルを蹴り飛ばす。

他に部屋にいるのは祇園狸の杉本晃と、九州金獅子会の平橋快二の二人だけだった。どちらも真っ直ぐに立っている。

会のトップが殺されたという意味では同じ立場の二人だが、だからと言って軽挙妄動はしない。いや、出来ないだろう。

組替えの出向には、堅気の会社以上に厳然たる垣根がある。

組を替えるということは、〈親〉を替えるということにも等しい。

杉本と平橋にとっての親は現在では五条国光であり、他にはいない。

「けど代表。東のコンペでんなか。西のコンペですばい。いつもは、キチンと出よったじゃなかですか」

海峡向こうの言葉が、国光には耳障りだった。いや、気に障るのは、声そのものかもしれない。

身長百九十センチを超える平橋は首も太く、まるでプロレスラーだ。その分、声帯に肉もついているか、何を言ってもくぐもって聞こえた。

そんな声がいつも、国光の頭上から聞こえてきた。

「そやで。こっちからも水戸の矢代《やしろ》組や仙台《せんだい》の笹花《ささはな》会っちゅう東の、沖田ん頃からの重鎮さんも出ますやろ。ほなら代表が出んと、示しがつきませんで」

杉本の方は、言葉そのものには差し障りはない。

ただし、少し高い声と、上からしゃべるような物言いは鼻についた。

どちらにせよ、〈高い〉ところから言葉を落としてくる二人だった。

東西、それぞれのコンペ。

東のコンペとは、東日本に展開する竜神会系組織が一堂に会するゴルフコンペのことだ。沖田組が設立当初から、沖田剛毅《おきたごうき》の名を以て案内状が発送され、開催もされていた。年二回で、二月下旬と七月下旬が開催日時として予定された。

これは先に定期開催されていた、竜神会本部が五条源太郎の名を以て今も恒例として年一回、九月下旬に開催する例会、つまり西のコンペを外して設定したものだった。

ちなみに、沖田組から東京竜神会が引き継いだ東のコンペは、開催回数どころか、実際にこの先も開催するかどうかはまだあやふやなところだ。

決め切れていなかったこの七月は取り敢えず開催したが、なんやかやで手出し一億の費用が掛かった。ゴルフ自体があまり好きではない国光には馬鹿馬鹿しい出費以外のなにものでもない。

西のコンペはといえば、五条源太郎の名を以て召集が掛けられるのは例年通りだが、今年からは〈五条源太郎メモリアル〉であり、実際に主催するのは五条宗忠ということになる。

東のコンペでも、総勢三百人、手出し一億の費用。

西のコンペは源太郎存命の折りに、国光も開催を手伝ったことがあるから知っている。総勢七百人。総費用三億弱。

人数が増えすぎ、一つのゴルフ場ではまとめきれなくなったのはもう二十年も昔のことだ。それからは毎年、常に二、三のコースを同日に借り上げて開催している。

一堂に会することはもちろん出来ないが、そもそも二次団体の中には犬猿の仲、奥深いところで抗争中の組織もあった。

わざわざ角突き合わさせ、ゴルフ場で血の花を咲かせることもないだろうと源太郎も了承し、今に至る。

ゴルフはあまり好きではなかったが、国光は主催者側であったから当然のように今まで欠席したことはない。

東京竜神会は東の括りとして、今年初めて、一ケ月ほど前に竜神会本部から案内状も届いたし、早々に参加の返信もした。

にも拘らず今、国光がソファで暴れてまでゴネるのは、無論、ゴネるだけの理由があるからだ。

平橋がでかくて声が聞き取りづらくて、杉本が声が高くて物言いが気に入らないと、それだけではない。

「おんどれら。やかましいわっ」

国光は吠《ほ》え、もう一度テーブルを蹴り飛ばした。

「三人やで。もう三人殺されてるんや。何が五条源太郎メモリアルや。恒例が吉例でも関係ない。こないな時期にゴルフやて、兄ちゃんも何を考えてるんや。まったく、頭おかしいわ」

「あらら。頭おかしいて、代表、そらいかんわ」

杉本が肩を竦めた。

「代表。いくら兄弟かて、会長のことそないに言うたらあきませんで。カメに耳あり障子に目ありて言いますやろ」

足を大きく開き、顔の位置を合わせてくる。

大いに馬鹿にされている気がした。気に入らない所作だ。

「何がカメや。おもろないで。それに、この部屋でこの状況で吐いた唾、どうやったら西に漏れる言うんや。おのれらがチクるてか。こらぁ、ものごっついことを堂々と言われたもんや。俺も焼きが回ったわ。俺もな」

平橋が身体を揺らした。それだけで肉圧があった。

「代表。さすがに、そげな言い様はなかでっしょ。行くも行かんも、決めたのは代表自身とばい。それに、こんな時期だからこそ結束を図る意味でもとか、たしか案内状にも書いてあったやなかかと」

「ふん。ああ言えばこう言うか。だからおどれら、やかましい言うてるやないかっ」

三度、国光はテーブルを蹴った。

「こないな時期って、どないな時期や。親分衆を仰山集めて二つにも三つにも分けて、ゆっくり皆殺しの時期ってか」

国光は両膝に左右の肘をのせ、項垂れた。

テーブルを蹴り、怒鳴り、息が少し上がっていた。床に向けて深呼吸をする。

吐いた息を言葉にする。

「知っとるで。杉本。お前、祇園狸の若頭補佐やったなあ」

もう一度吸って、
もう一度吐く。

「おい、平橋。お前は、金獅子会のあれや、若衆頭か」

次第に整ってゆくのは、どす黒い思考だけだった。

人を妬《ねた》み、嫉《そね》み、誰をも隔絶したパーソナルスペースの外に置く思考だ。

「なあ、杉本。狸には元々、若頭がおらんかったんやないか？　それで伊奈丸の爺さんが、倅《せがれ》が殺された後に会長代行に立ったんやろ？　そもそもからして跡目相続がグチャグチャやないか。お前も含めて、若頭補佐四人が横並びて聞いたことあるで。どうにも決め切らんて。そんでも、伊奈丸の爺さんも歳や。不測の折りには兄ちゃん、竜神会会長に一任やて、オトンの葬儀のときに大勢の前で言ってたわなあ。お前も聞いとったやろ。そやったなあ、杉本」

頭上から、特に杉本の返事はなかった。

ただ、なんとはなく空気が冷たい。

「そんで、金獅子会はなあ、平橋。こっちも知っとるで。若頭はおるにはおるが、たしかシャブで下手打って、近いうちに失脚とか噂されよったなあ。今、組長が殺されたら、疑われるんは第一にこの若頭や。少なくとも、跡目の線はまずないんちゃうか？　そん後は、若頭補佐と若衆頭が有力やて、険悪とも聞いたっけかなあ。ええ、平橋」

頭上から、平橋の答えもなかった。

ますます空気が冷たく、重かった。

「あれやな。お前ら、〈親〉を殺られた場におらんでよかったんちゃうか。子としたら、そらメンツ立たんで。逆に言えば、堂々と身内に文句が言える立場や。何をしてたんやてな。この始末、どうつけるんやてな。かえって株上がるんやないか？　跡目相続の」

国光はゆっくりと顔を上げた。

「ええ。杉本。どや、平橋」

「さぁて、聞かれても、なあ、九州」

「そう。なんの話か、ようわからんばい」

互いに顔を見合わせ、杉本も平橋も困ったような苦笑いを見せる。

いやに落ち着いた様子がどうにも癪に障ったが、一つの答えでもあるか。

いらつきと同時にどうしようもなく疑心暗鬼の黒雲が湧き、心中を覆うようだった。

「お前らんとこだけやない。こうなったら神舎の組長かて、周りを叩けば同じ埃が出るんやないか。真っ赤で真っ黒な埃がや」

吐き捨てるように言って、また顔を伏せた。

床に、優しげに微笑む顔が浮かんだ。

常に口元に浮かぶが、〈形〉でしかない微笑み。動かない目。

宗忠だ。

国光は頭を抱えた。目を瞑《つぶ》っても微笑む宗忠の顔は残像のように消えなかった。

「断捨離ちゃうんか。いいや。きっと断捨離や。だから明日のコンペかてな。俺は行かんで。命がいくつあっても足りんかもしれんやないか」

いきなり立ち上がり、国光は階下に向かった。

代表、と声は掛かったが、杉本も平橋も追ってはこなかった。

四方会、井筒組、匠栄会、不動組、その他。

関東・関西混在の連中がいるが、頼りに出来る人間は一人もいない。

馬鹿ばっかりだ。

こんなところにいたくはない。

いられない。

「いいか。俺ぁ今から休暇や」

へえ。いつまでですかぁ、と聞いたのはどの馬鹿だ。

いいや、どの馬鹿でもいい。

「俺の気が済むまでや。そやない。明日のコンペ次第や」

事務所内に声を投げ、国光は外に飛び出した。

二

日曜日の夜だった。

絆はこの日、麻布《あざぶ》界隈にいた。

麻布は坂と名の付く場所の多いところだが、その分説明はしやすい。

絆がこの夜、午前零時を過ぎる頃になって立つ場所は、山で言えばちょうど尾根に当たる場所だった。

左右から中坂と狐坂が上ってきた交差点だ。尾根は特別区道一一〇五号線と言い、通称をテレ朝通りとして親しまれている。

前橋の、月なき夜の乱闘からまだ二日しか経っていない。

この夜も、月齢およそ四日の月は十九時を過ぎた辺りで早々に西の端《は》から引き上げ、星の瞬きだけが夜空の彩りだった。

午前零時を過ぎてからは、その光が強くなったように感じられた。

いや、地上の光が弱くなったからかもしれない。

いわゆる店仕舞い、閉店時間というやつだ。麻布界隈でも、風営法の関係で十二時には営業を終える店は多い。

表向きは。

絆がこの夜この場所に立つのは、渋谷署から応援要請があったからだ。

それで耳にはさりげなくPフォン、警察官専用携帯のヘッドセットをつけていた。

渋谷署の下田は要請の連絡のとき、

――性懲《しょうこ》りもなく、裏カジノやってやがんだってよ。

山崎のやつ、と苦い声色で言った。

山崎、山崎大元は元狂走連合の半グレだ。

一連のティアドロップの事件からゴーストライダーの消費税ビジネスまで、関わった狂走連合の六代目総長、七代目総長それぞれにいいように使われ、翻弄された男と言っても過言ではない。

そういった意味では、運のない男だ。

下田は性懲りもなくと言ったが、山﨑には裏カジノをやるしかなかったというのが本当のところかもしれない。

そう推測も出来たから、渋谷署も〈性懲りもなく〉山﨑の内偵を進めていたのだろう。

数ケ月前にも山﨑が主宰する裏カジノを絆は潰した。そのときから山﨑はすでにじり貧だった。

焦りもあったか、山﨑は赤城一誠の甘言に大いに乗り、外国人旅行者向けの〈消費税免税制度〉を転売に悪用した、いわゆる消費税ビジネスに手を出した。半グレ仲間も巻き込んで小金は得たようだが、小金が調子よく大金になる前にこれも絆が潰した。

潰しただけで、この転売を取り締まる法律はない。

山﨑はつい先日、数ケ月前の摘発における賭博場開帳等図利罪《とりざい》の公判で、懲役一年六ケ月・執行猶予三年の判決を最短で勝ち得ている。

しかし――。

この消費税ビジネスの一件でジリ貧はその後、色々な意味でどん底を迎えた。

巻き込んだ半グレ仲間からは完全に愛想を尽かされたようだ。まるで相手にされなくなったという。

得た金も、しょせん小金で、それまでと同じ生活を続けようとすればすぐに泡と消えるのは目に見えていただろう。その程度の額だ。

それで、山崎はそんな小金を元手に裏カジノにまた手を出したのだ。

絆は数日前に、表参道《おもてさんどう》の交差点近くにある、エムズに行ってみた。山崎が社長を務めていた会社だ。

南向きで日当たりがいいのが特徴だった。その分、外からでもよくわかった。窓に中から、〈店舗募集〉の張り紙がしてあった。直後に不動産屋に聞いた。山崎は解約ではなく、家賃未払いで追い出されたようだった。

貧すれば、すなわち鈍す。

それしか、生きる方法を思いつかなかったのかもしれない。

(悲しいな。おい)

絆は人気《ひとけ》の絶えた交差点近くに佇《たたず》み、月なき夜空を見上げた。

雲一つなく澄み渡る空に、星の輝きが儚げだった。

(それにしても)

人はなぜ、静かに生きられないのか。

足掻《あが》きながら落ちてゆく者もあれば、無残に散ってゆく者もある。

道を踏み外しさえしなければ、太陽を見上げて笑える生き方も出来ただろうに。

そんなことを考えるのも、もしかしたら、絆の携帯に大河原から直接の連絡が入ったからかもしれない。

つい数時間前のことだった。

――渋谷の手伝いだってな。

「はい」

――ご苦労さん。じゃあ、手短に言うわ。今日の夕方、さっきだ。正確な時刻はまだわからねぇが、名古屋のゴルフ場で、六車組《むぐるまぐみ》の組長が殺されたってよ。

「えっ」

さすがに驚きが声になった。

六車組は岐阜《ぎふ》の各務原《かかみがはら》に本拠を構える、古くからのヤクザだ。岐阜一円の水系と山を抑えノミ屋として手広く、常に羽振りは悪くないという。

愛三岐の東海三県では、竜神会の二次組織として、まず五本の指に入る一家だった。

――例の、竜神会のゴルフコンペだってよ。今年は三ケ所で開催されて、一番山奥だったらしい。会長の五条宗忠は別の場所でな。本部長の木下もまたさらに別のゴルフ場でよ。それで府警も目が届かなかったらしいが。なあ、東堂。これで四人目だ。いいや、四人で済めば御の字だがよ。こりゃあ、台風だ。間違いねえ。大荒れの台風が、本当に北上してきやがる。この分だと関東上陸も、そんなに遠くねえかもな。

そう言って大河原は唸り、このときの会話はそれで終わった。

「福岡、広島、京都、岐阜か」

夜空に呟いた。

いつ来る。

いつ届く。

誰が。

誰を。

――東堂。そろそろ仕掛けるぞ。

ヘッドセットから聞こえる下田の声が、考えても巡るだけの絆の思考を断ち切った。

左腕のG‐SHOCKで確認すれば、午前零時半を三分ほど過ぎていた。

ほぼ打ち合わせ通りだ。

「了解です」

答えて絆は首を回した。

そう、まずは今だ。

テレ朝通りを有栖川宮《ありすがわのみや》記念公園方面に足を向ければ、五十メートルほど下った左手、元麻布側に七階建てのマンションがあった。

場所柄はいいが、建物自体はだいぶくたびれて見えた。全室2LDK、築二十六年、と資料には書かれていた。

絆はゆっくりと進み、洒落《しゃれ》たエントランスからエレベータホールに入った。フィックスされたガラスの内側に佇む。

下田達渋谷署組対課の連中は先程の連絡以降、すでにマンション内に入って上階に向かっているはずだった。

七階フロアの全十室中二部屋、六階の同三部屋、五階の同二部屋を占有するのが、山﨑の最後の砦の裏カジノだった。

部屋の所有者は堅気の会社で、その昔は社宅として使っていたようだが、会社は少し前に倒産した。旧沖田組系の金貸しからもずいぶん引っ張っていたようだ。倒産後はチンピラが占拠していたという。

繋がりは、山﨑と一緒に執行猶予刑となった田浦正樹の方らしい。田浦はマネー・デリバリーという金貸しだった。旧沖田組のフロント金融とも情報を融通し合う関係であり、マンションの部屋はそんな田浦が沖田組滅亡のどさくさに紛れ、フロントから債権を買い叩いて手に入れた物件だった。

それを山﨑が動かした。

ただし悲しいのは、カジノの設備は全部、現東京竜神会系のフロントから流れてきた中古品だという。

――七階問題なし。下階、どうだ。

下田の気合が入った声が聞こえた。

――ＯＫです。

――いつでもどうぞ。

六階も五階も、歯切れのいい返事だ。若さもあるか。

――よし、入るぜ。以降内外とも、各自の判断に任せた。

絆は特には答えず、両手両足から脱力してただその場に佇立《ちょりつ》した。

目を閉じ、意識はヘッドセットに集中だ。

マンションの上下で計七部屋に分かれた裏カジノなど、使用出来る面積としてはさほどない。

その代わり、分かれていることでそれぞれに最低限の人員は必要でありガサ入れとしての効率は悪い。しかも、部屋は隣り合っているわけではないという。

加えて、マンションという一般人が居住しているという環境も、下手な騒ぎは起こすわけにはいかないという制約を自動的に課す。

絆の今回の役割は、そんなガサ入れの〈省力化・効率化〉として、エントランスを一手に引き受けることだった。

その他、マンションの裏側には狐坂方向から入る路地があり、非常階段があってそちら側にも少数だが人員が配備された。礼儀上、配されたのは地場の、元麻布を所轄する麻布署組対課の面々だ。

渋谷、麻布両署の車両は狐坂と中坂それぞれに、百メートルほど下ったところで待機だった。

——警察だっ。そのまま動くなっ。

下田の声が口火となった。

——けっ。煩えや。

——手前ぇ。渋谷かぁ。

——客だっ。客逃がせぇっ。

どの階も、大人しく従う輩などいるわけもないことは最初からわかっていた。いるならまず、裏カジノなど開帳しない。

二十分。

——五階終了。二人、六階に上がります。

二十五分。

——七階終了だ。六階に一人回す。

——非常階段、客と思《おぼ》しき二名を確保。

——麻布さん。ご苦労さん。で、全体にどうだ？　七階にはいなかったが、山﨑大元はどこだ。確認しろ。ああ。車ぁもういいぜ。回せ。全台、表につけろ。

——わかりました。

——了解。

——いいか。サイレンもランプもなしだぜ。近所迷惑だ。

下田が小気味よく仕切っていた。

そもそも裏カジノとしては、今回は極小の部類だ。

突入にさえ躓《つまず》きがなければ、ガサ入れとしては成功は確約されたようなものだった。

完了まであと十分。

掛かってもそんなものだと、絆は秘かに先を読んだ。

三

それからさらに五分が過ぎた頃だった。

ふと絆は目を開けた。かすかにエレベータの昇降音がしたからだ。

見れば、二基あるうちの一基が昇ってゆくところだった。

ただし、エレベータが向かった先はガサ入れ対象のフロアではない三階で、乗降のタイムラグがありつつ、そのまますぐに下降に転じた。

一階に到着したエレベータから降りてきたのは、四十代と思しき男だった。ポロシャツにスラックスでデッキシューズを履き、口髭《くちひげ》も蓄えていた。見るからにヨットハーバーが似合いそうだ。

男は、手に高級車のキーを揺らしていた。夜走りでどこかへ出掛ける態《てい》だ。

想像だけなら、このままそれこそヨットハーバーに出て、自己所有の船に乗り込んで優雅にクルージングもありそうだった。

しかし――。

やおら、絆は動いた。ゆっくりと男の前に出る。

絆の姿を認め、男は軽く会釈をしてきた。

「あ。ご苦労様です」

絆は、思わず吹き出した。

「なんです?」

男は怪訝な顔をした。

「いやあ。こんな夜中にいきなり現れた男に、ご苦労様もないもんだ」

そういうことだ。

努めて表情は変えずにいたようだが、男の気配が極度の緊張状態にあるのは、エレベータが一階に到着した瞬間から絆には観えていた。

焦燥。

そんな気も大いに混じっていたか。

深夜に有り得ない気配だった。

「クソがっ」

尖った気も露わにして突っ掛かってくるが、おそらく喧嘩などしたこともない男のようだった。

つまりは一般人で、つまりは裏カジノの客だ。

つまりは、あるのだ。

間違いなく三階にも裏カジノが。

男が振り上げた拳を、振り下ろす前から絆は摑んで捻った。容易いことだった。

「うわっ。痛たたっ」

「なん号室？」

素人の、ただの客だ。少し腕に力を入れるだけで口は簡単に開いた。

抑えつけた状態で、

「シモさん。３０１と３０３号室」

Ｐフォンに告げる。

――なんだぁ。

すぐに下田から返りがあった。

「あるんですよ。三階にも」

――ああ?

意思疎通の隙間は、一瞬だけだった。

――行けっ。誰でもいい。三階だ。

――はいっ。

――了解。

――非常階段からも行かせるっ。

意気の上がる男達の声を聞きながら、絆は男を押さえつつ待った。

警察車両がマンション前に到着し、客の男を預ける頃には、上階の現行犯逮捕劇もあらかたが済んだようだった。

逮捕者が陸続と一階に降ろされ、そのまま車両に積み込まれる。

下田が下りてきたのは最後の方だった。部下の一人が引き連れているのは山﨑だった。

301号室にいたようだ。

絆を見ても山﨑は吠えなかった。

前回の逮捕時には冷たく硬く、どこまでも暗い視線を絆にひた当て、

――このままにゃしねえ。このままじゃ終わらねえ。このままじゃあよ、手前ぇの前に膝を屈した、六代目とおんなじじゃねえか。そんななあ、反吐《へど》が出らあ。

そんなことを吼《ほ》えたものだ。

わずか三ケ月足らずで、こうも変わり果てるものか。

絆に向ける目には、今はかえって媚《こ》びるような色さえ見えた。

貧すれば鈍す。

貧の果ては鈍。

いや、山崎は捕まりたかったのかもしれない。

直観的にそう思った。

下田がポケットから取り出した煙草に火をつけた。エントランスの外に備え付けのスタンド灰皿があった。

「仕事終わりの一服が美味いってなあ昔から定説だったが、今じゃ、まず一等最初に周りの目を気にしてからじゃなきゃ吸えもしねえからな。あんまり、美味えも不味《まず》いもあったもんじゃねえわな」

そんなことを言いながらも美味そうに煙草を吸った。

絆は、近くの自動販売機で冷えた缶のブラックコーヒーを二本買った。

「お。ありがとよ」

下田に渡すと、飲みながらさらに煙草を二本、立て続けに吸った。ガサ入れ前はさすがに控えていたようだ。

その間に、逮捕者を乗せた車両は次々に署に去り、次第に数を減じていた。

「大漁って言うか、過ぎるな。まあ、三階の分は計算外だったってえのもあるが。ここまでいるとはな」

俺らぁ、麻布署まで歩くか、と下田は空き缶を捨てると、先に立ってテレ朝通りに歩を進めた。

そのときだった。

絆は通りの奥の暗がりに、何人かの視線を感じた。雑なものではあったが剣呑であり、かすかな殺気さえ漏れ含んでいるようでもあった。

もう慣れた、例の輩《やから》だろう。

「ん？　なんだい？」

絆の様子に下田が声を掛けてきた。

「客です」

「客？　カジノの残りか」

「いえ。俺の客です。多分」

通りの奥で、エンジンの始動音が数を揃えた。

次いでその辺りに明かりが灯《とも》った。ヘッドライトのようだ。

いくつかの明かりが、後を追うように次々に灯った。四輪、二輪取り混ぜに何台かいるようだった。

「ちょっと、試してみますかね」

絆はそう言うと、車の往来のない深夜の車道にその身を晒《さら》した。

そのまま動かず、晒しておいた。

「お、おい。東堂」

ちょうど、下田の声が合図になったか。

エンジンの音が高くなった。

全台が一斉に始動したようだった。

数をまとめて太くなるエンジン音が一気に絆に迫った。

まず間違いなく暴走のレベルだ。

絆はおもむろに背腰に右手を回し、そのまま下に振り出した。

金音とともに、ホルスターから抜き放たれた特殊警棒が伸びた。

左足を引き、わずかに腰を沈め、目を半眼に落としてその場で待つ。

絆まで五十メートルを切った辺りで、いきなりヘッドライトの光が洪水となって押し寄せた。

申し合わせていたように、すべてのヘッドライトがハイビームに上げられたのだ。

うわっ、と下田が苦しげな声を発した。

何を見るともなく、すべてを茫《ぼう》と観る目を地面に落としていた絆にはどうということもなかった。

が――。

なにものにも眩《くら》まされはしない。

観るべきは気配であり、人の本性だ。

光と爆音が、ときならぬテレ朝通りに溢れ返った。

暴走集団はすでに、絆まで二十メートルもなかった。

「シモさん。退《さ》がって！」

それで、絆は光の中に飛び込んだ。

観えるものは、すべて光で形作られているように感じられた。

バイクとバイクの間、およそ五十センチを擦り抜け、改造車のドアミラーを特殊警棒で叩いて道を作る。

直後のバイクと車はどうでもよかった。

その場に立ったまま遣り過ごし、問題は最後尾の黒いバンだった。最初から一番荒々しい気配が感じられるのが、このバンの運転席だ。

さすがに殺意ではなかったが、あわよくば引っ掛ける、くらいのことは平気でしてのけそうな、剣呑で濃密な気配だった。

アクセルが踏み込まれた。エンジン音が獣の咆哮《ほうこう》のようだった。ずいぶんいじっているようだ。

絆は自ら前に出て、特殊警棒を振り上げた。

呼吸を整え、渾身《こんしん》の気合で虚空を断つ。

「おおっ！」

練り上げた純粋な気魂は虎のように走り、龍のように飛ぶ。

バンの男は絆の姿に何を見るのだろう。

鬼が出るか蛇《じゃ》が出るか。

いずれにせよ剣呑な気配は粉微塵《こなみじん》に砕け、バンに怯懦が満ちた。

絆の直前でバンのハンドルが右に切られた。

タイヤが悲鳴を上げた。焼けるゴムの臭いがした。それくらいの急ハンドルだった。

うおっ、と悲鳴にも似た声を上げたのは背後の舗道上にいた下田だが、見なくとも絆にも観えた。

まず絆がしたことは、月なき夜空を見上げて嘆息することだった。

直後に、ガードレールに激突したバンがバランスを崩し、横転して狐坂の信号機を巻き込んだ。

倒れなかったのはせめてもだが、信号機は根本から傾《かし》いだ。

絆は特殊警棒を収め、頭を掻いた。

「なんだかなあ」

苦笑いで下田に近付く。

「これ、呼ばれますかねえ」

聞いてみる。

「ああ？」

下田はバンを眺めた。

ちょうど残っていた渋谷署の組対課員が、バンの運転席から若い男を引き摺り出すところだった。

「ああ。そうだな。呼ばれんだろな。信号機、しっかり傾いてるしな。ありゃあ、交通管制課の管理物だ」

下田も頭を掻き、苦笑いだ。そんな反応しかしようもないのだろう。

「ですよね」

思わずまた、溜息が出た。

脳裏に、手代木監察官の仏頂面がありありと浮かんだ。

「でもよ」

肩に下田の手が置かれた。

「まあ、国道じゃなくてよかったんじゃないか。不幸中の幸いってよ」

「えっ。あれ？　そういうもんですか？」

途端、肩に置かれた下田の手が返った。脇から頭を叩かれた。

「知るか馬ぁ鹿。慰めだぜ。だいたい俺ぁ、お前ぇみたいに、こんな派手なことしたこたあねえよ」

絆はバンに顔を向けた。

「そりゃ、そうですよね」

横倒しになったバンが、いつの間にかハザードランプを縦に灯していた。

四

その後、信号機のこともあったから、麻布署に襲撃者達の始末は任せたが、簡単な聞き取りだけはさせてもらった。

返ってくる答えは芳《かんば》しくなく、前橋の連中と程度としては大して変わらなかった。

唯一、

——どっかのネットで見たって、良雄《よしお》か敬一《けいいち》か、あれ、違ったかな？　とにかくよ、誰かが言ってたっけかな。

という話は初耳だったが、どこのサイトかまでは判然とせず、また、これさえ虚偽だとしても、それを立証する手立ては今のところなかった。

ただ、本当にネットが関わるなら奥村が引っ掛けるはずだ。人伝《ひとづ》ての噂話なら鴨下も何かを拾うだろう。

絆に焦りはなかった。

身に降り掛かる火の粉は、払うのみ。

降り掛かり続けるなら、振り払い続けるのみ。

根競べだが、負けはしない。

そうすれば必ずどこかに綻びは生じ、自《おの》ずから何某かの答えは見えてくるだろう。

明け方前に麻布署を出た絆は、下田らに従って逮捕者の聴取勾留に関して手伝い、渋谷署に回った。

案の定この朝、八時半を回った段階で絆に、監察室の手代木から呼び出しがあった。

連絡を受けたのは、正しくは渋谷署外駐輪スペース脇に設けられた、喫煙スペースだった。

自分が吸うわけではないが、下田が吸う。

最近は喫煙スペースが目に見えて縮小され、場所によっては廃止されたところもあるようだ。

渋谷署も、〈どんどん肩身が狭い場所に〉と下田は嘆くが、喫煙者自体も減っている関係上、絆が見る限り一人当たりの占有スペースは往時より広くなっているようだった。

紫煙を吹き上げ、

「ご愁傷様」

そんなことを笑顔で言う下田と別れ、絆は本庁に向かった。

監察官室の呼び出しは絶対にして、即行だ。三十分程度で絆は本庁に到着した。

前回、本庁に手代木を訪ねたときは十四階に上がった。このフロアにはJ分室というオマケもつくが、主に公安部が占有し、手代木は公安部の参事官だった。そんなことを思い出す。

手代木が現在所属する警務部人事第一課は、十一階だった。中層階用エレベータの最上階で、つまり前回とはエレベータホールの立ち位置、使用するエレベータ自体が違った。

とはいえ、下階だから色々と〈低い〉わけではない。十一階には警視総監室や副総監室、総務部長や警務部長の執務室など、錚々《そうそう》たるメンバーの部屋があった。

そんな上層部の面々を押《お》し退けるように、実務課である人事第一課が鎮座する。その一角のパーテーションで仕切っただけの奥に、監察官室は存在した。

絆はパーテーションの枠をノックし、監察官室に入った。

時刻はすでに九時半を回っていた。何人かの課員が作業している。出掛ける支度で、鞄《かばん》をまとめている者もいた。

監察官聴取のとき手代木と一緒に特捜隊本部にやってきた課員達は、見渡す限りの中には誰もいなかった。

今日もどこかで、誰かを絞り上げているのか。

そう思うと少しだけ笑えた。他人の困った顔は、どうしても面白い。

「おはよう」

そんな中でまず気軽に片手を上げたのは、小田垣観月管理官だった。

ショートボブで顔立ちは愛らしいが、東大卒で階級も年齢も絆より上だ。しかも関口《せきぐち》流《りゅう》古柔術を高いレベルで体得し、素手で仕合ってさて、絆も勝てるかどうか。

動かない表情はアイスクイーンの異名通りだが、気性的に気難しいというわけではなく、超記憶能力と引き換えに感情の一部が欠落した結果だという。

観月の他に、監察官室には五人の男がいた。実働部隊員として時田《ときた》、森島《もりしま》両警部補と久《く》留米《るめ》、松川《まつかわ》の両巡査部長で、それぞれが暫定的にコンビを組んでいるのは知っていた。

本来、時田、森島は牧瀬《まきせ》係長の班だが、牧瀬、馬場《ばば》の両名がブルー・ボックスの管理運営に掛かり切りになっているためだ。

そして、監察官室にはもう一人――。

「お早うございます」

絆は監察官室首席監察官のデスクの前で腰を折った。

挨拶をして初めて、手代木がデスク上の作業から顔を上げた。

姿勢のいい中肉中背、油をつけて七三に分けた髪、四角い顔。

それが手代木耕次《こうじ》という男だった。

常に厳しい表情を崩さず、六月に就任以来、アイスクイーンと監察官室のツートップ、いや、〈同じ穴の狢《むじな》〉などとも噂される。

「こんなに早くに、また顔を見る羽目になるとはな」

「私も同意見ですが、申し訳ありません。呼ばれてしまいましたが」

「仕方あるまい。不慮はある。まあ、たしかに呼びはしたが、私の理由は些事《さじ》だ」

手代木は手元に置いてあった数枚の書類をデスク上に滑らせた。

見なくともわかる。始末書だ。

「うわ。やっぱり有りですか」

「ないわけはない。少なくとも、都と七階の交通管制課には提出しないわけにはいかないからな」

「ああ。そうですか」

「まあ、ファックス、あるいはメールでもいいかとも思ったのだが。来た以上、これに必要事項を記入しろ。逆に言えば、書き終わるまで帰るな」

手代木は不思議なことを言った。

「了解ですが、来た以上ってのは、どうにも他人事に聞こえますが」

「他人事だ。私の理由は些事だと言った。刑事部や組対部の連中をいちいちこんなことで呼び出していたら、エレベータホールまで列が出来る」

「えっと」

さらによくわからなかった。

「では、どうして」

手代木は椅子の背に身体を預け、腕を真っ直ぐ正面に上げた。

「どうせなら呼んで下さいと、お前を呼んだ理由の九割以上は向こうだ」

手代木が示すのは、自身とはほぼ真反対に位置するデスクだった。

反応した〈もう一匹の狢〉が座ったまま、デスクの向こうで手招きをした。

「用事があるなら呼びつけて下さい、だそうだ。——何かしたのか」

「いえ。現状、心当たりは皆無ですが」

状況は混迷を深めるばかりだ。

取り敢えず始末書を丸めて手に持ち、観月に近づいた。

すると、

「はい。これ」

立ち上がってデスクを回り、観月が脇に置いてあった紙袋を差し出した。

声も愛らしい、といつも思うが、内容が愛らしかったことはないとも思う。

巻き込まれると、物騒なことになるのはいつものことだ。

「なんすか」

「置き土産」

「はあ?」

「ううん。違った。いえ、違わないけど。お土産。和歌山《わかやま》の。お土産と置き土産」

「いや。特に貰う理由が」

「そっちにはなくてもこっちにはあるの」

「よくわかりませんが」

「君ねぇ」

紙袋をデスクに置き、観月は仁王立ちになった。手足が長い分、ちょっとした迫力はある。

「なんかいつも、必ず一回は固辞するわよね。その後で絶対に日和《ひよ》るくせに。それって昭和の頃の接待マナーみたい」

「はあ」

「貰っときなよ」

とは、近くでこの遣り取りを見上げる時田だが、どこか楽しげだ。つまり、どこまでも怪しい。

「絶対、いい物だぜ。いや、爆弾、かな」

やはり、怪しい。

「ちょっと。主任」

軽く睨んだ、のかもしれない。わかりづらいが、観月は一度置いた紙袋を手に取った。

「東堂君。君、本当に鈍いわね」

「あれ。管理官に言われたくないですけど」

「とにかく持って行きなさい。ほら。あっちで監察官が、さっきから何事かってこっちを見てるわ」

言われなくとも、先ほどから手代木の意識がこちらにやや傾いていることはわかっていた。

観月が紙袋を押し付けながら身を寄せてきた。ショートボブの柔らかな髪が頰に触る。

「持って行きなさい。持って行って、大河原部長と食べなさい。いいわね」

なにやらの暗号のようだ。

「ええっと」

まだ逡巡《しゅんじゅん》していると時田の真反対から、

「ははっ。管理官。なぁんか、もうバレバレな感じもしますけど、水と油、いや、油と油っていうか。よっぽど相性悪いですねえ」

時田の真反対にいた森島が目を細めた。

「本当に」

肩を竦め、口角を少し上げつつ観月は紙袋をさらに押した。

絆は紙袋を受け取った。

ただ最後に、

「でも管理官。和歌山で何かありました？」

と聞いてみた。

「どうして？」

観月が真顔で小首を傾げた。

「少し、笑ってるみたいに見えます」

「馬鹿。笑ってるのよ」

「なるほど」

思わず吹き出す森島のリアルな笑いが、声になって監察官室に響いた。

その後、悪戦苦闘しつつ始末書の記入を終えた絆は、観月の言を入れて五階に降り、組対部長室に回った。

監察官室を離れる前に、部長室前室の秘書官には確認を取った。

大河原部長はちょうど在室だった。というか、部長間連絡会議から戻ったばかりのところだった。

絆は大河原に勧められたソファに座り、テーブルに紙袋を置いた。

「へえ。アイスクイーンの土産だって？　珍しいこともあるもんだ」

上着をハンガーに掛け、大河原が向かい側に座った。

紙袋に手を入れ、中身を取り出す。

「――これぁよ。東堂。お前ぇ」

大河原は一瞬、絶句した。

絆も目に光を灯す。

紙袋から出てきたのは紀州和歌山の銘菓、福菱《ふくびし》の柚《ゆず》もなか（柚子《ゆず》皮入りの柚子餡《あん》）だった。二箱もあった。

観月に言われた大河原と食べなさいとは、まさかひと箱ずつかとも思いながらも、二人して注視するのは柚もなかの箱ではない。

ふた箱に端の辺りを挟まれるようにしてテーブルに転がり落ちた物があった。ジップ型の透明なビニル袋だ。

一枚の紙片と封の切られた黒い小箱が入っていた。おそらく何かのパッケージだろう。切られたビニル封の残骸もご丁寧に添えてあった。

小箱、パッケージは黒一色で、型押しされた飾り文字が表面に浮かんでいた。

その文字が、大河原と絆の目を捉えて離さなかった。

ＥＸＥと、そう読めた。

まず大河原が紙片を取り出し、目を通した。長くは掛からなかった。

「ほらよ」

硬い声で、紙片はすぐに絆に回ってきた。

報告書の体裁だった。観月が関わった和歌山の顚末が箇条書きにされていた。

ただし、すべてが書かれているわけではないことも明白だった。

監察と組対、ということか。

それぞれの職分に明確に分けて、主にこの小さなパッケージに関することのみが抽出されているようだ。

和歌山の顚末を一部でも詳《つまび》らかにするのは、この黒いパッケージ、ＥＸＥの存在証明のためにに違いない。

「それにしてもサーティサタン。リー・ジェインかよ」

大河原は唸りながらソファに沈み込んだ。

ブルー・ボックス三階の角、A・190の棚の段ボールの中に入っていた異物。

それこそがEXEで、弟思いのクライアントからリー・ジェインが、日本国内へのルート開発を請け負った〈商品〉。

そしてEXEがエグゼなら、Jファン倶楽部のOGによる〈魔女の寄合〉の場で宝生聡子が口にしていたという、五条国光の世迷言《よまいごと》。

エグゼがそのままイコールEXEで、東京竜神会代表・五条国光が絡むなら――。

リー・ジェインにEXEのルート開発を依頼した弟思いのクライアントとは、竜神会会長の五条宗忠。

それが、リー・ジェインの置き土産。

ただし、言質《げんち》は曖昧ですべて推論に過ぎない、と箇条書きは観月らしく紋切り型で終わっていた。

絆が報告書を読む間に、前室に言って大河原がラテックスの手袋を用意させた。

おもむろにごつい手が漆黒のパッケージに伸び――。

目の当たりにする実物への衝撃は、絆にさえ大きかった。

形こそ違え、目薬型の容器はティアドロップを彷彿《ほうふつ》とさせた。いや、それ以上だ。

透明で高級感のあるカットを施した容器はまさに、クリスタルの涙、といった印象だった。

「てこたぁよ、東堂。ＥＸＥはティアドロップ・エグゼ、ってことかい」

「という推論は成り立ちますが、どうでしょう。断定はまだ。小田垣管理官もそう書いてます」

「そりゃまあ、そうだが」

大河原はＥＸＥのパッケージをビニル袋に戻し、丁寧に封をした。

「取り敢えずこれぁ、俺の方から科捜研に回しとく」

「了解です」

絆は立ち上がった。

大河原が呼び止めた。

「またぞろ、終わらねえな」

明確な答えは、絆にはなかった。

五

それから、わずかに四日後だった。

午前中は雨雲が掛かって肌寒かったが、昼過ぎに雲間から太陽が顔を出して以降は一転して穏やかな秋晴れとなった。

南関東は穏やかに吹く風も爽やかに、全体的に長閑《のどか》な日和だった。

この日、絆は成田市押畑の実家に帰っていた。正確には前夜からだ。

しかも珍しいことにこの日、金曜から絆はどうやら、有給休暇のようだった。

ようだと曖昧になるのも当然で、自分から取りたくて取ったわけではない。

自他ともに認めるところのワーカホリックは、すでに自他ともに諦めの境地に入っている。要するに筋金入りだ。

月曜に本庁の警務部監察官室を訪れた帰り道と、前日の午後二時過ぎに、絆は日曜深夜の麻布に引き続いて半グレ連中の襲撃を受けた。

日曜深夜から木曜午後二時、およそ八十四時間の間で三回、命を狙われたのだ。

立て続けと言ってよかった。

本庁監察室帰りの月曜は日比谷《ひびや》公園前で、木曜は渋谷のスクランブル交差点の歩行者信号が、青の点滅を始めたときだった。

軽くあしらう程度でどちらも怪我人《けがにん》が続出するような〈大事〉には至らなかったが、特に渋谷は場所が悪かった。

いや、悪すぎた。

渋谷では対峙の場所が、歩行者信号が赤に変わったスクランブル交差点だった。

一時、交差点内に人と車両が入り乱れて混乱し、辺りは騒然となった。

ただその中に、一対多数をものともしない絆の手腕を、素直に称賛する拍手及び喝采もあったのは事実だ。

そんな一連の様子を、定点カメラからの録画でとある民放キー局が夕方のニュースで流した。

映像的には、見ようによってはなかなか派手だった、かも知れない。

これが良いやら、悪いやら。

実際もの凄い量の、活躍を称賛する声半分、官憲の横暴だと非難する声半分、らしい。

――東堂。回線がパンクしそうだとよ。広報もヒーヒー言ってらぁ。だから、さっき隊長には相談しといたんだがよ。今んところ、お前ぇの存在自体が面倒臭ぇから暫く休め。有休取れ。都内にいるな。成田にいろ。実家だ実家。帰《け》ぇっとけ。

と、池袋の特捜本部に帰着した後、直接に掛かってきた電話で大河原から本当に面倒臭そうに言われた。

その直前にも下田から、

――あれだ。まあ、仕方ねえって言えばそうなんだろうし、お前が悪いわけじゃねえって言えばそうなんだろうが。とにかく少なくとも、渋谷の馬鹿目立つところでお前の普段通りのことすんな。あとが面倒臭くていけねえ。なんだかよ、元相棒だからってことで俺に回ってくる。煙草一本吸う暇もねえや。

と愚痴をこぼされたばかりだった。

まあ、ものの言い方もあるが、有無を言わさない勢いで下される大河原の命令にそのまま従うのも癪だったので、

「有休なら別に、成田に限定することもないんじゃないですか」

と、このときは言い返してみた。が、

――じゃあ、他に行く当てがあるってのかい？　あるなら言ってみ。

と問われれば、

「そりゃ、あれです……」

言ってはみたものの、特に思いつく場所もレジャーもない。

返答に窮して電話を切った後も、近くで聞いていた隊長の浜田から、

「ほとぼりが冷めるまでだから。これは有休という名の自宅、いや、実家待機。ある意味、お仕置きだねえ」

と楽しそうに言われたりした。

少し反駁《はんばく》もあって、あれ、お仕置きですかと聞き返せば、浜田は腕を組んでやや口元を引き締めた。

「東堂。これって、油断？　慣れ？　君なら、もっと上手く処理出来るんじゃない？　隠《おん》

形《ぎょう》だっけ？　気配から何から、存在そのものを消すことだって出来たはずだよねえ。真っ向から受けて潰そうなんて、横綱相撲《よこづなずもう》みたいなことをさ、公衆の面前でしたりすると、こうなるねえ」

などと逆に、おそらく己の未熟を突かれる始末だ。

「いいかい？　君は横綱なんかじゃないよ。異例特例ではあるけれど、警視庁の組織犯罪対策部のね、一介の警部補だよ。まあ、疑いなく同じ化け物であってもね、どっかの警視正とはわけが違うんだ。月と鼈《すっぽん》、とはさすがに言わないよ。そうだねえ。それでも、天井の星と道端に咲くシロツメクサくらいの差はあるかな。ああ、色は間違いなく、君の方が真っ白だけどねえ」

特にそれ以上返す言葉もなく、絆はその場からそのまま成田に向かった。

特捜本部を出るときには相変わらず雑な半グレ連中らしい視線をいくつか感じた。

都内にいると面倒だから休めと大河原は言った。

浜田も、ほとぼりが冷めるまで、と念押ししてきた。

つまり、所在不明にしておけということで間違いないだろう。そもそも、そんな状況でさらに派手なアクシデントは、言うまでもなく絆としても願い下げだった。

指示された通り本部を出た瞬間から、自身に向けられる視線、気配はそのすべてを排除した。

本気になった絆の隠形を見破れる者など、半グレ、チンピラ連中にいようはずもなかった。

成田に着いてからも、当然のように警戒は隠形のレベルから落とさなかった。

一件の端緒として、まず最初の襲撃を受けたのが成田だったのだ。それを考慮すれば、落とせるわけもない。

成田に到着したのは夕六時半を回った頃だった。

秋分を過ぎればもう秋風も吹き、六時を回れば西の端に残照もない。

駅前ロータリーから駐輪場に回った。

新しいロードバイクになった日から駐輪スペースも変えていた。駐輪場の事務所に近く、個別で管理してもらえる場所だ。

特に待ち伏せなどに対する用心ではなく、ロードバイクそのものの盗難及び劣化予防のためだったが、襲撃者への目晦ましにもなったか。料金は今までの二倍に跳ね上がったが、利用価値はそれ以上にあった。

実家までの帰途もマックスの注意を払った。隠形を解かない。

襲う側の連中からすれば、池袋の特捜本部前から忽然《こつぜん》と姿を消したきり、ということだ。

そんな状況を考慮して、特に大利根組の面々を道場に呼び集めることはしなかった。

この日は木曜だったので、東堂家では通常の稽古日に当たっていた。

普段より早い時間ということもあり、帰宅の時間はちょうど、少年組と一般組の入れ替わりの頃だった。

冠木門からロードバイクを入れた絆は、揚々と防具袋を担いで帰路に就く純朴な少年達と、薙刀を杖にしてやってくる正伝一刀流道場名物、〈生きのいい婆さん達〉と出くわした。

「バイバイ。若先生。テレビ、恰好良かったよぉ」

稽古着のままの少年が手を振った。

「おう。バイバイ。なんだ。見たのか」

「見た。凄かったね」

すると、婆さん達の先頭でお竹《たけ》さんが頷いた。

「そうじゃの。私が若かったら、放って置かんがのう」

「若先生もああ見ると、大先生の若い頃にそっくりじゃ。危険なアロマじゃ」

これはおみっちゃんだったが、まあ、お竹さんがお佳《けい》ちゃんでもおみっちゃんでもあまり変わりはない。全員を絆は物心ついた頃から知り、当然、全員が絆を生まれたときから知っている。

「あら、絆君。おかえり。久し振り、じゃないわね。さっきテレビで見たから」

隣家、渡邊家の玄関口から真理子が出てきた。エプロン姿だった。夕食の準備をしていたのだろう。

その脇から千佳も顔を出すが、

「ちょっと、絆」

こちらは少々、目尻が吊《つ》り上がっていた。

はて、何かしただろうか。

千佳は右手に持った携帯を振った。

「ＬＩＮＥのさ、同窓会グループがもう夕方のニュースから五月蠅くって。あんたの元カレ映ってたわって。中には紹介してってのもあるわよ」

「あら。それでさっきからカリカリしてたのね。絆君を取られるんじゃないかって。ああ、そういうこと」

「そ、そういうことじゃないわよ。お母さん、何言ってんの」

なるほど――。

よくはわからないが、渋谷の一件は様々なところに飛び火しているということだけはわかった。

「じゃ、おばさん。千佳。また後で。ははっ」

とにかくその場を離れるべく、絆は婆さん連中を先導して庭から奥に向かった。

道場では、腕組みの典明が待っていた。ニュースを知らないわけはないと思うが、ひとまずは何も言わなかった。

「では、私らは着替えるぞい」

「若先生。覗《のぞ》きはいかんえ」

「いや。そう釘《くぎ》を刺しても、若い男は止まらないもんじゃぞ」

「あは。恥ずかし、恥ずかし」

などと空恐ろしいことを言って婆さん連中が控室に消える。

何もなかったかのように典明は絆に寄ってきた。

婆さん連中の軽口は、存在自体と相まって道場の名物でもある。

いちいち気にしていては身が保たない。

「なんだかは知らないが」

典明は絆の肩に手を置いた。歳とともに細くはなったが、硬く厚い手のひらの感触があった。

「またぞろなにやら、面倒なことだ」

婆さん連中に関してでないことは明白だ。

家に辿り着くまで解かなかった絆の隠形の構えを、典明ならその前からわずかながらにも感得するだろう。

そして、そんな構えで帰宅したことなどない孫の様子から、面倒を悟るのだ。

推して知るべし。

その目に宿る光は、穏やかだ。

「俺、しばらく有休らしい」

「そうか。なら、お隣にそう言ってきたらいい。特に真理子さんが喜ぶぞ。みんな昔ほど食わないんで、最近料理に張り合いがないとぼやいていたからな」

「わかった」

「さて。じゃあ俺は、婆さん連中の相手をしようか」

典明は背を向け、ゆっくり肩を回した。

「なあ、絆。面倒ではあるが、この家はそれを拒みはしない。まあ、諸手《もろて》を挙げてというわけにはいかないが、お前が選んだ商売が商売。孫が選んだ商売だ。ついでに言えばなんの因果か、娘も、義理の息子もな」

典明はそんなことを言った。

「——爺ちゃん」

「ま、だいたい、古畑からして俺の弟子だしな。因果はそもそも、俺が作ったのかもしれん」

「うげっ。そうだった」

古畑とは、現警視総監の古畑正興のことだ。典明は警視庁にも武術教練の師としてたびたび招聘《しょうへい》され、古畑も若い時分にはその薫陶を受けたという。

「そしたら絆。婆さん連中の後に、久し振りに手合わせといくか」

「了解。お手柔らかに」

「どっちがだ」

典明は横顔を見せ、苦笑した。

月なき、これが前夜の話。

絆が長期有給休暇を取る羽目になった事のあらましだった。

六

前夜からこの金曜の朝と、絆は真理子の手料理を堪能した。し過ぎたくらいだ。

典明が言う通り、食べると真理子は喜んだ。次から次へと、千佳も手伝わせて料理を作っては運んできた。

夜もこの早朝も、絆は典明と稽古をした。

典明は今剣聖の尊称に恥じない迫力で、気を抜けばいつでも一本取られそうな勢いだった。

食う量は減ったなどというが、どうしてどうして、喜寿《きじゅ》にして祖父は今剣聖でありながらやはり、化け物でもあった。

激しい稽古は、少なくとも絆の胃袋を空にした。真理子の料理も美味かった。

それと千佳の手伝いも、スパイスではあったか。

昼食はなくてもいいくらいだったが、真理子に、「残り物で悪いけど」などと朝食にひと手間加えた物を出されれば箸も伸びるというもので、また食い過ぎた。

「さぁて」

腹熟《はらごな》しにサイクリングロードに出るかと、ヘルメットをかぶって表に出る。

印旛沼サイクリングロードに出るまで、押畑からなら田舎道を十分程度だ。

水門近くの土手から始まる専用道路は、印旛沼の見晴らしもよくいきなり別世界になる。

川風もいいものだ。

どこまでも続くかのような専用道路でただペダルを回すことに専心すれば、それは一人木刀を振る型稽古にも似て、精神は高位に安定して高止まる。

空を行く綿雲を見上げ、絆はゆったりとした思考を巡らせた。

直近襲撃の二件については、特に渋谷の方の始末は、下田に若松も手を貸してくれたようだ。

聴取の結果は、それ以前の元麻布や高崎と似たり寄ったりだった。なんともハッキリしない。

ただし、それもこれも有りだろう。ハッキリしないこと自体も、逆にいえば一つのピースだ。ピースはハッキリしなくとも数を集めれば、全体像として何かが浮かび上がってくることもある。

日比谷公園前で襲撃してきたのは、宇都宮《うつのみや》近辺にたむろする半グレだと言うことはわかった。

関東の深くから遠路はるばる、と言いたいところだが、渋谷の連中の方はなんと、米沢《よねざわ》のチンピラ集団だった。

――暇だったかんよ。マッポに懸賞だあ。面白そうだと思ってよ。

リーダー格の男はそう言ったらしい。

どうやら噂が北上し、乗る馬鹿が南下してきたようだ。

聞いたのが奥村の話より先だったら、ご苦労なことだと苦笑くらいは漏れたかもしれない。

昨日の、婆さん連中の稽古が終わる前までなら。

自堕落屋の奥村から、連絡が入る前までなら。

実際には、米沢からの襲来は笑えるようで笑えない話だった。可能性が冗談ではなく、大いに考えられたからだ。

昨日、ちょうど婆さん連中が道場で、変幻自在に薙刀を振るっている最中だった。

――今、いいか。

自堕落屋の奥村から連絡があった。

渋谷署の下田からまとめて聴取の報告がメールに入ったのはこの後だ。

――ダークウェブの仲介掲示板に、一瞬だけ見つけた。スパークのような一瞬だ。

そもそも一般では探しきれないようなサイトの中の、さらに逃げ水のような掲示板だと奥村は言った。

虚実入り混じってのクスリや口座の売買、殺人の依頼・請け負いから脱税の指南、トンネル会社のPRまで。

そんな掲示板の地方限定エリアに、わずか数十秒だけ浮かんだ文字列があったらしい。

〈手足百万、命一千万。信じる者には、払われる〉

そんな文言《もんごん》だったようだ。

――言われていたから、中途半端なトリモチでも引っ掛けられた。俺かお前か、どちらかの運だな。

運も実力の内なら、それこそ奥村の真剣さの賜物であり、実力だろう。

さらに奥村は、そこから出処を探ったという。

――発信に利用されたのは赤羽《あかばね》のネットカフェだ。そうとわかって潜ればな、今月の初旬にも同じような書き込みの形跡を見つけた。その仲介掲示板の、関東ブロックのエリアにだ。

「ああ、ネカフェ。ご同業ですか」

――ああ。まあ、同業と言えば同業だが。うちの強敵といえば強敵で。それでというか、そうなんだが。

少し歯切れが悪かった。聞けば、

――沖田組、おっと、今は東京竜神会か。そこのな、末端が運営しているグループ店だ。だからさすがに、中途半端なトリモチではな、現状ではそれ以上は探れなかった。

なるほど。歯切れの悪さは竜神会のフロントに触ったからではなく、さらにそれ以上デジタルの奥深くに進めなかった無力さからだ。

奥村らしいと言えばらしい。

――いや、防犯カメラとかな、触手の先で触りはした。

奥村は話を続けた。

――ただ、何も出なかった。おそらく、脛に傷持つ輩や、闇社会の連中も多く利用する店なのだ。そんな噂ならオープン当初からあった。だから、店に実損実害さえなければデータなんかはすぐに消去するのだろう。商売柄で似たようなものだが、うちはそれでも一ヶ月は絶対に保存するがな。ただ、その後の処理は同じだ。誰にも辿れないように、徹底的に消去する。

「そうですか。徹底的に」

――そうだ。徹底的に。だからというわけではないが、今はそこまで。いや、俺が手伝えるのはここまで、かもしれない。

「ははっ。弱気ですか？　らしくないですね」

一応励まし、あるいは叱咤《しった》のつもりだったが、奥村はそうなのだと肯定した。

――仕方がない。スパークの一瞬から先は、田中の一件とは明らかに種類が違うのだ。

「はて。違うって、どう違うんですか」

――ネットの中に姿形どころか、影も見えない。

なおわからなかった。

「……それってどういう」

――噂は電脳を介していないということだ。つまり、口コミだ。

「はあ」

――切っ掛けはネットでも、分散拡大の手段が口コミなのだ。特にダークウェブではよくあることだがな。なんにせよ、デジタルからアナログへの移行は、俺の得意とするところではない。それ以上に、口コミは厄介だぞ。ネットは0か1に収斂する。だからある意味、単純だ。ハッキリしている。だが、それがアナログになると始末に負えない。人から人を辿る話は、いつしかぼやける。

「なるほど。――あ、でも、っていうことは奥村さん」

――なんだ。

「デジタルからアナログに移行してぼやけるなら、またデジタルに戻せば鮮明になる、なんて、ないですかね」

――デジタルとアナログの話の前に、理屈が屁理屈《へりくつ》に移行している気がするが。

「あ、やっぱり」

――まあ、それでも、そうだな。乗り掛かった船だ。このまま尻尾を巻くのも寝覚めが悪い。投網《とあみ》くらいは仕掛けようか。

「お願いします。こちらも現実世界で、出来ることはしておきますから」

と、奥村とはそんな話になった。

だから、下田からのメールを見たときは笑えなかった。

奥村が見つけたダークウェブの仲介掲示板における限定地域は、今回は東北ブロックだった。米沢からの襲撃者の誰か、あるいはその関係者が、おそらくその掲示板の薄暗い情報、一瞬のスパークを見たのだろう。

となれば元麻布の襲撃者の、

――どっかのネットで見たって、良雄か敬一か、あれ、違ったかな？　とにかくよ、誰かが言ってたっけかな。

この曖昧な証言も輪郭を鮮明にする。良雄か敬一か誰かが、関東ブロックのスパークを見たのだ。

(さて)

ロードバイクのギアを上げる。

心身のギアを上げる。

次は何がどう動く。何をどう動かす。

矢は、どこから飛んでくる。

サイクリングロードは、なかなか雑念を払うというか、雑念を純化させるには適した場所だった。

印旛沼周辺と言う環境もよかったかもしれない。

往復で百キロ余りを走破した。

休憩も入れると、時間的には四時間近く掛かった。帰ったのは夕暮れもほど近い頃だった。

玄関先でロードバイクを降りると、

「おっ。これが新しい自転車ですかい」

家の前に停まったベンツから大利根組の蘇鉄が降りてきた。

そうだよと言えば、「いいねえ。恰好いいねえ」と触ってくるが、触るだけだ。実は蘇鉄は自転車に乗れない。

「じゃ」

触って満足したか、蘇鉄は玄関から東堂家に上がっていった。

絆はそのまま居残った。

全身に汗を掻いていたが、まずはロードバイクの手入れだった。

三十分もすると、

「うっしゃぁぁぁっ」

道場の方から蘇鉄の気合が聞こえた。

典明と掛かり稽古を始めたようだったが、この日は通常の稽古は休みだ。典明のお気に入りのキャバ嬢が出勤日だからだ。

たしか昼食後に、

――食い過ぎた。夕飯前に来い。腹熟ししないと、メイちゃんと鰻《うなぎ》が食えない。蕎麦《そば》しか食えない。

と典明が携帯に向かって言っていた。ちょうど絆も、腹熟しに出ようとしていたので耳に残った。

下戸《げこ》の蘇鉄はそれで、腹熟しの相手兼運転手として指名されてきたのだ。

ロードバイクの手入れを済ませた絆は、庭側から道場に回った。

蘇鉄が稽古着で汗みずくだった。

（ああ。いい剣気だ）

素直にそう思った。さすがに蘇鉄は正伝一刀流の高弟だ。吹き上がるような剣気は道場に差す夕陽の赤よりなお濃く赤く観えた。

「大先生っ。いくぜぇ」

「来いっ。古狸！」

典明も生き生きとして、端から見れば火の出るような掛かり稽古も、やけに楽しげな二人だった。

しばらく眺めていると、だいぶ身体が冷えてきた。自身もロードバイクで百キロ走破を敢行した後だった。

風呂場でシャワーを浴び、普段着に着替えて戻ると、蘇鉄が道場の板の間で大の字になっていた。

およそ三分前に、蘇鉄の剣気が途絶えたのは観えていた。

稽古は終わったようで、それで典明はメイちゃんと鰻が食える、ということだろう。

労《ねぎら》いの言葉の一つも、と思って蘇鉄に寄ろうとしたとき、絆の携帯が振動した。

バグズハートの久保寺美和からだった。

「うーん。今は無理だよなあ」

頭を掻きながら縁側に腰を下ろし、通話にした。

――どうも。

美和の声は少し硬かった。

「菜園ですか」

――そうじゃない。白石さんの客筋の方よ。

声はさらに硬度を増した。

「なんです？」

――五条国光からSOSが入ったわ。ねえ、東堂君。エグゼって何？

えっ、と驚きが思わず声になった。

――なんや聞いとらんのか、知らんのかって言われたけど。情報屋言うても、バグズハートなんちゅう五分の虫は、しょせん信用も売り買いの五分五分の虫かってね。

「五分五分ですか」

――そう。右に左に、ゆらゆら揺れるやじろべえってとこかしら。

さすがに国光は切れ者だ。簡単な遣り取りだけで核心を突く。言い得て妙だと、声にはしないが感心する。

「まあ、何って言われても、それはこっちも知りたいくらいのもので」

美和の溜息が聞こえた。

――そうよね。頼まれなかっただけで、東堂君の言葉に嘘《うそ》がないのは知ってるわ。ゴメンね。愚痴で。

「いえ」

――助けろ、だってさ。

「えっ」

喚くようだったという国光の話を掻《か》い摘《つま》んで聞く。

件の殺人前線の北上を、いたく気にしているようだ。

――どうしたもんかと思ったけど。ご指名だから。

「いや。指名って言われても」

――エグゼについて、知っとることは洗《あら》い浚《ざら》い教えたるって。

「それは魅力ですけど。さぁて。何をどうすれば」

夕空を見上げ、地上に落とした視線を左右に回す。

道場内で大の字になり、唸っている蘇鉄が目に入った。

「おっ」

天啓《てんけい》とはこういうときに、閃《ひらめ》きとなって降るものだ。

「了解です。部長に話を通してからになりますけど、なんとかしましょうか」

美和が受話器の向こうで口笛を吹いた。

――助かる。じゃあ、五条にはそう言っとくね。

「あっと。美和さん」

――これも借り。わかってるわ。

なかなかどうして、美和も国光に負けず劣らず、切れ者には間違いない。いや、苦労人の分、庶事に関しては国光より上か。

「やれやれ。昔、北の狼《おおかみ》、南の虎って、なんかのタイトルで見た気がするけど」

通話を終えた絆は、残照に目をやった。

「いや。野良犬に野良猫かな。それにしても、大忙しだ」

呟きに合わせるように、背後から爆音のような蘇鉄の鼾《いびき》が聞こえた。

第五章

一

　二日後だった。十月初めの日曜日だ。

　雲は多いが、ときおり薄陽も差す昼下がりだった。

「Ｏｈ。なんか、妙ちくりんな取り合わせですねえ」

　二階建てのプレハブの前に立ち、少し離れた出入り口のゲートを眺めながらゴルダが呟いた。太い腕を組んで微動だにしないが、口調はどこか楽しげだ。

「てぇか、取り合わせのせいじゃねえだろ。そもそもがよ、どっちもどっちで悪趣味ってのか。センスが悪ぃや」

　これは絆を挟んでゴルダとは反対側に立ち、同じように腕を組む蘇鉄だ。

「Ｏｈ。親分先生の意見に、私は賛成ですねえ」

ゴルダが手を挙げ、

「あ、俺も」

と絆も同意を示して手を挙げた。

場所は、成田と富里の境にあるゴルダの会社だった。

周囲を背の高いフェンスに囲まれ、敷地面積は千坪以上という広さを持ち、すぐ近くを東関東自動車道が走るという立地だ。

ただし、広い敷地イコール大きな会社、という図式は成り立たない。

ゴルダの会社は、外は全体に森林浴が満喫出来るほどの鬱蒼《うっそう》たる森で、正面ゲート側に大型車が二台は行き交えない、地元でも抜け道扱いの市道が走るだけの場所にある。

東関東自動車道は近くを走るが、走るだけでインターは遥かに遠かった。騒音と排気ガスだけはまあ、風に乗っていつも漂ってくるが。

そんな場所は当然というか、外も大自然だが、中も特にハイテクに彩られた今風の社屋や工場が建つわけでもない。採算が合わないのは誰が見ても明らかだ。

そもそも、この場所は地上げという言葉がまだ一般的でなかった時分に、大利根組の先代、つまり蘇鉄の親父がどこからか聞き込んできた東関東自動車道計画を当て込んで買った土地だ。

上手く買い上げになった暁には、売買代金で国鉄成田駅前に土地を買ってテナントビルを建て、さらに運用資金で成田山信徒会館の近くにド派手な土産物屋を建てようと言うのが、先代の壮大な構想だったという。

なんというか、売り物の金額がどんどん下がり、地道な商売になっていくこの先代の発案を、当時の大利根組では〈逆わらしべ長者構想〉と呼んでいたらしい。

結果として東関道は、大利根組の先代を毛嫌いするかのように、面白いほど綺麗《きれい》に道路一本分で土地を避けた。

かくて〈逆わらしべ長者構想〉は破綻し、残ったのがつまり、子の蘇鉄をしてただの野っ原と言わしめる、森の中にぽっかり空いた、本当にただの野っ原だった。

そこを、ゴルダは会社として蘇鉄から借りたのだ。

ゴルダの会社は、正面側のフェンスのど真ん中に切られたゲートから入る以外、通常では入りようも、中の様子を窺い知ることも出来なかった。

ということで、絆も場所は知っていたが特に用事があるわけでもなく、中に入ったことは一度もなかった。大家の蘇鉄や店子《たなこ》のゴルダの話を聞くだけだ。

初めて入ったゲートの中は、基本的にはコンクリート打ちっ放しというか、流して固めっ放しの地べたが千坪広がる、と言って過言ではない場所だった。

なかなか壮観というか、壮絶にコンクリートだ。

正面から向かって右手のフェンス側、背中に東関東道を背負う側にはまず二階建てのプレハブがあった。会社機能としてメインの事務所に使う建屋で、今現在、絆達三人が立っているところだ。

その奥には三連結するように平屋のプレハブが並び、プレハブとプレハブの間は雨風除《よ》けのある外廊下で繋がれている。

そこから少し離れたさらに奥にあるのは、倉庫として使っている建物だろうか。背の高い割りと大きめの木造家屋が二棟建っているが、どちらも気のせいではなく、少し傾いでいた。

もしかしたら全体的に〈ドウ・イット・ユアセルフ〉、つまり、手作りの違法建築かもしれない。

ただそれよりなにより圧巻なのは、ゲート内の右手側から真正面最奥まで、同パーツごとに整然と分けられて置かれた、日本の四輪駆動車の部品だった。所狭しと置き捨てられるように、色取り取りのパーツが露天にその姿を晒していた。

本国から依頼があった場合には型番から必要なパーツを探し出し、梱包《こんぽう》して送り出すという。

敷地内に人気がないのは、オークションで中古車や事故車をセリ落とし、解体の人手が必要なときにアルバイトを頼むスタイルだからだ。

つまり、ゴルダの会社はパーツを保管する場所は広大に必要だが、常駐の社員は必要のない会社だった。

　森の中で道路付けが悪くて利便性に乏しく、常駐の人間がいなくてだだっ広い。

久保寺美和との会話の最後に、絆に閃いたのは、そんな場所だからだ。

今、そんな場所に、二台の車が入ってくるところだった。

ゴルダが妙ちくりんな取り合わせと言い、蘇鉄がどっちも悪趣味でセンスが悪いと言い、絆も賛成した取り合わせだ。

　一台は黒光りする車体に、いかにも高そうな金色のアルミホイルを履いたAMG《アーマーゲー》仕様のベンツだった。

　そしてもう一台は、全体をメタリックなグリーン、なら一色で統一すればいいものを、ボンネットと左右のドアに不思議なオレンジのぼかしを入れたミニクーパーだ。

周りが森という場所柄、大型のカブトムシとサイケなコガネムシ、のイメージが浮かぶ。いや、浮かぶどころか、そうとしか見えなかった。

　言わずもがなだが、カブトムシは五条国光が所有する高級外車のうちの一台で、コガネムシは大河原正平の自慢の私用車のうちの一台だ。

　先にプレハブ前に到着し、コンクリートに降り立ったのはコガネムシの大河原だった。手にA4のクリアファイルを持っていた。

「先にこれ、渡しとくぜぇ」

大河原は言いながら、絆の胸に押し付けるようにしてファイルを差し出した。

「へえ。早いですね」

ファイルは、大河原から科捜研に回されたはずのＥＸＥ《エグゼ》の成分分析結果だった。最優先最重要で取り扱ってくれたに違いない。

「目を通してろよ。大将の相手はまず俺がすらあ」

国光がベンツから降りるところだった。

なるほど、タイトルに『ＥＸＥ』と大書されたファイルを敢えて国光に見せることに、ある程度は意味もあるだろう。

絆は指示に従い、その場で分析結果に目を通した。

細かいサンプリングのデータはよくはわからないが、各テストにおける評価の文章には緊張を覚えた。

〈組成は限りなくティアドロップに酷似。純化を繰り返し、結合式は――〉

持って回った文言はさておき、特に目を引くのはただ一点だった。

〈致死量・０・04㎖〉

それだけだ。

目薬の一滴、ティアドロップの一滴が０・05㎖と言われる。

わずか一滴足らず。

ＥＸＥはもはや、〈クスリ〉ですらない。

なんのために。

いや、それこそを知るために、これから五条国光の手に乗ってやるのだ。

ベンツから降り、国光は辺りを見回した。

この日はスーツではなく、チノパンにポロシャツに麻のジャケットだ。

恰好としてラフなのはいいが、黒一色なのがどうにも場所柄にそぐわない感じもするが、その辺は本人の好みか。

「なんや。この貧相な場所は。せめてこの近辺で一番の、ホテルのスイートくらい用意しろや」

国光がベンツを降り、辺りを一瞥するなりそんな文句を言った。

ただし、何を言おうと何も変わらない。それは本人もわかっているだろう。

国光の置かれた立場は、避難保護という名の〈隔離〉なのだ。

車はなんであれ、国光はこちらの意を汲んで一人で運転してきた。

そうしろというのが約束であり、実際に命の危険を感じているなら、それが身のためだろう。

国光の言葉を受け、大河原が鼻を鳴らした。

「おう。いいかい。くれぐれも言っておくがよ。これぁ、俺とお前ぇさんの司法取引みてえなもんだ。ここにいる間にきっちりエグゼのこと、聞かせてもらうぜ」

「ふん。わかっとるわ」

国光は不貞腐《ふてくさ》れたようにソッポを向いた。

「知るだけのことは話したる。せやから、ちゃんと守れや。嵐が過ぎたら、なんでも話したるわ」

「嵐かい。それにしても一体、竜神会に何が起こってんだ。ええ？」

「知るか。わかっとったら、誰が警視庁の手ぇなんか借りるか。誰が」

国光は燃えるような目で絆の方を見た。

「誰が、なんでもかんでも邪魔しくさって、いいように潰して回るクソガキの手ぇなんか借りるかよ」

「まあまあ。へへっ。坊ちゃん。そのくらいにしとけや」

首の後ろを叩きながら、のそりと蘇鉄が絆と国光の間に入った。

「なんや。大利根の綿貫やんか。放っとけや。せやからお前んとこも、黙って放ってあるやんか」

「へん。偉そうにすんなよ。ここぁ、俺んとこの持ち物だぜぇ」

「――ほう。さよか」

国光は目を細めた。

竜神会は、五条源太郎創始の頃は特に、大阪における芸能の勧進元であり、相撲のタニマチでもあり、歌舞伎の贔屓筋《ひいきすじ》でもあったらしい。古来より、各地を〈仕切る〉ヤクザはたいがい芸事との関係が深い。

考えればその関係性は意外でもなんでもないが、成田山節分会《せつぶんえ》の吉例である〈追儺《ついな》豆撒き式〉では、横綱や芸能人や歌舞伎役者が顔を揃える。

そんな関係で蘇鉄は五条源太郎と古くからの顔馴染みであり、幼い頃の宗忠は無論、国光も幼い頃から知る。

と、絆もそんな話は漠然と聞いてはいたし、独立独歩の香具師としてどこの誰とでも五分で話をするとも頭ではわかっていたつもりだが、五条国光と〈タメ〉を張るのを目の当たりにすると、綿貫蘇鉄という任俠を再認識する思いではある。

天下の竜神会の、実質的№２に貫禄で負けていないのは、いっそ小気味いい。

「ま、五条の坊ちゃんは坊ちゃんらしく、いい子で大人しくしてるんだな。そしたら大利根組の仕切で、本格的なバーベキュー大会でもしてやるぜ。なんなら、花火もつけてやろうか」

言って、蘇鉄は国光の肩に手を置いた。

国光は煩わしそうに払いはしたが、それ以上それ以降、この日は言葉を荒らげることはなかった。

二

同じ日の午後だった。

大阪、北船場の空には雲一つなかった。

〔秋晴れ、というやつか〕

それにしても日本、大阪の方が上海より暑い。湿度が少ないのはいいが、それは川が細いからだろうか。

良くも悪くも、上海は黄浦江《こうほこう》に寄り添って生きる街だ。

昼も、夜も、日向も、日陰も。

郭英林は竜神会本部、会長室のソファで足を組み、そんなことを考えた。

部屋の主、五条宗忠は執務デスクの向こうにいて、少し前から掛かってきた電話に応対中だった。

口調は別段、丁寧ではない。どこぞの組関係の、要するに部下だろう。そのくらいは様子から分かった。

見回す執務室は、何度入っても広さが秀逸だった。

上海にある自分の持ち物の、優に四倍はあるだろう。

しかも、ステージのように段になった部屋の奥には、マルク・シャガールの〈家族の顕現〉だ。

絵心はないが、高そうな匂いはした。決して、絵の中の家族が楽しそうには見えないが。

〈家族か。——なあ、この絵、お前にはどう見える？〉

ソファから上体を回し、郭は背後に控えるボーエンに声を掛けた。

ボーエンは丸メガネの奥で少しだけ目を細めたが、それだけだった。

郭が特に、何かの答えを求めているわけではないとわかっているのだ。

聞いているということをのみわずかな反応で示し、よけいなことは一切しない。

ボーエンとは、そういう男だった。

今更に思うが、ボーエンほど使える男を郭は他に知らない。

ボーエンが幼い頃、おしゃべりが過ぎて口の中を綺麗に、つまり舌を抜かれた話は東京竜神会の代表室で簡単には国光にもしたが、そうしたのはボーエンの父親だった。

酒乱で、どうしようもない男だったようだ。

母を虐待する父に抵抗して、ボーエンが口の中を弄《いじ》られたのは五歳のときだったという。

その後、無抵抗の母が父の仕打ちによって死に、その復讐もあってボーエンが父を殺したのは七歳のときだったらしい。

最後は父に馬乗りになり、もう動かない父の舌を抜き、両眼を抉《えぐ》っているところを官憲の手によって〈確保〉されたと聞く。

物言えぬボーエンは、そのまま闇社会の最低層の、分厚いどぶ泥の中に暮らす男になった。

他に生きる場所は、まず有り得なかっただろう。

殺し、半殺し、生殺し。

解体、焼却、遺棄、隠蔽。

そんな仕事しかなく、また、そんな仕事でも優秀でなければ依頼がなく、しなければ今日の飯が食えないのが、闇社会でも最下層の、腐臭漂う分厚いどぶ泥の中だ。

ボーエンをそんなどぶ泥の中から、少なくとも人並みにスーツが着られる場所に引き上げたのが、郭だった。

大きな抗争があり、盾となる数が欲しかった時期だった。

ボーエンは、ひょんなことで郭が見下ろした薄暗いどぶ泥の中から、真っ直ぐに陽の差す方を見上げていた。

その目がよかった。

だから金を出してまで〈買った〉のだ。

それがしかし、実に拾い物だった。

ボーエンは常に物静かで冷徹で、〈教育〉のし甲斐《がい》がある男だった。

本当に拾い物だった。

そうして、知らぬ間に頼りにするようになっていた。いつしか右腕になった。ボーエンに代わる者は他にいなかった。

「ふん。——ほう。——さよか」

電話が終わり、応接に宗忠が寄ってきた。

ある意味、この五条宗忠はボーエンに近い存在だった。

いや、それ以上か。

劉学兵が取り持った五条源太郎と上海シンジケートの関係がそのまま、現在の郭英林と五条宗忠の繋がりということになるが、実際にはそれ以上だ。

五条源太郎はただの日本人だったが、五条宗忠＝劉仔空は、日本人でもあり中国人なのだ。

もう三十年以上も昔のことだ。若い宗忠が取り巻きを連れただけで初めて上海を訪れ、郭が所属するシンジケートを訪ねたときのことだった。

主だった者達との会食の後に、郭はこの、竜神会会長・五条源太郎の長男とだけ聞いていた宗忠に秘かに呼ばれた。直に面会するのは初めてのことだった。

怪しさより、興味の方がこのときは勝った。

〈私はね、実は中国人なんですよ。戸籍上は五条源太郎の実子扱いですが。でも、中国人なんです」

劉仔空、と実に流暢《りゅうちょう》な中国語で打ち明けられたものだ。

昔の上海のセピアな写真に写る、見知らぬ中国人の夫婦に抱かれた、宗忠の面影が濃い赤ん坊と、近くに立つ若き五条源太郎。

その源太郎とおそらく写真の男、劉学兵の仔空に関する受け渡しの誓約書、承諾書。細かい文言まで読めば、劉学兵は写真の頃、上海市の弁公室主任という役人だったようだ。

その他、出生病院の紛れもない本物の押印のある出生医学記録まで見せられた。

田中こと赤城がＵＳＢのトラップに収め、五条国光の知るところとなった物の原本だ。

「その後、上海の激動の中で私の両親は亡くなったようでね。もう戻ろうにも、私が中国人に戻る術はないけれど」

宗忠は、そう言って郭の前に立った。郭の手を握った。

「だからこそ、私は大阪で、いいや、日本で。君は、私に代わって上海で。一緒に、天辺《てっぺん》に君臨してみる気はないかい？　いや、あるはずだよ。そういう目をしている。そういう目の若者を探す気で、私は上海に来たんだ」

否応はなかった。考える暇もなかった、のが正しいか。

郭もまだ若かった。二十歳《はたち》前だったはずだ。

宗忠はそれから自身の言葉を裏付けるように、事あるごとに郭に援助をしてくれた。惜しまなかった。

やがて、今に繋がるティアドロップのアイデアも提案された。

以降、五条宗忠＝劉仔空は郭英林にとって、日本において唯一信用出来る取引先であると同時に、中国人の年上の友人、老兄でもあった。

電話を終えた宗忠は郭の真向かいに座り、出されたままになっていたコーヒーカップを取り上げた。

ジノリだった。

〔国光だが、東京事務所を離れてどこへ行くのかと思ったら、なんていうこともない。成田に入ったようだね〕

こなれた宗忠の流暢な上海語は、いつも郭を安心させる材料だった。

比べれば前会長である五条源太郎の上海語は、わかるが外国人訛《なま》りが強かった。

宗忠の上海語はしかも、今風ではなく古い中国語を響かせるのもいい。

上海語はそもそも、中国語の古い特徴を今でも色濃く残す一方、急速に変化している方言でもあった。若者言葉は郭にも理解が出来ないものがある。

文革の頃のままの上海語を宗忠は話す。

それもまた、さらに郭の安心を深める。

〔なら、そろそろ仕上げかな〕

郭は足を組み替えた。

〔そうだね〕

宗忠は頷いた。

〔けどその前に、浜松《はままつ》の組長を仕留めてもらおうか。ここの組は竜神会と旧沖田組、位置的に昔から東西にちょうどいい楔《くさび》だったところでね。ドサ回りは、それで本当に終わりだ。――いや、目的が成田に移った分、それもドサの続きかな。ねえ、小博〕

宗忠はボーエンを見てねっとり笑った。

小博は小博文、ボーエンのことだ。

宗忠はそう呼び掛けたが、ボーエンは動かない。

ボーエンが笑うのは郭が、主人が笑いを強要したときだけだからだ。

まったく、本当にいい拾い物だ。

――断捨離を手伝って欲しい。ＥＸＥの目眩ましも兼ねて、一石二鳥だから。ああ、でもそれだけではなく、ありとあらゆる手は打つけれど。

今回の来日はそもそも、日本の宗忠から掛かってきた一本の国際電話で始まった。

――妙手、奇手、鬼手、軽手、軽妙手。君に頼みたいのは、そんな色々ある手の一種。どうだい？

七月の初旬だった。ちょうど魏老五が、配下の陽秀明と上海にいた頃だ。

——君に精錬を頼んだＥＸＥも、国内各保管場所への搬入ルートはもうすぐ確立する。ずいぶん値は張ったが、間違いのない所へ委託したからね。ただし、そこから〈販売者〉へはこちらで分配しなければいけないが、当面は組の連中にも、表立ってＥＸＥの動きは知られたくないところだ。これからの私の主力商品だからね。いや、私と君の、だね。

宗忠はそんなことを言った。

——私を否定する者達は全員、そろそろ闇の中へご退陣願おうと思っていたところでもあってね。前会長も、一人じゃさすがに寂しいだろう。これでも私は、自称〈親孝行〉なんだ。あの世で五条愚連隊の再結成もいいね。五条老人愚連隊か。ふふっ。ヨボヨボだ。はははっ。

宗忠は笑ったようだが、郭は黙っていた。何が面白いのか。

宗忠はいい取引先であり、年上の友人、老兄でもあるが、残酷と非情に〈熱く〉なると、郭にも心底がわからなくなるときがあった。

——あれ、そんなに面白くはないかい？　まあ、いい。それで、そんな組の下の方をね、グルグルと掻き混ぜてみた。実は、だいぶ前から下準備だけはしていたんだ。私は周到だからね。そうやって周到に万端に、私に従順するしかない、あるいは絶対に裏切れない環境を整えてやれば、いずれ私にとって〈死兵〉に使える後継者が増える。そんな契約も、秘かにいくつかの組の何人かとは整いつつある。だから、これも一つの目眩ましで、一石二鳥さ。だから。

秘かに小博を連れ、日本に来て欲しいと宗忠は楽しげに言った。

ボーエンを連れてこいとは、つまりは人知れず優秀なヒットマンが欲しいと、そういうことだ。

告げられた報酬は破格だったが、それよりも何よりも、久し振りに日本へも行きたかった。

ＥＸＥが完成したことにより現在よりワンランク、いや、ツーランク上の人生も夢想された。そんな高揚感もあった。

快諾した。

郭はボーエンを連れて、日本に来た。

〔それで、浜松はいつ？〕

郭は聞いた。

〔三日後、夕方から前組長の三回忌法要があるそうだ。ただ、行くのは浜松じゃなくて静《しず》岡《おか》だよ。静岡市〕

〔静岡？〕

〔そうだ。前組長はそこの清水《しみず》というところの出身だそうでね。そっちに先祖代々の菩提《ぼだい》寺《じ》があるようだ〕

〔なるほど〕

もう五人目だ。仕掛けはだいたい同じで、慣れたものになってきた。

宗忠と〈契約〉した次の組長候補に完璧なアリバイがある日取りを選び、南から順に仕掛けてきた。

南から順なのは、〈北上〉の強烈な印象を植え付けるためらしい。

東にいる者達へ。

〈東征〉でも、ある意味間違いではない、とも宗忠は言った。

そのまま東北に抜けるイメージはないのかと郭が問えば宗忠は、

――そちらは沖田の手合いが強くてね。私はまだ、私の名前で勝負出来る手合いが少ない。ただ、そのままにはしておかなかったつもりだけどね。小さな種はいくつも蒔いたし、いくつかは毒々しい花も咲いた。そう、あの西崎次郎だって、言えばそんな花の一つだよ。彼の母の国を彩る、サンパギータほど艶《あで》やかではないけれど。

そんなことも言っていた。

〔三日後ということは、水曜日だね〕

〔そう。狙うのが昼間なら関係ないが、夜に回すなら、晴れていたら小望月《こもちづき》の晩ということになる〕

〔ああ、明るい夜ってことかい〕

〔ふふっ。そう言ってしまえば風情もないけれど〕
〔昼夜の別なく、明るいということで気をつけよう。じゃあ、行こうか。ボーエン〕
郭が腰を上げれば、ボーエンは音もなく従った。
君はどこに、と宗忠が言った。
そう。請け負った殺しの現場へ向かうのは常にボーエン一人だ。
郭はたいがい東京近辺にいる。
九州金獅子会の会長のときは、東京竜神会に顔を出した宗忠と合流し、五条兄弟と帝都ホテルで寿司を食った。
広島神舎組の組長のときなどは、魏老五と一緒で上野の中華料理店にいた。
このときは東堂という、警視庁の化け物を紹介された。少しばかり肝が冷える思いだった。化け物に対抗する、ボーエンがいなかったからだ。
それでも松鼠桂魚は美味かった。来福楼は、いい店だ。
だから、いや、けれど――。
〔上野で中華三昧《ざんまい》と行こうかな。美味い中華料理店がある〕
〔なんだ。日本に来てまで中華かい？〕
〔だからだよ。日本の中華料理は世界一安心して食べられるからね〕
郭は、真剣な顔で言った。

宗忠は肩を竦めて何も言わなかったが、何をどこまで理解したか。

行くなら絶対、上野の来福楼。

これは間違いのないことだ。

上海料理が上海よりも美味かった。

だから、いや、けれど――。

だから、行くのだ。

けれど、これでもう、二度と味わえなくなるかもしれない。


なぜなら、魏老五の息が掛かった店だから。


上海に掛けてきた電話の中で宗忠は一石二鳥と言ったが、実は、郭にはさらに個人的な目的もあった。

（一石二鳥なら誰でも考える。折角日本に行くのなら、狙ってみようか）

一石三鳥を――。

秘かに小博を連れ、という宗忠の注文も郭の心情を後押しした。

上海では両方を知る者も、向こうに加担する者も多くてどうにも動きづらいが、〈秘かに〉入った日本でなら仕掛けられると確信した。

向こうのシンジケートの連中にはバカンスを兼ね、ＥＸＥの販路の確認ということで出てきた。

抜かりはなかった。誰も、郭の居場所や正確な目的に疑いを持つ者はいないはずだ。

万が一、上海から某《なにがし》かの目が郭に向いたとて、どうということはない。

そもそも、宗忠の依頼を受けて来日したこと自体が、宗忠及び竜神会との強力な取引材料だ。

不測の折りには郭とボーエンのアリバイは、この強力な取引材料によって、日本一の〈ヤクザ〉、竜神会のトップが証言することになるだろう。

そして、宗忠の言葉に郭英林の威勢も加えれば、上海のシンジケートであっても逆らえる者などいはしない。

と、そんな思惑もあって、郭は宗忠の断捨離の手伝いを引き受けた。

それでこれが最後だという、静岡での宗忠の依頼が済んだら、日本を離れる前に個人的な目的も成し遂げるつもりだった。

いつもいつも、お高く留まって見下した目の、魏老五を殺すのだ。

これも一つの、断捨離だ。

魏老五は六年も郭の実家に居座り、そこから郭を追い出した男、つまり、郭英林から家族を奪った男だった。

最初は、英林が生まれたときから家にいた。だから英林は老五を、実の兄だと思っていた。その割りには余所余所《よそよそ》しいと思ったが、英林はまだ幼かった。父、魏大力の老五に対する態度も同様だったので、父と長子とはそういうものかと思って育った。その分、父も母も英林には優しかった。

それがあるとき、いきなり家族から切り離されるようにして養子に出された。

老五が実子ではなく、養子だと教えてくれたのは遠い親戚の老婆だった。

――選ばれなかったねえ。可哀そうにねえ。何も、実の子を捨ててまで他所《よそ》ん家《ち》の子を育てるなんて。いくら誇り高き長江漕幇の生き残りったって、そんなのは時代遅れってもんさ。ああ、でも魏大力んとこには、下の子が産まれるそうだから、いいのかねえ。

やがてまた縁があり、英林は実家に戻された。

希望の下の子は産まれ得ず、魏老五も家を出たからだ。その結果だ。

――英林。俺達も苦しかった。だが、義に生きるのは漕幇の掟《おきて》だ。許してくれ。これからは、その分も一緒だ。

父母は泣いて詫びたが、英林はそこに父母を見なかった。

八歳にしてすでに、父母を思う涙は涸《か》れ果《は》てていた。

魏の家に戻っても、英林は郭の名を捨てなかった。

先家に対する礼もあるが、魏大力、いや、海を渡っても魏を名乗り続ける男への対抗心の方が強かったか。

だから――。

（もう馴れ馴れしく、小英などと呼ばせないよ。永遠に。ねえ、魏大哥。いや、魏老五）

それが郭英林にとっての一石三鳥、三羽目の鳥だった。

三

成田におけるゴルダのパーツ屋が、〈ＤＵＭＰ〉という名称だということを、今回のことで絆は初めて知った。

ゴルダに聞くと、

「ダンプはスラングでピッチャーズ・マウンドね。つまり、お山の大将、ですかねえ」

と言っていた。

英訳と和訳が行き来して本質がどこかに素っ飛んだ気がしないでもないが、それで本人が気持ちよく仕事を出来ればいいので放っておく。

そんなことより、どう考えても気持ちのよくないこともあった。

ゴルダは黙っていたが、どうやらＤＵＭＰは四月の初旬に敷地内で火事を出し、成田消防署の厄介になったらしい。コッテリと油を絞られもしたようだ。

思えばちょうど、ゴルダが絆の湯島の事務所を間借りしたいと言い出した頃に重なった。例の失敗したバスソルトのビジネスのためだけでなく、そんな不祥事があったからかと勘繰りたくもなるというものだ。

なんにせよ、これらは特に本人が言い出したから判明したわけではない。こちらから疑問を呈して初めてわかったことだ。

ゴルダの他には現状、会社関係者の誰もいないＤＵＭＰの敷地に籠もって五日目ともなると、〈散策〉にも何かと発見があるものだ。

ＤＵＭＰという名称は出入り口のフェンスにぶら下がっていた名札のような物をひっくり返したら現れたから聞いた。

火事は敷地最奥の、さらに奥の森の一部に派手な焼け跡を見つけ、本人を問い詰めたら発覚した。

外に出ない千坪とは、一見すると広いようだが、歩いてみると狭いものだ。

それでも監視兼ガードの絆は、毎日訪れる蘇鉄との稽古や、ゴルダの仕事を手伝う意味で簡単なパーツの解体に手を出して、それなりに気も紛れ、飽きはこなかった。ストレスの発散は出来た感じだ。

そこへいくと、隔離兼保護対象の五条国光は――。

「なんや。阿呆らし」

平屋三連結のうち、国光に割り振られた真ん中のプレハブに入ったきり、一歩も外へ出ようとはしなかった。

もちろん、中で誰かと電話連絡をしたり、メールで仕事らしきことをしたりするわけでもない。国光が成田に来たのは、北上中の得体の知れない魔手から身を守るため、秘かに隠れるためなのだ。

場所を特定されることはまず何をおいても厳禁であり、外界との断絶は何を差し置いても遵守しなければならないことだ。

それはガード役と同時に自身も半グレ達の襲撃対象になっている絆も同様で、この場所にいることを直接的に知るのはゴルダと大利根組と大河原、それに典明と特捜隊長の浜田くらいのものだった。

渡邊家の人々は頼み事をしたこともあり、蘇鉄や典明との肌合いで感づくかもしれないが、ことさらには言うことはしない。わかったとしても絆の存在、あるいは絆の〈おそらく仕事絡み〉までで、そこに天下の〈竜神会〉の次男坊が一緒にいるなどとは夢にも思わないはずだ。

携帯に連絡を入れてくる警察関係者その他、渋谷署の下田や若松、三田署の大川でも、絆や五条国光がＤＵＭＰにいることは知らない。

秘匿《ひとく》にして守秘は、そんな中で徹底された。

それでも行動に関しては、ＤＵＭＰ千坪の中では制限が掛かるわけではなかったが、国光が外に出て動くことはほとんどなかった。

ほぼ毎日プレハブの中で、ＤＵＭＰのＰＣを使ってネットの世界に浸っていた。いや、世界のネットに浸っていた、というのが正しいか。英語やフランス語の情報は、翻訳機能無しでそのまま読んでいるようだ。

言語は門前の小僧でも習得出来る、と絆は大学時代に聞いたことがあった。言っていたのはたしか大学の後輩で、今は松江《まつえ》にいる樫宮《かしみや》だったか。

そういった意味では、国光の〈伊達《だて》のフランス留学〉も、行くことが大事で、伊達には終わらなかったということだろう。

一日に二度か三度の食事は、ゴルダも交えて一緒に摂った。

一般的な出前やデリバリーは、細心の注意によって使わなかった。朝や昼はゴルダや蘇鉄が買ってくるコンビニ飯が主だが、夜は手料理にした。

――温《あった》けえ飯には温けえ心が宿るってもんだ。一つ屋根の下、が連結してくっ付いてるとこで一緒に寝起きすんだ。ギスギスしてたってしゃあんめぇよ。

と、〈健全な暴力は健全な精神に宿る〉ことを家訓とする大利根組の組長が、おそらく香具師の親方として主張したからだ。

と言っても、作るのは渡邊家の台所で真理子と千佳で、運んでいそいそと給仕をするのはゴルダだ。

〈大利根組手直し合宿〉を行う、という触れ込みで、蘇鉄が食事を依頼したようだ。渡邊家への頼み事とは、実はこの食事番のことを指す。

蘇鉄は独り身で、東堂家や道場で食うこの渡邊母娘の料理こそが、蘇鉄が言うところの〈温けえ飯〉らしい。

ただ、作るだけで渡邊家の二人は他に何を手伝うわけではない。

が、ゴルダ・アルテルマンは、色々な意味で国光に甲斐甲斐しい。

敷地内に国光を匿《かくま》うに当たり、間に大河原や蘇鉄も交えた〈正式〉な交渉で、国光から破格の滞在費をせしめているらしい。何かあった場合に備えての保証契約も込みだ。

「メートルドテル、とお呼び下さっていいですね」

などと言いながら恭《うやうや》しく頭を下げては、国光の木で鼻を括ったような対応を浴びていた。

それでまったくめげないのがゴルダのゴルダらしいところではあるが。

五日目になっても国光はゴルダを始め、誰とも馴染むことも打ち解けることもなかった。

いや、なりようもない。それが自然の摂理というものか。

所詮は組対の刑事とその一派と、広域指定暴力団のトップの弟だ。

絆と国光が肩を組むことがあるとすれば、それは、どちらかがどちらかに取り込まれたときだけだろう。

可能性は限りなくゼロだ。

――毎日飽きもせず稽古稽古て、お前ら、どんだけ筋肉馬鹿や。

――温かい料理言うて、ただ醬油《しょうゆ》で黒いだけやんか。血圧上がるわ。殺す気か。

――こない辺鄙《へんぴ》なとこと知ってたら、最初から女ぁ連れてきたわ。今からでも呼べんか。

成田の土臭いのやないで。都会の匂いのする女や。

口を開けば、国光の話は愚痴か文句に特化した。

黙らせる術は、五日ともなると絆にも備わった。

ＥＸＥ・エグゼ。

このワードは、国光を黙らせるのによく効く特効薬だった。

副作用は、

――ふん。なら、俺を守れや。とことんな。守り切れや。

このひと言と、憎々しげに歪《ゆが》む口元だけで済むならまあ、薬としては上々だろう。

それと、五日ともなるともう一つ、この事態全体に対して、ふと気付いたことが絆にはあった。

（あれだよな。これって、たしか俺の有給休暇だったような）

有給休暇は有意義なプライベートに直結するもの、などという理想を口にするつもりはない。

ただ、毎日の終わりに釣瓶落としの夕陽に向かって溜息をつき、取り敢えず無給でなくてよかったと再確認するのが現状の有給休暇に対する認識で、二日前からの日課だった。

そしてこの五日目は、さらに有給休暇の理想には程遠い、俸給のうちに含まれるようないくつかの動きもあった。

まず最初は、午後一番に掛かってきた大河原からの電話だった。

――今さっき聞いたんだが、昨夜のうちに浜松のな、砂川《さがわ》連合の組長が殺られたってよ。前のってぇか、実の親父の三回忌法要の宴会中だったみてえだ。ちょっとした隙を狙われたようだな。もっとも、場所は旧清水市の古刹《こさつ》だってぇから、最初から防犯カメラみてぇなのは一切なしだ。手口は前の四件と大して変わらねえ。見立てじゃあ、同じ鋭利な刃物って聞いてる。それであっという間の一撃、一殺ってえかな。心臓をひと突きだが、見事なもんだって話だ。

「そうですか」

——五条の妄想ってこともある。そっちが本当に気をつけなきゃなんねえのかどうかはわからねえが、ひとまず、静岡まで来たぜ。それだけは言っとくわ。

これで五人目の犠牲者だ。

けれど、だからと言って竜神会という巨大な組織が潰れるわけではない。

(いや)

五組目のリニューアル。次のリーダーによっては、組織の改編もあるだろう。そんな時代だ。

断捨離、脱皮、アナログのデジタル。

そんなことを思考していると、夕暮れも近づいてきた頃に、スジのアナログの方から連絡が入った。

——ほいほい。今、いいかな。

鴨下だった。

先月末に奥村からもらった情報をもとに、鴨下に依頼をしておいた方に当たりがあったようだ。

アナログにはアナログの強さ、そんなことの証明か。

「へえ。素直にビックリです。いや、納得かな。がぁさん、赤羽ですよね」

――そうだよ。ずっと、じっとしてたもの。

「了解です。そのままいてください。ああ。誰にでもわかるようにですよ。プラカード振るとか。すぐに貸しのある奴とか、走らせますから」

――ああ。東堂さんは来ないいんだ。

「すいません。野暮用《やぼよう》で動けません」

――ほいほい。じゃあ、この電話で交渉になるね。

「えっと」

――時間は掛かったよ。二万、いや、三万から行こうかね。

細かい折衝を積み上げ、金額を決めて電話を切る。これだけに五分は費やした。

「ふう」

最後は五百円、千円の攻防でひと仕事した感じだ。疲労感があった。

「まいったな」

頭を掻く。

それから、絆は立て続けに何人かに連絡を取った。

「さて、これで止まるか。いや、動くか。動くなら――」

絆は夕陽に目を細めた。

「居ながらにして、勝つ」

木々の長く引く影が、そこかしこの車のパーツを撫でるようだった。

――油断？　慣れ？　お仕置きだよ。

脳裏で、浜田が小さな拳を振り上げた。

苦笑しか出なかった。

「わかってますよ。隊長」

絆は一人、西の端に落ち行く夕陽に頭を下げた。

四

同じ日の夜だった。

上野の魏老五のビルだ。

この夜、魏老五は四階のフロアに席を設けて呑んでいた。

リーマンショック以降、全フロアの店は名称こそ違え、経営はすべて魏老五だ。各フロアごとに店の雰囲気や内装は当然、お客が好みによって選べるように変えている。この日、老五が席を設けた。四階は、チャイナ服主体のチャイニーズパブになっていた。

世の中の景気は良くないとはいえ、どのフロアも現在は結構流行《はや》っている。色ボケや小金持ちは、いつでもどこにでもいるということだろう。

客は基本的に、上野をターミナルとして千葉や茨城《いばらき》に帰る日本人のサラリーマンが多い。というか、七割はそんな連中だ。

魏老五のビルは七階だけがグループの根城で、下階はすべてのフロアが水商売で構成されている。

一階から二階、二階から三階と、ワンフロア上がるごとに金額が高くなるか、闇社会の匂いが濃くなるシステムだ。そうして最後は、七階の魏老五の根城に行き着く。

接待にしろなんにしろ、〈親密度〉を上げる話がしたければ当然上階に限るが、軽く呑み飛ばすような話であり相手なら、二階や三階の店の方が気が楽だ。

下の階に行けば行くほど、娘らはみな日本語も不確かな留学や短期滞在ビザの来日娘ばかりになる。

しかも日替わり月替わりで猫の目のようなスピードで入れ替わるが、日本人サラリーマン風情が相手ならそれで十分だ。かえって、情を絡めたような深いトラブルがなくていい。

五階からは、店の中で交わされる会話に各地の中国語が多くなるが、四階までは日本語が主体だ。

そういった意味では、四階が下階と上階のボーダーということになる。

客は日本人サラリーマンでも上等にも上品にもなり、どちらかと言えばみな大人しく呑む。

ホステスも小娘から優女《やさめ》に変わり、金額も当然、二階などから比べれば桁が変わる。

その分、接客は豊かになり、客のプライバシーも考慮されて個人、グループ問わず個室になるのが特徴と言えば特徴だった。

四階から上は本当に個室が多く、しかも上質になってゆく。

魏老五が座を占めるのはそんな四階、〈日本人最上階〉の一番奥の部屋だった。いわゆるＶＩＰ席というやつだ。

広く円形に並べられた柔かい革のソファと、中央にソファと高さを合わせた大きな円卓。

中華式テーブルがすべて円卓というわけではないが、これはチャイニーズパブの雰囲気作り、装飾だ。

その他、窓はすべてドレープも美しいベルベットの遮光カーテンで覆っている。これも雰囲気作りの一環だ。

魏老五の部下としては王拍承と蔡宇、後は若いのが二人ばかり同席している。

そして今、〈天子南面す〉る位置に座り、

〔やあ。魏大哥。実に楽しい。いい夜だ〕

店のナンバースリーとその専属のヘルプを左右に侍《はべ》らせ、上機嫌でグラスを掲げるのが、この夜の主客である郭英林だった。

ホステスはどちらも胸は小さいがスタイルのいい女で、英林はどうやらそういう娘が好みなのだと、魏老五は最近になって初めて知った。

最近とは、今回来日してから、ということだ。

上海ではシンジケートの序列の中で肩肘張ったものか、英林は鉄のような表情をあまり崩さない男だった。そもそも上海では、魏老五と酒卓を囲むことはなかった。

魏老五自体が、上海ではあまり呑まない。

上海に行くときは常に、呑んだ状態で聞かれては困るハイレベルの商談をいくつも抱え、分刻みのスケジュールのときが多いからだ。

ホッとひと息ついたとして、見回せばたいがい近くにいるのは部下だけだった。

上海まで行って、顔触れは上野と大して変わらない。

貧乏暇なし、と魏老五がそんなことを言ったら、本物の暇なし貧乏、爺叔の息子は溜息をつくか。

そんなことをふと思えば笑えた。

いい夜だ。

〔そうだね。小英。本当に、いい夜だ〕

魏老五も合わせてグラスを取った。解けた氷だけで、空だった。

少し年嵩《としかさ》のグラマラスな女が寄ってきて、新しいオンザロックを作ってくれた。

この四階を任せているママだった。

十年位前に魏老五が引き上げ、その後、死んだグループNo.4の江宗祥《こうそうしょう》に下げ渡した女で、今は蔡宇の懐に収まっている。

魏老五のグループと仲町通りを、上手く泳いでいる女だ。

目端《めはし》が利く女は嫌いではない。胸の大小よりは、魏老五にとってははるかにポイントが高い。

〔ボーエン。お前も呑めばいい。おい、作ってやれ〕

英林がナンバースリーに言えば、無言でヘルプの女がマドラーを操り、グラスを郭の斜め後ろに立つボーエンに差し出した。

相変わらずボーエンは立っていた。

ひと言もなく伸びた長い手がグラスを受け取り、唇をつける。嚥下《えんげ》する。

ボーエンは郭の許しがなければ、食い物はおろか飲み物も一切を手にしない。呼吸さえ、止めろと言ったら止めたまま、そのまま死ぬのではないだろうかとさえ思わせる。

従順と言えばなにものにも代え難い気がしないでもないが、魏老五の仲間には有り得ない。

長江漕幇の男は本来、誇り高くなければならないのだ。

あまりに野放図ではいけないが、従順でもいけない。どちらもそれでは、まるで家畜も同然だ。

家畜を信用して右腕などと公言する度量は、郭英林にはあるのだろうが、魏老五にはない。

ただ、そんなことを口にすれば仲が壊れる。郭英林は朋友で義兄弟で、上海に於いては極上の商売相手だ。

前日に浜松だか静岡だかでひと仕事終えたボーエンも、この日になって無事に上野に入った。

なんの仕事かは特には聞かないが、ボーエンが動く仕事自体、さほど種類はないだろう。察しはつく。荒事でまちがいない。そんな情報もまあ、順を追って魏老五の耳にも入ってはいた。

本来ならボーエンは夕方までには合流するということだったが、強風により新幹線が三河安城《みかわあんじょう》・豊橋《とよはし》間で一時停車して三時間ほど遅れて東京駅に到着した。

丸四日間、上野を堪能しつつ飽きも来ていた英林は、この日のうちに千葉に入るつもりのようだった。

それで、礼儀として昼過ぎに挨拶に来た。

包んできた物は、まあ、合格点ではあったがそこそこだ。

上海でなら魏老五は、間違いなくその倍は包むだろう。

とにかく礼儀は礼儀だ。魏老五も返礼として、もう英林も慣れた来福楼で祝い膳を模した飯を振る舞った。

何日食い続けても飽きないと言って、英林は喜んだ。

その後、事務所で多少の酒を呑んで送り出そうかという流れだったが、ボーエンが遅れた。

そうとわかってから、急遽《きゅうきょ》四階の店の口開けに合わせて降りることになった。

英林がそれとなくせがんだからだ。

前回、爺叔の息子と対面した後に、ちょうど空いていた四階に席を設けた。そのときから英林はこの、ナンバースリーの優女がいたく気に入ったようだった。

礼節と冷徹の間の男にしては珍しいこともあるものだと、それで乗ってやった。それで降りてやった。

酒も少し、いつもより過ごしたかもしれない。

英林は酒に弱いというわけではないが酒豪というわけでもなく、日本での動きにも終わりが見え始め、緊張の糸が緩み始めたのかもしれない。

少し聞けば、少し話した。それを繰り返せば、推論は情報と言って差し支えないレベルに昇華した。

やはり、魏老五の思うところで間違いはないようだ。
〔乾杯〕
魏老五は勝手にグラスを掲げた。
千葉に入って、郭の最終目的は成田ということらしい。
一石二鳥というワードは、実に全体を現して大事だった。
首尾よく二羽目を仕留めた暁には、英林は都内には戻らず、そのまま成田から上海に帰る手はずになっているようだ。
〔すべて済んだら魏大哥、成田で鰻でも食べないか？　蒲焼《かばや》きは、向こうの名物らしいじゃないか。色々、上野では迷惑を掛けた。返礼が必要だ〕
そんな提案をされたのは、つい先程のことだった。
〔礼なら昼過ぎに貰ったじゃないか〕
〔あれは、あのときまでの分だ。挨拶のつもりだったから。そのあとの〕
英林は立ったままのボーエンに向かって顎をしゃくった。
〔こいつの到着が遅れるとわかってからの分が、礼としては足りないね。まったく釣り合わない〕
首を左右に振りながら言うが、身体も左右に揺れていた。
楽しい酒なのだろうが、そろそろ限界か。

ヤー、という返事から王拍承と蔡宇に目配せをすれば、散会の方向に雰囲気を作ってゆく。

上野に多いパチンコ屋風に盛り上げるなら、そう、BGMどころではない音量で、蛍の光でも流す場面か。

最後の一杯を呑み干すのに、英林は十五分掛かった。

〔じゃあ、魏大哥。今日はもう、ホテルに引き上げるとしよう。明日は、千葉に入らなきゃならない〕

英林は重い腰を上げた。少しふらついていた。

ボーエンがその背についた。

〔ああ。小英〕

魏老五は呼び止めた。

六年を共に暮らし、その後の四十四年を上海と上野に分かれ、それぞれの戦場で生き抜いてきた背中だった。

馴染みもあり、隔絶の感もある。

〔なんだい？　魏大哥〕

英林が振り返った。

呼び止めたのは、衝動だった。

思わず、という言葉が正しかった。
特に告げるべき言葉は何もない。
〔いや。気をつけてな。元気で〕
〔ああ。何かと思えば〕
英林は鷹揚に頷いた。
酒に熟《う》んだ目に、少し歪んだ光が浮かんだように見えた。
〔成田で鰻だろ。間違いのないところで蒲焼きを食おう。別れの挨拶は、その後でいいじゃないか〕
蔡宇と店のママが先導し、英林とホステスが続いた。
ボーエンが一瞬、魏老五に対して丸眼鏡の奥から冷ややかな目を向けたが、他に何をすることもなかった。一同の最後について出て行った。
ヘルプの女に、魏老五が店にキープした紹興酒を持ってこさせ、常温で氷を一つだけ落とす。
〔カーテンを開けてくれ〕
言えばおもむろに王拍承が立って、ソファ裏のスイッチを操作した。
ゆっくりと遮光カーテンが開き、夜空が見えた。
閉め切りのカーテンだが、とある一方向だけは時々開ける。

たいがいは近接するビルの壁しか見えないが、その方向だけは上野の空が見えた。夜空に浮かんだ、麗月が見事だった。

「ああ。本当にいい夜だが、小英。わかっているかい。私にはわかっていたよ。今夜が十五夜だということも、お前が私を、憎んでいることも」

窓の外に月を眺め、魏老五は言いながら目を細めた。

ひと口、酒を舐める。

香りのいい酒だった。

自慢の紹興酒だ。

「十五夜に乾杯だ。帰り道、どこかで見上げるかな。小英。見るがいい。お前が見上げる、最後の満月だよ」

乾杯、と言いながら、魏老五はグラスを高く、満月に掲げた。

五

「ああ、若先生。そいつぁまだ生だぜえ。いや、生がいけねえってぇわけじゃねえが、だからって、なんでもかんでも生でいいってわけじゃねんだ」

と、半袖を袖まくりにし、太い腕を剝き出しにして蘇鉄が口を尖らせた。

胡麻塩の頭には捩じり鉢巻きで、〈名代　焼きそば〉の暖簾《のれん》と〈味自慢〉の幟旗《のぼりばた》まで揺れる屋台の奥で目を吊り上げる。

その隣で同様の出で立ちの野原も、コテとトングを構えた状態で大きく頷く。

と言って、現在の場所は成田山内の出店《でみせ》などではなく、絆の実家の道場からすぐ裏手の土手を降りた場所だ。

そこは昔からの、小橋川と田んぼに挟まれた、やけに広い畦《あぜ》になっていた。野芝の草地で、前方約百メートルほどの沼畔まで、そのまま草地が続いている。

五人用のテントくらいなら、五張を張っても真ん中で盛大なキャンプファイアーが出来るだろう。そんな場所だ。

実際、春の野焼きや秋の刈り取りなどの総出の時期には、近隣の農家がそれぞれの家から某かを持ち寄ってこの畦にテーブルを並べる。

普段はただの広い農地だが、このときばかりは一帯が祭りめいた一種〈ハレ〉の賑わいを見せた。

ただし、典明は好んで土手を降りてはこの小橋川に釣り糸を垂れるが、川自体の釣果《ちょうか》に関してはヘラブナならまだしも、雑誌やネットでの評価でも、昨今流行りのバスフィッシングに関してはまったくだ。

そんな場所だから、普段は典明を始めとする地元の釣り好きな爺い連中だけは秘密の縄張りだの、穴場だのとうそぶきつつ喜んで使うが、外からの他人などはまったく来るわけもない。

十月に入ると沼部を渡る風は朝晩ともに肌寒さを感じるほどで、すでに刈り取りの終わった田んぼはさっぱりとしたものだ。

稲の切り株と露地を晒すだけで、一人で立つと少し物悲しい風情さえあった。

田んぼの向こう、二十メートルほどの所には国道から分かれた農道が走っていて、沼辺までこちらの畦とほぼ平行だ。

農道といってもそちらは固めた砂利道で、トラクターが行き交うことができるほどの幅《ふく》員《いん》もあった。

今も軽自動車に軽トラが数台と、白いセダンなどが点在して停まっていて、そのうちの一台、グレーの軽トラの荷台では今、麦藁帽子《むぎわらぼうし》の老夫婦がペットボトルを傾けながら何かを話し合っている。

米の収穫状況から、これから施用する元肥《もとごえ》の塩梅《あんばい》を話し合っているのかもしれない。稲作農家にはちょうど、そんなことを考える時分だったろう。

他にも、軽トラやセダンの内外に何人かの人は認められた。

昼食、休憩。

そんな頃合いだったろうか。

時刻は十二時を回っていた。

辺りには、鮮やかな赤色を見せるアキアカネが数多く飛んでいた。

「いいですかい。若先生。そんな適当なもんでいいならよ。昨日から他んこと全部そっちのけで、この屋台からボンベからバッテリーから、オマケにビールサーバーまで設《しつら》えて、そんでもってこれから成田山内の常設屋台さながらに、あんまり自慢出来る腕じゃねえが味自慢ってことで振る舞おうってえこの野原の、俺にゃあよくわからねえ努力は、ええ？一体全体、どこに消えっちまうってんです？」

生ビールの青い紙コップを片手に、蘇鉄はまだそんなことを言っていた。

親方、あんまりだぁと野原が情けない声を出す。

「ああ。わかったわかった。俺が悪うございました」

絆は素直に頭を下げた。

焼きそばに混ぜる前の軽く炒めた状態で、鉄板の端に山を作っていた野菜類に、勝手に箸を突っ込んだのは絆だ。

ついでに言えば、塩も振ったし醤油も掛けた。

「わかってくれりゃあいいんす。ああ、同じ理屈で、五条の坊ちゃんよぉ。お前ぇさんも生、食うんじゃねえぜえ」

「はん。そないなこと、最初っからせんで。そもそも身体の作りが、下々の下衆《げす》とは違うんでな」

着替えたものか同じ物の着回しかもわからない黒一色の恰好で、国光はジャケットの腕を組んだ。

ご丁寧にサングラスまでがレイバンの黒フレームだ。

「そりゃあ、殊勝なこった。せっかく、関東の〈粉もん〉を味わってもらおうと思って出した屋台だ。いいって言うまで、大人しく待ってもらおうか」

「ふん。偉そうに。そっちこそ、半端なもん作って腹の障りにせんといてや。私は、守れて頼んだんやで。壊されたら本末転倒や」

文句ばかりは相も変わらないが、それでもまあ、取り敢えずプレハブから陽光の下に出てきただけいいとする。

たとえ蘇鉄が、

「おらよ。坊ちゃん、約束しただろが。バーベキューだぜ。薄っ暗ぇ中に、いつまでも閉じ籠もってんじゃねえよ」

と、強引に引っ張り出したにしてもだ。

それにしても全体、小橋川の川原《かわら》にまで出ることになるとは、絆としてもそこまでは考えは及ばなかったが、

「やると言った以上はやりやすよ。ええ、とことんだ。五条の坊ちゃんが、約束通り大人

しくしてたんすからね。こっちもそれなりの意地ってものがありやして」

と、蘇鉄にはよくわからない覚悟が漲《みなぎ》っているようだった。

そもそもは蘇鉄を始め、誰もがゴルダの会社の空きスペースでやるつもりだった、と思う。

土地の現在の借り主、ゴルダ以外は。

「Ｏｈ。ＮＯ」

やる、と蘇鉄が言った瞬間、ゴルダは事務所棟のソファに座ったまま両手を広げ、困ったように首を左右に振った。

「火はダメですねえ。ちょっと煙が上がっただけでも、すぐに佐野原《さのはら》さんが素っ飛んで来ますすねえ」

ＮＯなのは、奥の森を焼いた火事の話に繋がるらしい。

言われれば誰にも納得だが、ゴルダもよほど懲りたらしかった。

「けっ。佐野原ってお前ぇ、あの消防本部の佐野原かよ」

名前を聞いただけで、蘇鉄もそれ以上は何も言わない。

成田山内で火を扱う以上、蘇鉄以下大利根組の面々は誰もが大いに面識があって、それ以上に関わりがあるのかもしれない。

〈あの佐野原〉という人物はどうやら、消防の鑑《かがみ》のような気が絆にはした。

とにかく、ならばどこでやりゃいいってんだ、と腕を組み、考えるかと思いきや即断で蘇鉄が提案した。

「押畑の道場下のよ、川っ縁の畦でいいじゃねえか。あすこなら、佐野原だって文句はあるめえ」

消防の佐野原という人物がバーベキューに参加するかどうか、の話ではないのは聞くまでもない。

昨今は勝手に火を焚いても咎《とが》められない場所など滅多になく、身を隠しているにも拘わらずその辺のキャンプ場やバーベキュー会場を予約してまで開催するのは本末転倒も甚だしい。

どうしてもやることが前提なら、たしかに野焼きもする小橋川沿いの畦は恰好の場所だったろう。

最悪、小火《ぼや》が出ても消火用水には事欠かない。

さらに、土手の上を見上げれば道場の屋根が見えるほど東堂家とは指呼《しこ》の間だ。

つまり、トイレから飲料水、使おうと思えば台所までが完備といっても過言ではない。

ついでに言えば、隣家には気のいい〈手伝い〉もいる。

当日のこの日は朝から、澄み渡る高い青空が目に染みるような秋晴れの一日だった。

絶好のバーベキュー日和だ。

絆や国光を乗せた蘇鉄のベンツは東堂家の駐車スペースに入れたが、子分の吉岡《よしおか》と永井《ながい》がそれぞれに運転してきた組のワゴン車二台は、東堂家の前の路上に、他の通行の邪魔にならないように縦列で駐車した。

実は大利根組からはもう一台、野原が今日も朝早くから屋台などの下準備に使った軽トラがあるが、それは現在も朝のまま、田んぼ向こうの農道の端っこに停まっている。

吉岡達がワゴン車で運んできたビール樽《だる》や食材の一部などは、東堂家と隣家・渡邊家の置き場所と冷蔵庫を借りて運び込んだ。

〈宴会〉の最後には、真理子と千佳が焼きおにぎり用の味噌《みそ》むすびを大量に用意して運んでくれる手筈だという。

そんな段取りまで整えておいたとは、先ほどこの場を取り仕切る蘇鉄から聞いたばかりだが、さすがに成田山内のテキ屋を取り仕切る親方ともなると抜かりはなく周到だ。

大利根組からは蘇鉄と野原に、今どき珍しい半農半ヤクザの東出と、二十二歳コンビの吉岡と永井、二十歳の加藤《かとう》の六人が大所帯で参加だった。

他には絆とゴルダと、五条国光。

典明は場所取りではないが、早朝からいたらしい。

それより早かったと胸を張る野原がそう言っていた。

いつも通り、典明は小橋川に釣り糸を垂れ、じっと浮きの様子を見詰めていたようだ。

が、もうずいぶん前に、屋台とは別にセットするバーベキューのコンロや炭の用意を手伝い、それでもう、土手を上がり家に戻っていった。

「おい、絆、気をつけろよ。あの男はな、思う以上に怖いぞ」

絆とすれ違いざま、そんなささやきを残したものだ。

あの男は、すなわち五条国光だ。

間違いなく典明には初見だが、さすがに剣聖の慧眼《けいがん》は、闇を見透かすというものか。

「わかってる」

「そうかな」

「どういうことだい？」

「今まで俺が見てきた中でも、相当に怖い。この相当という感覚を、お前がどう理解するかだ」

典明はそれだけを言って、竿《さお》を担いだ。

「なんにしても、気を付けることだ。出来るだけな」

「了解」

絆は典明の背を見送った。

以降、特に国光の様子には気を付けたつもりだが、今のところ目立った変化はない。

ＤＵＭＰにやってきた日のままで、今日に至る。

国光は賑わいから一番離れたテーブルの向こうで、アウトドア用のアームチェアに座っていた。

「ほらよ」

サーバーからビールを注いでやれば、

「ふん。気ぃ遣うなや。別に要らんで。かえって気持ち悪いわ」

とは言いながら、青い紙コップを拒絶はしなかった。受け取って呑んだ。

互いに二杯ずつを呑んだ。

絆が蘇鉄に生煮えを咎められることになるのは、それから約三十分後のことだった。

六

「ま、そろそろかね」

蘇鉄のGOが出て、ようやく本格的に川っ縁バーベキューが始まった。

蘇鉄が屋台の向こうから出てきて、美味そうに紙コップのビールを呑む。

〈粉もの〉屋台の仕切りは野原の手に移り、二台設置したバーベキューコンロはそれぞれ吉岡と永井が担当した。

吉岡の方が海鮮用で、永井の方が主に肉と野菜だという。なかなか丁寧というか本格的だ。

仕込みから責任を持ってやらせたと蘇鉄は胸を張る。

若い二人に、そろそろ山内の出店を任せるかどうかのチェックも兼ねるとは、さすがに親方だ。タダで振る舞いのバーベキューなどしないと言うことか。

そう言った意味では、二十歳になったばかりの加藤はまだテコでしかなく、今回は特に賑やかしのようだ。花火と一緒に持参してきた〈チョイ釣りセット〉の釣り糸を小橋川に垂らしてはしゃいでいる。

大物は釣れないが、クチボソとザリガニならある意味、小橋川は無尽蔵だ。

「呑んでっかい？　ええ。坊ちゃんよ」

絆の近くにあったアームチェアをガタガタと運び、蘇鉄は国光の近くに陣取った。

東出が二人の前にテーブルをセットし、紙皿などを並べた。

肉の焼ける匂い、甲殻類の焼ける香ばしい煙が流れ、ギスギスしそうな二人の場を盛り上げる。

――秋晴れが、えれぇ気持ちいいや。なあ、坊ちゃん。

――浮雲ってなぁ、俺ら香具師みてぇだよな。浮っついて頼りなくてよ。でも、なぁんも気兼ねなくて、そんな生き方もいいもんだぜぇ。

――根ぇ張っと、辛《つれ》えよな。坊ちゃんとこでもよ。親父さんも大昔、豆撒き式に来たときにょ、酔っ払ってそんなことをこぼしてたっけかな。聞いたなぁ後にも先にも、一回こっきりだが。

――風が少ぅし冷てえかな。坊ちゃん、熱燗《あつかん》も出来っからよ。欲しくなったら、うちの若ぇのに言ってくれや。

話は一方的に蘇鉄が話すだけで、まるで独り言のようだった。

国光は黙って呑み食いに徹していたが、聞いていないわけではない。意識が蘇鉄に向いていることは、絆には観えていた。

一宿一飯の恩義、ほどではないが黙っているのは国光なりの礼儀か。

このバーベキュー自体、竜神会の名も五条の名も通用しない、綿貫蘇鉄という親方が差配する領域だった。

肉も魚介も美味かった。〈粉もの〉はまあ、まあまあか。

少し焼き過ぎの気もするが、それは屋台ごとの味、野原の好みだろう。

――世知辛い世の中はわかるぜえ。だけどよ、世知辛い世の中を世知辛く生きたって、しゃあんめえよ。もっとこう、大らかに生きてみねえかい。

――ヤクザやめろって言ってるわけじゃねえ。言えた義理じゃねえ。けどよ、兄ちゃんと一回話してみろよ。他人様泣かせなくたってよ、やってける任侠はあるんだぜぇ。

蘇鉄の声が次第に大きくなり始めたのは、午後一時を回った頃合いだったか。

少し酔いも回り始めたようだ。

蘇鉄なりに、慣れない接待なのかもしれない。

「ふん。言いたいだけ言うとけや。けどな、聞く耳持たんで。——大利根組の、知っとるか」

国光はおもむろにアームチェアから立ち、ビールサーバーの方に歩いた。

「生き馬の目を抜く、のは人やで。人の世や。せやからな、ハッキリしとるわ。人の世を生き抜くには、いや、勝ち抜くにはやな。生き馬の目さえ抜かななならんのや。キャーキャー喚いて、気持ち悪いやら可哀そうやら言うとったら、ほんま自分の目ぇが抜かれるんやで。そんで初めて気付くんや。馬は自分やったたってな。抜かれてから気付いたって遅いんや。そっから始まるんは、阿鼻《あび》叫喚《きょうかん》の地獄やで」

紙コップをセットし、注ぎ込まれるビールを睨みつけるようにしながら続けざまに二杯を作る。

絆は国光の言葉を聞き、視線を蒼空《そうくう》に上げた。

(哀しいな)

雲の流れを追い、そこから地上に戻す。

釣りに興じていた加藤から喜色が感じられた。

その隣でゴルダがはしゃいでいる。

見れば、加藤の釣り竿が大きくしなっていた。

「うっしゃ」

川面から抜き上げたのは、オオタナゴのようだった。

「いいですねえ。小っちゃいけど、大物ですねえ」

ゴルダが手を叩いて喜んだ。

と——。

「さっきの返杯や。呑みぃ」

いつの間にか、国光が絆の近くに立っていた。

両手に持ったビールのうち、一杯を絆の目の前に置いた。

もう一杯はそのまま絆を通過するように約三メートルほど歩いた先の、蘇鉄の前のテーブルに置く。

「おう。すまねえ」

「ついでや。しゃべって喉が渇いた。一人分は不作法やからな」

言いながら国光はふたたびビールサーバーの方に戻った。

絆はビールが注がれた紙コップを手に取った。白い泡が弾けていた。

何気なく口をつけようとして、ふと手を止めた。

ちょうど、泡に唇が触れたところだ。

その瞬間だった。

(なんだ)

常ならぬ違和感があった。

それは、渡る微風に混じるかすかなものでしかなかったが、場に決して馴染むことのないものだった。

殺気でも邪気でもなく、気配でもない。

ただ、芯のある違和感だ。

首を回すと、ビールサーバーの近くで、黒い国光が塊のようだった。

身体を捩じって動きを止め、こちらを見ていた。

ただ見ているだけだが、〈芯〉のある視線だった。

絆を見ながら見ていない。

いや、絆を通してそのまま、絆の背後までを見通すような視線だった。

国光は絆と、絆と一緒に何を見る。

嫌な予感がした。

背に悪寒《おかん》が走った。

(まさか)

咄嗟に振り返れば、蘇鉄が紙コップに口をつけようとするところだった。

〈観〉に従い、自分のビールを投げ捨てて絆は腰を上げた。

理由はわからない。

直観という他はない。

「親分っ！」

叫ぶより、動き出しの方が早かった。

今まさに傾き始めた蘇鉄の紙コップを叩き落とす。

「って！　な、なんだい。若先生よぉ」

蘇鉄の苦情は振り捨て、絆は背後を振り返った。

「おい。ごっ」

五条、と言おうとしたところで、大きく世界が揺れた。

地震、どころではない。地面が割れたような印象だった。

と同時に、国光が小橋川と真逆の方向に腕を上げた。田んぼから農道の方角だ。

「あ、あいつや。東堂。あいつやで」

絆は奥歯を嚙み締め、そちらに目をやった。

国光が叫んだからではない。

その前から意識は否応なく、国光が指差した方に引っ張られていた。

農道に停められた一台の白いセダンから、一気に吹き出る黒煙のような気配が観えたからだ。

麦藁帽子の老夫婦が乗る軽トラはもうないが、バーベキューが始まる前からそのすぐ後ろに停車していたセダンだ。

一人が運転席に乗るだけ、と判断していたセダンだった。

しかし――。

後部座席の向こう側から、何かが立ち上がったように観えた。

人の形をした、濃い黒煙だった。

間を置かず、運転席のドアも開いた。

降りてきたのは車の色に合わせたような、白いスーツを着た男だった。

遠目にも、皺のなさが強烈に印象的な男で、七三に固めた髪が海苔を貼ったように黒かった。

「あれがバーターの相手やっ。私の知る情報。東堂。あれがエグゼの男や。なんや知らん。私を狙うてるのかっ。東堂。教えたでっ。私を――」

助けろ！　と、国光はそう叫んだ。

揺れに揺れる世界の中で、たまらず絆は片膝をついた。

それでかろうじて耐えた。

(あ、あれは)

絆は丹田に有りっ丈の気を集め、力に変えて運転席からの男に目を凝らした。
見覚えのある顔だった。
男は来福楼で魏老五に紹介された、上海王府国際旅行社の董事長だった。
（そうだ。郭、英林）
なぜ、と思考する暇はなかった。
丹田に集めた気は、集めた傍《そば》から霧散して消えた。
心臓は早鐘のように大きく打って、激しい脈動が痛いほどだった。
力が湧かなかった。
片膝で収まらず、片手もついた。
郭の脇に、セダンの後方を回って黒煙が出てきた。
手に何かを持っていた。
白鞘《しろさや》の刀だった。
先ほどよりさらに地面に近い位置から、絆は目を据えた。
黒煙はその場で抜刀し、鞘を投げ捨てた。
まだ遠いが、陽の光に一瞥で業物《わざもの》とわかる刀身だった。
どこから調達したのか知らないが、おそらくは無銘の現代刀だ。
黒煙は吸い込まれるように刀身に収斂した。

殺気、剣気、闘気、邪気、悪気。

なんであろう。

その混合、混在。

無感情、無感動にして黒。

有りかもしれない。

いずれにせよ、黒煙は刀身に収斂してなお余りあり、全身に黒々とした気をまとった人の姿を露わにした。

ダークグレーのスーツを着た男だった。ネクタイはなく、開襟シャツもスーツ同様の濃いグレーだ。

蓬髪を束ね、緩くくねる前髪が丸眼鏡に掛かっていた。

男はその場で、肩口まで上げた刀身を見もせず横薙《よこな》ぎに一閃させた。

片手でなんの躊躇いもなく、まるで素振りでもするような軽さだった。

だが――。

「うへぇっ！」

奇声を放ったのは、絆の背後でバーベキューコンロの近くに立つ吉岡だったか、永井だったか。

「Ｏｈ」

と口にしながらさして驚いたふうもなく、口笛を吹いたのは間違いなくゴルダだ。

そのとき、秋の陽差しよりアキアカネより、赤の深い虹を描いて辺り一帯に注がれるのは――。

表情を固めた郭英林の首筋から噴き出す、鮮やかな血潮だった。

歪んだ薄笑いを顔に張り付かせたまま、郭はセダンのボディからスーツからを真っ赤に染め、膝から乾いた田んぼに崩折《くずお》れた。

丸眼鏡は郭の様子を確認することもしなかった。

陽光を撥ねる刀身を振り翳し、田に足を踏み入れて一直線に走り出す。

人を斬っても刀身に黒々とした気を揺蕩《たゆた》わせるだけで、殺気らしき殺気も邪気らしき邪気もない。

全体、なんの乱れもなく、丸眼鏡の男はただこちらに向かって走り来た。

狙いは、五条国光か。

「五条っ。みんなも上がれ。土手から道場へっ。早く！」

絆は思わず叫んだ。

叫ばずにはいられないほど、丸眼鏡は今まで〈観〉たことがないタイプの、強敵に違いなかった。

七

田んぼの向こうで、東堂絆が片膝ばかりか片手までを地面についた。

(この国の正義、その化身か)

そんな警視庁の化け物も、羽を捥がれる感じでああなっては容易いものだ。

〔万全の勝利だ。なあ、ボーエン〕

そのときだった。

〔えっ〕

郭の首筋に、まるで氷のような冷たい感触があった。

(なんだ。何が起こった)

だが、冷たさは瞬間的に感じただけだった。

実際、郭にはこのとき、現実に何が起こったのかの判断も分析もまったく出来なかった。

ここまで、五条宗忠が郭に提示した計画は些細なアクシデントすらなく、順調過ぎるほどに順調だった。

ボーエンが殺してきた組長や会長達の、宗忠が用意したタイムスケジュールや現場への〈アクセス〉も見事なものだった。

ボーエンだから楽にこなせた、ということも勿論《もちろん》、その通りだろう。殺人をビジネス上の作業として、髪の毛一本すらの証拠・遺留物も残すことなく、完璧に成し遂げることが出来る者は、上海の暗殺者にも数は少ない。

が、それにしても、〈無人の野を行き、豆腐を潰す程度の簡単な、今までで一番楽な仕事〉だったと、後に聞いた郭に、ボーエン自身が文字でそう表現した。

宗忠の段取りと手際、その構成を組む頭脳を、郭は改めて本気で認めたものだ。

繰り返すが、ここまでのすべてが至極順調だったのだ。

ティアドロップEXEの搬入に関する〈目眩まし〉の最後の仕掛けも、この直前までは宗忠に教えられた通りに事が運んでいた、はずだった。

〔東へ東へと下って行って、最後は弟の、国光の提案に乗ってやってくれないか？　あれはあれで、自分の失敗をなんとか挽回しようとして藻掻《もが》いている。ついでだと思って、よろしく頼む〕

大阪北船場の竜神会本部では、相変わらず感情のひと揺れたりとしない目で見られつつ、宗忠にそんなことを言われた。

〔お優しいことだね。血の繋がりもない、赤の他人のために〕

問えば微塵も揺れない目はそのままに、宗忠は口の端だけを吊り上げた。

〔そう、赤の他人。けれど所詮、自分以外はみな、赤の他人だ。使えるか使えないか。忠

実かそうでないか。そこに真実はあるか。私の基準にブレはない。これは未来永劫《えいごう》、変わることはないよ〕
〔ほう。血の繋がり自体の否定かい？〕
〔鉄の掟が血の結束。血は繋がりを示すものではなく、何かのときに流すものだ。償いとして〕
〔ははっ。そう断じ切ってしまう辺りはどうにも、私には理解し難いがね。けれど、まあ、契約書一枚を何よりも重んじる姿勢は、だからこそ、他の誰よりもビジネス・パートナーには最適ということかな〕
〔そう。契約書は契約に忠実であり、紙一枚に真実がある〕
〔ときに不履行も破棄もあるけど〕
〔そういうときに流されるのが、人の血というものだよ〕
〔なるほど。怖いね〕
〔正しいのだよ〕
　そんな話があって、郭は東征した。
〈ティアドロップEXEに向き始めた警視庁組対部の目を、自らの命を出しにして欺き、攪乱《かくらん》して遠ざけつつ、搬入に関する余裕を少しでも稼ぐことを主目的とし、どうせなら相手の懐に飛び込み、流れが向けば副次的にも、東堂絆という竜神会にとって目の上の瘤《こぶ》を

排除する企《たくら》みを実行する〉

それが、国光の思惑のようだった。

警視庁主導で、成田のジャンク屋に匿われたことはまず上々だった。

郭はボーエンと成田に下り、上手いタイミングを待つことにした。

空港近くのホテルに待機していると、プリペイドSIMの携帯に宗忠から連絡が入った。

段取りの指示は直接国光からではなく、宗忠から入る手筈になっていた。

成田の連中が、川原に出てバーベキューを催すことになったという。

暢気《のんき》なことだ。

そして、絶好だ。

添付として地図も、進入路込みの計画表もついてきた。

〈午前十時前に、ホテルに用意したセダンで所定の場所に向かって待機。農道にはダミーの軽自動車一台と軽トラック二台を配置。停車場所は、農夫を装った老夫婦の軽トラックと、グレーの軽自動車の間。夫婦は二人とも素人の役者。竜神会とは無関係。麦藁帽子が目印。

バーベキュー開始後、タイミングを計って東堂の飲み物にEXEを仕込む予定。致死になるか、これは賭け。儲《もう》け物《もの》、拾い物があれば、そんな運任せの程度。

ただし、国光には常に注目。あからさまにセダンの方を指差すタイミングがあれば、E

ＸＥが致死に至らなかったということであり、そちらの動き出しを促す合図。

ここからは小博の出番。もしかしたら最初から小博が本命。

私の手の者が今、ゴルフバッグと共にホテルの一階にいる。新刀と、血脂《ちあぶら》で曇ったこれまでの刀は交換だ。こちらのひと振りは特にいい。斬れるよ〉

端的にして、これまで通りだった。なんの変わりもない宗忠のこれまで。

綿密にして、周到だ。

今までがそうだったように、今回も成功は最初から、疑いようのない確約されたものだった。

だから、郭の想いはこのときすでに、早くもこの後の鰻に飛んでいた。

どこの店にするか。何を食うか。

なんにせよ、祝杯に注ぐべきは魏老五の血だ。命を貰うのだ。

父を幼い英林から奪い、あまつさえ勝手にその父の想いや覚悟さえ切り捨てて日本に渡り、のうのうと暮らしてきた裏切者。

そのくせときおり上海に来ては、魏大力の家族を騙《かた》って我が物顔で振る舞う、毛虱《けじらみ》のような男。

いつか、時節が訪れた暁には排除しようと思っていた。

五条宗忠が組織のトップに君臨し、ティアドロップの最終形、ＥＸＥが完成して時は満ちた。

憎き、魏老五。

一石三鳥、三羽目の鳥、最後の鳥は、もう二度と大空を飛ばせない。

ボーエンさえいれば、簡単なことだった。

それが——。

自分の血が今、首筋から噴き出して虹を描いていた。

まず、下半身から急速に力が失われていった。立っていられなかった。

膝から崩れ、乾いた田の中に倒れた。

斜めの視界の中を、なぜかボーエンが走っていた。

——五条っ。みんなも上がれ。土手から道場へっ。早く！

叫びは組対の、東堂とかいう男のもので間違いなかった。

敵ながら、伸びのあるいい響きだった。それで少し、生気が戻った。

いつの間にか、視界には青い空と白い雲しか見えなかった。ときおり赤いトンボが横切った。

震える手でプリペイド携帯を取り出し、リダイアルで掛けた。

すぐに繋がった。

——やあ。どうかしたかい。何か、アクシデントでも起こったかな。

快活な宗忠の声が聞こえた。

待ち構えていたかのような早さと対応だった。

（そうではない）

待っていたのだな、とすぐに理解出来た。

不思議と、嵌められた悔しさはなかった。

〔弟を、殺すのでは、なかったのかい〕

絞り出すように言った。

声に力は、自分でも驚くほどなかった。

暫時の間があった。

いや、実際にはすぐだったのかもしれない。

時間の感覚と観念が、もう薄らいでいた。

宗忠の呼吸が聞こえた。

そうかい、とだけ言った。

それだけで、吹雪《ふぶき》の冷たさが感じられた。

――なるほど。アクシデントだ。もう実行に移って、それでもまだ生きているということだね。ふふっ。苦しいだろうに。小博も、惨《むご》いことをする。

〔何故《なぜ》、私を、裏切った〕

すぐに聞いた。時間が経てば聞こえなくなることは明白で、残された時間が少ないこともまた明白だった。

――誰がだい？　私？　小博？　まあ、同じことだけれど。

宗忠は笑った。

――正しく言えば、裏切ったのは小英。お前だよ。

〔私？〕

――そう。お前は魏大哥を狙った。それだけで、万死に値するのだね。

〔なん、だと〕

――おや、まさか知らなかったとか。まあ、言ったことはないけれど。ふふっ。魏大哥、魏老五は、あの人はね、私の兄だよ。

〔兄？　まさか〕

何を言っている。

（いや）

辻褄《つじつま》は合う。年代も合う。

そうか。

魏老五は劉学兵の長子、つまり、劉老五だったのか。

そこから一月革命に巻き込まれ、劉老五は魏英林が生まれたばかりの魏大力の家に来て、英林が物心つく前には魏老五になっていた。

そもそも英林にとって魏老五は、郭の家に出されるまで、兄以外の何者でもなかった。養子であることは聞いていたが、出自や系譜などの細かいことは知らなかった。

そんなことを話されてもわからないくらい幼くもあったし、時代は毛沢東《もうたくとう》共産党中央委員会主席の主導する革命運動の真っ最中だった。

激動の中、魏老五のような孤児や養子は毎日どこかで生まれた。普通のことだった。そこになんの疑問もなかった。

日本に渡ってからも、魏老五が長江漕幇の流れを汲む男と嘯《うそぶ》くのは知っていたが、本当にそうだったのだと今ならわかる。

劉仔空＝五条宗忠の父、劉学兵がそうだということは知っていた。だが、そこと繋げて考えたことはなかった。

魏大力も流れを汲むからだ。

もっとも大力が汲むのは、長江漕幇から派生した、より闇に近い青幇の流れだった。

〔なるほど〕

ただ自分が、迂闊だったのか。

〔そ、れにしても、自分以外は、赤の他人。そうでは、なかったのか〕

——そう、他人だ。他の人はね。たとえ育ての親、五条源太郎であっても、生みの親、劉学兵であっても。ただ、劉老五。あの人は違った。あの人だけは、私の兄なのだ。小英、前に話さなかったかな？　私はね、本当に生まれ落ちた、その瞬間からの記憶をすべて持っているんだ。そんな私のね、手を最初に握ってくれたのが劉老五なんだ。幼く愛らしかった、四歳のときの魏大哥だ。

宗忠の声が、少し遠かった。

遠ざかったわけではないだろう。

現実から離れ始めたのは、郭の命だ。

宗忠の声が、まるで走馬灯のように郭の脳裏にイメージされた。

〈初めまして。僕は老五。君は仔空って言うんだってさ〉

それが宗忠にとっての、魏老五に関する原初の記憶らしい。

〈難しいことは僕にもわからないけど、君はこれから日本に行くんだって。離れ離れだ。哀しいね〉

そう言いながら魏老五は、生まれて間もない宗忠の手を取った。

その感触も宗忠は覚えているという。

〈でも、どんなに離れていたって、僕と仔空は兄弟だ。何かあったら僕を呼べばいい。僕は仔空を守るんだ。父さんもそう言ってた。僕はお兄ちゃんなんだ。だから忘れないで。ううん。こんなに小っちゃな仔空は、覚えてないよね。でも、いいんだ。それでも。僕が

覚えてるから。――僕の名前は、劉老五。君の、お兄ちゃんだよ〉

そうして頭を撫でたらしい。

――私にとって、人生の真実はこれだけだ。その真実を小英、お前は汚そうとした。だから、お前は死ぬのだ。

声がさらに遠かった。

ただ、ああ、と腑には落ちた。

――それと、小博だけどね。あれのフルネームで考えるといい。劉博文。劉は五大姓の一つだから気にしなかったかな。けど、関係はあるんだ。酒乱のどうしようもない小博の父の名は、劉学然《がくぜん》。私と魏大哥の父、劉学兵の一番下の弟だそうだ。そう知った頃には、もう小博は上海の暗闇に生きていた。そんな小博をね、そのどぶ泥から引き上げたのはお前ではない。魏大哥だよ。そもそも魏大哥が引き上げて、お前の前に置いたんだ。目立つようにして。ああ、そうそう。そういえば、お前自体もそうだった。ティアのパートナーにお前を選んだのもね、魏大哥に懇願されたからだよ。小英を、シンジケートの中で立つようにしてやってくれないかってね。ふふっ。小博も君も、そういえば魏大哥の情の産物だったっけ。そうしてどちらも、大差ない小さな生き物だったんだよ。

そうなのか。

だが、声にはならなかった。

いや――。

すべてがどうでもよかった。

――おやすみ。小英。私にもつながる遠い弟。そして、使えない弟。

宗忠、劉仔空の声が、郭英林がこの世で聞いた、最後の声だった。

郭の手から携帯が落ちた。

天上を流れる雲がもう、動かなかった。

終章

一

「五条っ。みんなも上がれ。土手から道場へっ。早く！」
絆の視界の中で、世界はいまだに鳴動を止めなかった。
白刃《はくじん》を陽光に煌《きら》めかせる男は、田の中を真っ直ぐに横切って走ってきた。
滑るようだ。
音もなく、田を渡る風のようでもあった。
あらゆる気を気配とも〈観〉せず、黒々とまとうような男だった。
人を斬ってなお、だ。
前髪の掛かった丸眼鏡の奥が、スーツの色に似た灰色の艶で輝いていた。
絆にして初めて見る男だが、強敵であろうことは自明だった。

〈観〉は危急を以て、心の下拵えと剣士の位取りを全身に強《し》いようとした。が、早鐘を打つような心臓から送り出される血流と共に、気合も覚悟も、すべては末端まで辿り着くことなく溶けるようだった。

思いとは裏腹に、全身が全霊を以てしても自在には程遠かった。ままならなかった。

「くっ」

足元も覚束《おぼつか》なかったが、殿《しんがり》を守る形ばかりは作り、ふらつきながらも必死に絆は土手に向かった。

まずは、五条国光を始めとする一行を守らなければならないのだ。

全身と全霊が朽ち果てても、それが警官として生きる者にとっての第一義だった。

それにしても、足裏に大地を踏み締める感覚は乏しかった。

そのくせ、一歩ごとに全身の毛穴という毛穴から汗は噴き出した。

(何が起こったっ)

何があった。

何が――。

(ビール)

泡。

やはり、国光がくれたあのビールか。あの泡か。

何かを仕込まれたのか。何を仕込んだ。
それくらいしか、体調の激変の理由は思いつかなかった。
油断。
いや、油断のしようがないほど、国光に殺意など微塵もなかったはずだ。
あったらわかる。
その代わり——。
そう。ただ見ているだけだが、〈芯〉のある視線があった。
じっと見て観察するような。
あるいは小動物に針を刺す理科の実験のような、昆虫採集を楽しむような。
証拠はないが、国光の策略があったのだろうか。
いや、確たる証拠がない以上、なかったと思うべきか。
なんにせよ、そんな検証も今は出来ない。
（くそっ）
思考も継続出来なかったし、継続している場合でもなかった。
豆粒のような小石にさえ足を取られた。
斜面に顔から突っ込んだ。
口中に入り込む土を噛んだ。

苦かった。

それでも、斜めになった視界の中で、最後の一人までが土手上に到達したことを確認した。

ひとまず、土手上に上がれば道場の敷地だ。東堂家の領域だ。

近くには大利根組の車もあって逃走経路は広がり、あわよくば異変を感じた典明が間に合うかもしれない。

そんな希望の欠片《かけら》を胆に落とせば、わずかな熱量が胸に生まれた。

わずかなものでも、今はよすがとなる。

絆も奥歯を嚙み締め、最後は四つん這いのような形になりながらも土手上まで走り上がった。

ゴルダと蘇鉄に守られるようにして、道場の奥に入る国光の背中が確認出来た。

絆が土手の際からよろよろと数歩進むうちに、大利根組の面々も次々に飛び込むようにして道場に上がり込んだ。

道場は神韻として、ある種の結界だ。

それでとにかく大丈夫だと、まずは安心だと、不思議な安堵《あんど》を絆は覚えた。

理屈ではない。

だが――。

「何？ 絆、何かあったの」

南無三。

絆は思わず顔をしかめ、反射的に右方を見た。

右手、渡邊家との境の垣根から、千佳がこちらに入ってこようとしていた。片手を枝折《しおり》戸《ど》に掛け、片足はもうこちら側との境界線を越えていた。

丸眼鏡の男はすでに土手下に到達し、今まさに吹き上がってくるところだった。

濃い黒が、感覚としては東堂家の庭をまるで染みのように侵食し始めていた。

「来るなっ！」

そう叫んだつもりだったが、口はもどかしいほどに回らなかった。

「どうしたの？ 何っ。わからない」

かえって、よけいに不安にさせる結果になったようだ。

千佳が心配そうな顔で小走りになった。

猶予はもはやゼロだった。

そちらへ走り、身を挺《てい》して覆い被《かぶ》さるしかなかった。

絆の覚悟と、丸眼鏡の男の出現はほぼ同時だった。

「きゃっ」

千佳の悲鳴は、体当たりのような絆と絡んで地面に転がったことに対してか。

それとも庭に吹き上がり、自分達まで十五メートルもない所に立ち、白刃を振り翳す闖《ちん》入者《にゅうしゃ》に対してか。

いずれにせよ、絆は片膝立ちで背中に千佳を庇《かば》い、背腰から特殊警棒を引き抜いた。

普段ならすでに臨戦態勢であり、そこから正伝一刀流を現す小太刀の位取りへと変幻するが、今はせめて気勢で負けないことで精一杯だった。

特殊警棒を持つ手が震えた。警棒自体がとにかく重かった。

大地はいまだ、大波のイメージに絆を巻き込んで翻弄するかのようだった。

ただ、汗だけは止まったように感じられた。

それが微風に冷えて、全身に火照りはなかった。

気のせいか、動悸《どうき》も少し収まってきたか。

あと少し。

喉から手が出るほど、数瞬の猶予が欲しい。

だが――。

丸眼鏡の男は一歩、二歩、三歩と、絆に近づいてきた。

目的が今や、絆であることは明白だ。

待ったなしだった。

隙のない見事な足取りで五メートルほど近づき、丸眼鏡の男は口を開けた。

洞のように何もない、本当に何もない漆黒の口中が明らかになった。

そこから、体内に有り余る黒煙が溢れ出したように観えた。

溢れ出して揺れた。

揺れに揺れた。

とは、笑ったのかもしれない。

そこから、丸眼鏡の男はしなやかに加速した。

上々等の技前を示す動きだった。

やはり只者《ただもの》では有り得なかった。

稀代《きたい》の強敵を前にして、しかし、絆は動けなかった。

神速玄妙の技前を現せない今、せめて千佳の前に命を以て人型の盾となることしか、絆にできることはなかった。

走り来た丸眼鏡は、瞬く間に戦う者の〈剣域〉に踏み込んできた。

入って、身にまとう黒煙を練り上げた殺気に純化させ、白刃を両手で絞るように、〈炎の位〉である上段に差し回した。

腰の入った、見事な位取りだった。

絶体絶命といえた。

（せめて、千佳だけは守るっ）

不退転の決意を決め込んだ、そのときだった。

涼やかな風が、男と絆の間に吹き流れたような気がした。


「俺の孫に、何をする」


細い背中が絆の前に立った。

普段着のまま、裸足《はだし》のままの典明だった。

右足を引き腰を沈め、左手を差し上げた。

「じ、爺ちゃんっ」

絆の背筋を冷気が駆け上がった。

典明が何をしようとしているか、絆にはわかったのだ。

高々と差し上げた左手。

それは丸眼鏡の男の、今まさに振り下ろされようとする一撃の軌道上だった。

「骨喰み」

典明は低く言った。

大地から巻き上がり吸い上げるような、無尽蔵の覚悟が匂う声だった。
対して、
――しゃぁぁぁあっ。
丸眼鏡は威嚇のような勝ち誇ったような、不思議な雄叫《おたけ》びだ。
その斬撃は、痺《しび》れるほど正確無比な真《ま》っ向唐竹割《こうからたけわ》りに走った。
「おおっ！」
絆にとって生涯忘れ得ない、祖父渾身の気合だったろう。
丸眼鏡の斬撃は典明の左手の人差し指と中指の間から真っ直ぐ入り、断ち割った。
手を両断して手首を割り、それでも刃は止まらなかった。
典明の腕を喰らい続けた。
「おおおっ！」
刀身は無慈悲に下腕骨を噛み、真っ直ぐ典明の腕を上腕に遡る方向に断ち割った。
そうして、
「おおおおっ！」
唐竹の斬撃がようやく止まったのは、肘の少し手前だった。
いや、止まったのではない。
典明が、典明の意思で止めたのだ。

——骨を喰らわせてでも勝たなければならない相手、守らなければならない者があったとき、いかに心を御すか。不惜身命の無限心を養い、その広がりの中にすべてを包む。

典明はかつて、そんなことを言っていた。

喰らいたいだけ喰らわせて勢いを鈍らせ、自らの骨ごと捻って止める。

それが、骨喰み。

正しい刃筋に沿って滑る刀身は稲妻の速さと威力を備えるが、わずかにも筋が乱れるともろいものだ。

それは、濡れた巻《ま》き藁《わら》斬りの試技を見てもわかる。刃筋が乱れて合わなければ、藁は斬れず刀身は曲がる、あるいは折れる。

と、理屈ではわかる。

だが、それを自らの身体を以て為す技とは、なんという覚悟、なんという心。

なんという、情愛。

「蘇鉄っ！」

大地から巻き上げ吸い上げた無尽蔵の覚悟を、今こそ爆発させるかのように典明が言い放つ。

「へ、へいっ」

申し合わせていたものか、蘇鉄が白鞘のひと振りを抱えて庭に走り出てきた。

典明に向けてそれを放った。

陽光の下、アキアカネと絡んで宙を舞うのは東堂家伝来、備前長船《びぜんおさふね》の太刀《たち》だった。


「大先生っ」

二

蘇鉄から投げ渡された長船を、典明は無造作に右手で受けた。

鞘を嚙み、蒼白《そうはく》の顔を振って払い、匂うような長船の刀身を真一文字に走らせる。

唸りを生じて大気を裂き、しかし、典明の一閃は大気を裂くだけにとどまった。

その直前、丸眼鏡は典明の意識が長船に流れた一瞬に乗じ、手首の捻りで骨喰みから現代刀を解放させた。

ギリギリではあった。

あと五センチ、典明にひと呼吸を溜める活力があったなら丸眼鏡の鼻先に届いたかもしれない。

しかし、実際には表情すら変えず、丸眼鏡は軽やかなステップで斜め後方に飛《と》び退《すさ》った。

五メートルの距離を取り、不思議な構えを取った。

刀身を背後に立てて隠すような――。

おそらく大陸の技、雑技だろう。

長船を薙いだ典明が、長船の重さに耐えかねて揺れた。

揺れた典明の身体を、左腕から迸《ほとばし》る鮮血が後押しした。

ゆっくり、ゆっくり——。

典明の枯身が、血飛沫《ちしぶき》とともに絆の腕の中に落ちた。

「爺ちゃんっ」

呼び掛けてみたが、唸るだけだった。答えはなかった。

「爺ちゃん！」

ただ流れ出る血潮が絆の腕と膝元を染めた。典明は動かない。

次第に顔色が、白蠟《はくろう》のようになっていくのがわかった。

「なんでだよっ。じいっ！」

ちゃん、と最後までは言えなかった。

細い指に襟元を摑まれた。

柔らかく、けれど強い衝撃で頰を叩かれた。

千佳が絆の前にいた。

「早く、運ばなきゃ。病院に。だけど。だから」

典明の血を浴び、千佳も赤かった。

「あんたがやらないで、誰がやるのよっ」
真っ青な顔で唇を震わせ、涙でグシャグシャに濡れ、それでも気丈に声を張る。
真っ直ぐに絆を見詰める目から落ちるのは、マスカラ流れの真っ黒な涙。
今の現実の、実感。
ああ。
血流が全身に逆巻くようだった。
動悸が、ある程度収まっていた。
典明が作ってくれた猶予だった。
目眩はあったが、それこそ胆に落とした心気で制御する。
悲しみも怒りも沈めてまとえば、この世に出来ないことは何もない。
「しっかりしなさいよ。二十代正統でしょ」
千佳の呼び掛けが熱かった。
「おうっ」
全身に実が入る。
典明の身体を千佳に預け、絆は立った。
すぐ近くに、大地に突き立つ長船があった。

陽光を吸って鈍色《にびいろ》の艶を撥ねる刀身は、妖しく美しかった。

日本刀の刃は正しい刃筋に沿って走るとき、大気を滑って加速し、神速を得る。ましてや長船は業物だ。

絆は、ゆっくり手を伸ばした。

そして――。

やめた。

剣士として対峙するなら、間違いなく長船が正しいだろう。そのことに毫《ごう》も疑いはない。

けれど今は剣士ではない。組対特捜の警官なのだ。

特殊警棒を強く握り、その感触をたしかめながら右に回る。出来るだけ典明と千佳から離れる。

丸眼鏡の意識は紛れることなく絆の動きについて来た。

庭のほぼ中央に至り、絆は腰を決めた。

下段から押し出した特殊警棒を小太刀の位取りに上げ、気を練り上げる。

汗はすっかりと引いていた。

問題ない。

動悸がさらに収まっていた。

まず問題ない。

目眩はあった。大地は常に微動した。

だが、そんなものは問題にしない。

この場にいる者達すべての視線が、絆と丸眼鏡の対峙に集中していた。

蘇鉄も、国光も、ゴルダも、大利根組の面々も。

みな、固唾《かたず》を飲んで見守っていた。

絆は呼吸を整え、練った気を全身に大きく巡らせた。

大きく大きく巡らせ、そして還《かえ》してさらに大きく固く練り上げた。

練り上げ、絆はおもむろに前に出た。

一歩、二歩、三歩。

それで一間。

四歩、五歩。

それでさらに半間の距離を詰めれば、足の甲に水月を映す間境《まざかい》、死生の剣域はすぐそこだった。

丸眼鏡からふたたび、黒煙が吹き上がるように観えた。

相手もまた、わかっているのだ。

躊躇うことなく、絆は一歩を踏み込んだ。

丸眼鏡の動きもほぼ同時だったか。

動くとも見せず飛んで、絆の直前に丸眼鏡は立った。
背後に回していた現代刀は、いつの間にか大上段に振りかぶられている。
「しゃぁぁぁぁっ」
蛇の威嚇のような一声で、上天からの斬撃は降った。
しかし――。
絆には届かなかった。
いや、届いた、はずだった。
丸眼鏡の気配が初めて乱れた。
〈空蟬《うつせみ》〉だった。
練った気を固め、ここぞの一瞬で脱皮のようにそれを放り捨てて見せる一瞬の幻。
綿貫蘇鉄という一孤の剣士が編み出した技だ。
〈自得〉の境地に至った絆は、より鮮明にして玄妙に扱えた。
丸眼鏡が斬ったのは、絆が放出した人型の気だった。
切っ先三寸。現代刀の物打ちどころは狙い通りに走ったはずだ。
ただし、そこに絆はいなかった。
一瞬の戸惑いを絆は丸眼鏡に観た。
音もなく左転し、絆は特殊警棒を腰溜めに引いた。

必殺の打突の位取りだった。

けれどそのとき――。

現代刀を振り降ろした形のまま丸眼鏡の目が、丸眼鏡の奥で動いた。

濡れるような光が観えた気がした。

打突へ傾いていた重心移行を絆はかろうじて膝で受け止めた。

嫌な気しかしなかった。

「おおっ」

咄嗟に気力を絞り、初めて〈空蟬〉に〈空蟬〉を重ねた。

振り下ろした姿勢で地上に向いていた現代刀の切っ先が、いきなり燕返《つばめがえ》しに跳ね上がってきたのはその直後だった。

ギリギリだ。重ねた〈空蟬〉でかろうじて幻惑出来たものか。

飛び退りながら直観に従って捻る首筋の直近を、唸りとともに切り裂いて抜ける刃風を絆は感じた。

それは、一度目の〈空蟬〉より、なお切っ先が絆の実体に近かったことを知らせた。

首筋約一寸、三センチあったか。

丸眼鏡がまた洞のような口を開けた。笑ったようだった。

見切ったということか。

三度目の〈空蟬〉はおそらく、通用しない。

絆の体調が万全であったなら——、いや、言うまい。

常在戦場こそ剣士の心得であり、敵ながら見事、それだけだ。

ただただ、四メートルほどの向こうにうっそりと立つ丸眼鏡の技量や、恐るべし。

（さて）

右膝を落としつつ左足を引き、右手一本で特殊警棒を青眼に位取り、絆は身に猛気を蓄えた。

千変万化に応じ無限を現す位取りだが、さて、いかに処すか。

自得の域に達した絆にして、大いに迷いが生じた。

初めてのことだった。

——絆っ。

声とも呼べない声を聞いた、気がした。

見れば、千佳に抱き抱えられるようにして、典明が絆を見ていた。

うっすらと開いた目に輝く光は、絆に仄《ほの》かな温かさを注いでくれるようだった。

「絆っ。捨てて、こそ、だ」

かすかだが今度こそ、祖父の情はハッキリと聞こえた。

捨ててこそ浮かぶ瀬もあれ。

一を聞いて十を体現する。それが自得の極みだ。

「承知っ」

光明も勝機も、ただ一身に帰す。

やおら、絆は丸眼鏡に向けて歩を進めた。

左右に揺れるようにふらりふらりと、千鳥足にも似た弱法師《よろぼし》の足運びだった。

ゆっくりと踏む一歩ごとに、足裏から吸い上げる大地の気を練り、それを無尽蔵の剣気に換える。

丸眼鏡も黒煙の気を真正面からぶち当ててきた。

どちらも引かない、互角の気勢だった。

勝ちを確信したものか、丸眼鏡が洞の口を閉じることはなかった。笑い続けた。

「しゃぁぁぁぁっ」

絆の剣気を黒煙の気で押し割り、丸眼鏡が一撃必殺の領域に踏み込んだ。

斬撃は正しく正中線に沿って絆を両断するかに見えた。

しかし――。

絆はその場に至って、一切を消した。

喜怒哀楽、勝ち負け、過去未来、その一切をだ。

絆が剣気を消すことによって、剣界は今や黒煙に蹂躙《じゅうりん》されたかのような暗黒だった。

だが、それこそ望むものだった。

暗黒の剣界の中で、漆黒の気をまとった刀身を、見るともなく絆は観た。

色即是空《しきそくぜくう》。

色即是空はすなわち、空即是色《くうそくぜしき》。

色とは実体にして心にして、どちらも重いものだ。

そうして、色を消した絆の弱法師の足運びはまた、絶妙と神速を得る。すべてを捨てた身は軽い。

斬撃のわずかな圧、かすかな唸りを感得すれば、左右に揺れて直観は数ミリの近さで刃を避けた。

丸眼鏡を超える、絶妙の〈観《み》〉切《き》りだ。

雷光の斬撃に拍子を合わせるように踏み込めば、初めて驚愕を見せる丸眼鏡の懐に絆はいた。

そこからはもう、自在だった。

絆は吹き上がった。

「おおさぁっ！」

特殊警棒が風を巻き、丸眼鏡に向けて幾度となく翻った。

丸眼鏡は現代刀を取り落とし、その場に膝から崩れて仰向けに倒れた。

衝撃に失神したのは明らかだった。声もなかった。

少なくとも丸眼鏡の、右の手首と両の鎖骨と、左の大腿骨は砕いた。手応えは十分だった。

残心の位取りもそのままに、絆は特殊警棒を縮め、背腰のホルスターに仕舞った。

丸眼鏡が起きてくることは当分ないはずだった。

それより何より――。

絆は典明の方を向き直った。

――大先生っ。

――大先生よぉっ。

蘇鉄やゴルダ、大利根組の面々全員が絆より少しだけ近かった。

絆も遅れて典明に走り寄った。

みんなが血溜りの中にいた。

典明はその枯身からどれほどの血を流したものか。いや、全体、人の体内にはどれほどの血が流れているものか。

ゴルダが自分のシャツを引き千切り、典明の左の脇から肩に掛けて搾り上げていた。

蘇鉄も似たようなもので、シャツをいくつもに切り、斬り割られた典明の腕を箇所箇所で縛った。

どちらも躊躇いのない、見事な応急処置と言えた。

典明が呻いた。

全員の意識が典明に集まった。

「大先生っ」

蘇鉄が声を上げた、そのときだった。

芯のある視線を感じた。

じっと見て観察するような。

小動物を使う実験のような、昆虫採集を楽しむような。

国光の視線だった。

典明の命の尊厳に対する冒瀆《ぼうとく》か。

無性に腹が立った。

視線を辿り、振り返った。

おい、と言おうとして口は形だけを作って、声にはならなかった。

国光が丸眼鏡の向こう側にいて、立ち上がるところだった。

最前まで明らかにこちらを気にしていたはずの視線が、今は丸眼鏡に落ちていた。

丸眼鏡に落ちて、国光は間違いなく笑っていた。
「何をしている」
少し尖った声になった。
「さぁてな。見とっただけや。私を殺そうとした男の顔を」
国光は肩を竦めた。
何かがおかしかった。
絆は言うより早く動いていた。
いつの間にか、丸眼鏡の右腕が口元に上がっていた。動かせるはずのない腕だった。
近づけば、その腕が指先に摑み、口にあてがっている物が確認出来た。
絆の表情が一気に険しくなった。
丸眼鏡が手にしていた物は、高級感のあるカットが施された小さな透明の容器だった。
間違いはない。
間違えようもない。
ティアドロップ・エグゼだった。
一滴で致死の、悪魔のドラッグだ。
丸眼鏡の身体が蠕動《ぜんどう》し、その動きで右腕が庭に垂れた。エグゼが転がった。
蠕動は予兆だった。そのまま、丸眼鏡がいきなり痙攣《けいれん》を始めた。

痙攣に次ぐ激しい痙攣だった。

絆にして普段目にすることのない、尋常ならざる光景だった。

それはそうだろう。

人が、猛毒によって死に掛けていた。

にも拘らず、国光は恐ろしいほどに平然としたものだった。小動物や昆虫を見る目に変わりはなかった。

丸眼鏡が大きく背を反らした。

動けるはずのない身体を何度もだ。

断末魔は声としては聞こえなかったが、痙攣は明らかにそれを示すものだった。

「おいっ」

咄嗟に抱え上げたが遅かった。

泡を吹き、丸眼鏡はその場で息絶えた。

「あぁらら。死んでもうたわ。はっはっ。こら、いかんわ。いかんいかん。お前が関わるとホンマに、仰山人が死ぬなあ。これできっとまた、監察官聴取やないか？　はっはっ。こってり絞られるでえ。気張りやあ、組対特捜。はっはっはっ」

近くで聞こえるはずの、国光の高らかな笑い声が虚《うつ》ろだった。

遠くに、数を重ねたサイレンの音が騒がしかった。

その後、東堂家から土手を降りた田んぼ一帯は、時ならぬ緊張感を持った喧騒《けんそう》に包まれた。

三

近隣からも人が集まり、規制線の外はまるで押畑地区の寄り合いのようだった。

ただ、皆が気にするのは事件そのものより、典明の身に何があったか、どうなったかで、口々に囁《ささや》き合う疑問もそんな辺りに終始した。

近所付き合いに厚い田舎らしく、押畑という、古き良き地区の結束の固さだろう。

そちらには成田署の警官の他に蘇鉄が立ち、顔馴染みの連中に差し障りのない程度の説明を繰り返した。

さすがに成田山を仕切るテキ屋の親方だけあって、そちらは蘇鉄に任せておけば問題ないようだった。

丸眼鏡と絆の死闘の直後にサイレンが聞こえたのは、これも大利根組の、野原の胆力と手際の良さによるものだ。

道場に駆け込んですぐ、野原は冷静に考え、とにかく東堂家の固定電話から警察署に連絡を入れたのだ。自分の携帯は田んぼの屋台近くに置きっ放しだったらしい。

一連のほぼ直後に到着した成田署に配備されている県警機捜隊成田方面班の班長は、絆も見知った年嵩の男だった。

軽く一礼すれば片手を上げ、その班長の指示で作業員はそれぞれ、手際よく規制線を張り、状況確認を開始した。

警察から差し回しの救急車が到着したのは、この機捜隊に送れること、約三分の後だった。

田の中に伏す郭英林は、救急車の到着を待つことなく絶命していた。

もう一人のヒットマンの男もだ。

警官が入ってすぐ、絆は特捜隊長の浜田に連絡した。

──わかった。こういうのは、あれだね。手順を踏むより、知り合いから知り合いを辿った方が早そうだねえ。

やっておくよ、と浜田は何の躊躇もなく請け負ってくれた。

こういう〈有事の〉とき、さすがに浜田は組対特捜隊などという、マル暴専門の際物《きわもの》部隊を率いるに足る男だと再認識する。

五分も過ぎると成田署から刑事課の連中が臨場したが、絆は特に、ゴルダや大利根組の連中に先駆けて軽い聴き取りですぐに解放された。

浜田からの連絡は大河原も巻き込んで千葉県警本部に届き、光の速さで成田警察署に通達されたようだ。

このことは翌日、別件で掛けてきた大河原の午後一番の電話で確認した。

――面倒臭えから、警備部長で行ったばっかの藤田《ふじた》に頼んだ。QASとかのよ、アイスクイーンの後始末も、奴が在任中から色々手伝ってっからよ。

この藤田とは、元警視庁警務部人事一課監察官室の首席監察官だった藤田進《すすむ》警視正のことだ。

この六月一日付で警視長に昇任し、現在は千葉県警本部の警備部長職についている。

成田警察署の絆に対する対応はそれで納得出来た。

そうして、大河原が掛けてきたこの電話で、ヒットマンの正体も判明した。

――入管に当たった。上海からの記録だったな。劉博文《りゅうはくぶん》。そっからぁまだ風聞に近えが、先に死んだ郭英林の部下って触れ込みだ。金で揉めたか女で揉めたかは知らねえが、そんなとこだろ。なんにしても、えらい人騒がせな仲間割れだな。

などと大河原からは動機まで理由付けて話されたが、その辺は眉唾物《まゆつばもの》にして噴飯物だろう。

なぜならこの二人に関しては、遺体搬送時からすでに公安外事が出張ってきていたようだからだ。

この辺でもしかしたら、県警の警備部長である藤田と某かのバーターがあったのかもしれない。

なんにせよ公安外事も、雲の上のバーターも、組対の一兵卒である絆には遠い。

真相を探ろうとするなら、絆にとっては家主である芦名春子《あしなはるこ》の孫、つまり公安J分室の長にでも聞くしかない。

が、それは考えるまでもなく副作用も反作用も底が知れないので、無理はしない。逆に無理は禁物だ。

ただし、いかに公安外事が全体を持っていこうとしても、絆には絶対に譲れないものもあった。

クリスタルの涙。

すなわち、ティアドロップ・エグゼだ。

東堂家の庭から回収されたそれだけは公安外事に触らせもせず、絆は成田署の鑑識から科捜研に上げてもらった。

いずれ成分分析くらいは届く手筈だが、容器の形状その他の目視から言って、致死のティアドロップで間違いないだろう。

容器から指紋は、本人の物以外出なかったらしい。

絆達が典明の救命措置に必死になっている間に、意識を取り戻した劉博文が最後の力を振り絞って自ら口にした、とするのが大方の見方だった。

つまり、〈服毒自殺〉、ということだ。

たしかに同容器を使用した痕跡はあっても、キャップが実は股の間に転がっていたり、摂取したのが致死の数倍の十滴以上の、思いっ切り押し出さないと出ない量だと血中濃度から判明したりと、納得がいかないことは多かったが、そこまでだ。

五条国光の関わりは限りなく真っ黒に近かったが、その立証が不可能であることもまた状況から考えて極めて濃厚だった。

誰も国光の動きを明確にトレースしてもいなければ、そもそも東堂家を始めとする押畑地区のたいがいの家には、防犯カメラの類はほとんど設置されていなかった。

加えて、

――あれがバーターの相手やっ。私の知る情報。東堂。あれがエグゼの男や。なんや知らん。私を狙うてるのかっ。東堂。教えたでっ。私を助けろ！

この国光の叫びは居合わせた全員が耳にしている。

疑えば、どこまでも周到な、ということになるが、国光はこの一声で劉博文に対する自分の立場を明確にし、エグゼへの関わりを言外に否定して見せた。

そのこともあり、事後のドタバタの間に国光は悠々と都内の、つまり自分の縄張りの中に帰って行った。

礼の一つもありはしない。

いきなり現れた東京竜神会の顧問弁護士の一団に囲まれ、運ばれるようにベンツの車内に消えた。

どちらかと言えば、絆の証言によって、エグゼへの関与は、郭英林を友達と呼んだ魏老五の方が五条国光より、疑わしさという点では上だった。現実としてそちらを主張する向きもあった。

が、魏老五に関しても証拠は何もない。

逆に、郭が上海王府国際旅行社の董事長で、そこから買う時計が気に入っていたと絆は魏老五に聞いてもいた。

後のこういう事態を見越しての説明であったとしたら、こちらも五条国光に劣らず周到にも周到なことだ。

何を調べても襤褸《ぼろ》どころか、糸屑《いとくず》一本出ることはないのだろう。令状などは遥かな彼方《かなた》だ。

そうして、触ろうとすれば消える逃げ水のような事象ばかりの一連において、最も大事なこと、押畑地区最大の関心事、渡邊家の真理子に付き添われ、救急車に乗せられ運ばれた東堂典明は――。

少なくとも一命だけは取り留めたと、病院の真理子から連絡があったのは、夕陽が印旛沼を赤く染める頃だった。

――でもこれからまだ、ちょっとした手術が残ってるんですって。

絆は刺子の稽古着に着替えて道場に立ち、一心不乱に木刀を振っていた。

田んぼや土手、東堂家の庭では成田署の鑑識や捜査班がゴルダや蘇鉄達を連れて確認作業に大わらわだった。

典明の元へと誰もが慮ってくれたとは重々承知だったが、事態の当事者として、あるいは警察官として、そのときは現場を離れられなかった。

それで、道場の神威を借りて木刀を振るった。

そうですか。

真理子の連絡に、言葉はそれだけしか出なかった。感情は涙になって流れた。

――そっちは大丈夫？　典爺には私がついてるから安心して。そっちにも、頼りないけど千佳がいるわよ。わかってる？　絆君もしっかりね。

救われる。

こういう心に救われるのだ。

ありがとうございます。

濡れ縁に立ち、夕陽に向かって頭を下げたのは後で思えば滑稽だが、そのときの絆の心情からすれば必然であり、必要だった。

そうして、惨劇の土曜日から二週間が過ぎた、二十一日の午後だった。

成田署の実況見分その他に立ち会う意味も、あるいは道場の稽古を暫く蘇鉄に引き継ぐ支度もあり、絆は劉博文との死闘から二日後の月曜、祝日である体育の日までを成田の実家で過ごし、火曜日の朝から池袋の特捜隊に戻った。

――どうする？　お前ぇ次第で構わねぇが。

惨劇の翌日に言われたこれは、大河原の心だったに違いない。

典明の退院まで、と例えば言ったとしても、即座にわかったと了解してくれただろう。

けれど、絆は有休を終了した。

典明も実際、一命は取り留めたもののいまだＩＣＵで、面会はしばらく出来ないということだった。

成田署の実況見分調書が済み、蘇鉄が代稽古の諸々を把握すれば、特に成田でしなければならないことも、いなければならない理由もなかった。

出来ることは典明の回復をただ、待って祈ることだけだったろう。

それよりも、典明に命懸けの無理をさせた自分の未熟を思えば、じっとしている気には毛頭なれなかった。

隊に戻ってから、絆は暫時、職務である本庁や所轄からのガサ入れや摘発の依頼をこなすことに没頭した。それこそ毎晩で、夕方から掛け持ちの夜もあった。

湯島の三階にはもう矢崎が引っ越していると、湯島の事務所に戻ったゴルダから聞いてはいたが、それだけだった。

所轄や特捜隊の仮眠室で寝泊まりし、湯島の五階には行かなかった。

湯島の父の、片桐亮介《りょうすけ》の事務所に入るのは、祖父が無事退院し、実家に戻ってからと絆は決めていた。

一種の願掛け、であったかもしれない。

その絆が自らの意思で半休を申請し、成田に向かったのがこの土曜日、二十一日の午後だった。

三時前に京成成田駅に着いた絆は、そこからロードレーサーで十分も掛からない、赤十字病院に向かった。

キルワーカー事件の折り、蘇鉄と千佳が運び込まれた病院で、成田市と近隣町村にとっては地域医療の中核を担う病院だった。今は典明が入院していた。

救急車に乗せられ、この赤十字病院に運び込まれた典明はそのまま緊急手術になり、一命は取り留めたが、その代償として左腕の肘から先を永遠に失った。

真理子の言った、ちょっとした手術、がこの左腕の切断だった。

劉博文の一撃は、鉈《なた》で割るように橈骨《とうこつ》を分断していたという。

そのままなら再建手術は出来た、というのは、後に絆が聞いた主治医の見解だ。

しかし——。

骨喰みによる典明渾身の捻りは、肘付近の橈骨だけでなく、尺骨《しゃっこつ》をも見事なまでに粉砕していたらしい。

典明が自ら仕掛けた、と救急隊員に聞いた医者は目を丸くしたという。

——信じられない。それは、一体どれほどの激痛を伴うものか。

田舎の野外ということもあり、縦に割られた長い傷口には、やはり多種の雑菌からくる化膿《かのう》や感染の危険も高く、主治医は迷うことなく切断を決定したらしい。

その素早い決断のおかげか、典明は化膿による再手術に陥ることもなく、一週間後にはＩＣＵからＨＣＵに移動となり、この日、さらに感染の兆候もないことから一般病棟に転室する許可が出た。

すべてにおいて順調な回復だった、ということだ。

毎日顔を出してくれる真理子に典明の様子は聞いていたが、直接に病院を訪れるのは事件の後、この日が初めてだった。

ＨＣＵはＩＣＵに次ぐ高度治療室だが、面会が出来ないわけではない。それでも制限のある病室というだけで、骨喰みの壮絶な斬り口を目の当たりにした以上、入ることがどうしても躊躇われた。

「やあ」

顔を見ることすら、二週間振りだった。

「おう」

HCUで待っていた典明が右手を上げた。

病院着の左袖が、どうにも空疎《くうそ》だった。

元々太ってはいなかったが、さらに痩せたか。伸びた無精髭が、伸びたことによってい
つからか真っ白だったのだということを絆は初めて知った。

けれど、典明がいたって元気だということはわかった。

観えたからだ。

典明は西陽を受けるHCU内で、誰よりも大きく綺麗な光を放っていた。

典明に代わって病室移動の荷造りをしながら、すまない、というひと言だけが思わず口
から出た。

なぁに、と典明は笑った。

「これはな、絆。謝られることでも礼を言われることでもない。これは、人としての道理
だ」

「けど」

典明は左手で絆を遮った。右袖が揺れた。

「お前もな、同じことをしようとしていたぞ。千佳ちゃんに対してな」

「あれ。そうだっけ」

覚えがない、とは言わないが、咄嗟のことだった。

それが道理だ、と典明は重ねて言った。

「相手を愛《いと》おしく思い、全身全霊をかけて守ろうとすること、それが人としての道理で、その気持ちが不惜身命の無限心を養い、骨喰みを発動するのだ」

「え、爺ちゃん。俺が愛おしいって」

「馬鹿。それとこれと、お前とは別だ」

そんなことを典明は口にするが、絆にはわかっている。

白刃の下にその身を晒す細い背中から、たしかな情愛を聞いた。

――俺の孫に、何をする。

掛け替えのない言葉だった。

〈自得〉の剣士にとっては情愛もまた、まとうものだった。

強さは豊かさであると知る。

やがて、一般病棟に転室を済ませる頃には、蘇鉄が野原と立石、それに吉岡を従えて姿を現した。

「お、大先生」

自分の腕に顔を隠して咽《むせ》び泣《な》くが、典明は暑苦しい、見苦しいと、感動などどこ吹く風にして邪険だ。

だが、それでいいのだろう。それがいいのだ。

左腕を失ったことは紛れもない現実だ。現実なら強引にでも早く、普段通りの日常に組み込むのだ。

今までと同じ、変わらない今日、変わらない明日。

「メイちゃんはどうだ。同伴の約束は破っちまったが」

「へい。大丈夫っすよ。それどころか、毎晩気にして、お見舞いの話ばっかです」

「お前、俺がこんなだったのに、まさか連日連夜か？」

「えっ。あ、そいつぁ、ほれ、まあ、そうなんすけど。けど、もちろん、いかに大先生が恰好良かったかを行くたんびにみんなに吹き込んでますから」

おう、とまんざらでもなく、典明は右手で無精髭の顎を撫でた。

「結構結構。どうせ行くなら宣伝しとけ。特にメイちゃんにはな。隻腕の剣士は、それでヒーローだな」

「なんなら目から光線が出るとか、オマケもつけときやしょうか」

「うむ。――いや、出せと言われると辛いからやめておこう」

「了解っす」

などなど。
普段なら聞いて呆《あき》れるだけの会話も、今はどこか嬉しい。
大利根組の面々に典明を任せ、エレベータホールに出る。
少し前に携帯が振動していたからだ。
誰からであるかは、履歴を見なくともわかっていた。
掛ければ相手はすぐに出た。
「お疲れさん。どうだい？　――ふぅん。それで？」
通話の相手は亀有署の同期、酒井紘一だった。
昨日のうちから全体の終着点に向けて、もう何度目かの連絡だった。
「――そうか。わかった。じゃあ、明日だ。終わらせようか」
そう言って電話を切った。
南の虎、いや、野良猫の一件には形はどうあれ、けりが付いた。
ペナルティのような有給はとっくに終わった。
自ら申請した半休も目的は達した。
ならば北の狼、いや、野良犬の一件にもかたをつけよう。
それが終着点だ。
絆は、ホールの窓から外を見た。

秋の深まりとともにまた、落日の速度がずいぶん上がっているようだった。

四

翌日は、風の強い一日になった。低く流れる雲の動きも早く、午後遅くには雨になるという。

この日、絆は亀有署の酒井とともに、管轄内にある、とある住宅街にいた。生活道路の広い、静かな住宅街だった。

酒井の先導で、絆はその中の角地にある、フェンスで囲まれた一軒の前に立った。

広い庭付きの木造二階家だった。敷地内には別にガレージもあり、なかなか立派なものだったが、見る限り全体に年季は入っているようだ。

地区開発の順番として、この一帯は周辺の中でも古い方だという。

築四十三年、と道々で絆は酒井に聞いていた。

「ここか」

聞くともなくつぶやき、絆は苔《こけ》の生えた石の表札を見た。

子安、と彫り込まれていた。

おそらく四十三年間、変わらずそこにある表札だ。

一つの家族が、きっと泣き笑いしながら住んだ家だった。

何がどう、その生活を歪めたのだろう。

ただ今はもう、この家には子安翔太しか住んではいないということだけは、たしかなことだった。

「どうする。ガサフダ、待つか?」

ガサフダとは、捜索差押許可状のことを指す。

警察官が個人宅を家探しし、証拠として必要な物品を持ち帰ることの許可を、裁判所の令状発布担当裁判官が発令するものだ。

「いや」

酒井の問いに絆は首を振った。

「その前に動き出されたら面倒だ」

「なんだ?　動き出す?」

酒井の問いには答えず、絆は玄関先からフェンスに沿って角を曲がった。

そちら側にガレージがあった。

シャッターは開いていた。

間口も奥行きも広いガレージだ。

中には整然とバイクのパーツ類が並べられ、印象は洒落たカスタムショップのようだった。

その一番奥には特にドアがあり窓があって、別に部屋になっていた。

このガレージだけでも、母屋とは独立して簡単になら寝泊まりが出来るようだった。

ガレージの中には社用車だと思われるダブルキャブトラックとライトバン、それにバイクが一台置かれていた。

角を曲がってきた絆達から、一番遠い辺りがバイクの置き場だ。

今、そのすぐ近くに人がしゃがみ込み、何かの作業をしていた。

スカジャンにジーパン姿の、子安翔太だった。

「こんにちは」

絆が声を掛けると、子安は明らかに身を跳ねた。心底驚いたようだった。

それほど一心不乱に、エンジンプラグを磨いていたようだ。

「いいバイクですね」

「えっ。あ、ああ」

子安は事態が上手く飲み込めていないようだったが、バイクを褒められた顔にはすぐ、喜色は浮かんだ。

「でしょ。でもこれ、死んだ兄貴のなんすけど」

言いながら子安はプラグを元の場所に締め込み、立ち上がってタンクをひと撫でした。

バイクは漆黒の、ハーレーダビッドソンXL883Nアイアンだった。

「そうですか。お兄さんの。――七代目の赤城一誠もそうだったけど、狂走連合の総長ってのは、こういうクルーザータイプのバイクが好きなんですかね」

言えば子安は、一瞬わからなかったような顔をした後、笑った。

「いやあ、見栄見栄。実際、日本でこんなバイクは面倒なだけで。この間、自分で乗ってみて初めてわかったっすけどね、ただの見栄っしょ」

「初めて?」

「そう。――実は、狂走連合にいたときはいつもここで」

子安はハーレーのシートを叩いた。

少し長いと思っていたが、説明を聞けばわかる。タンデムシートだった。

「へへっ。右も左もわからないうちから、兄貴に強引に入れられちまいましたから。俺、狂走連合やってるうちは免許なかったんすよね。だからいつもここで」

「へえ。免許無しで暴走族。なんか妙な感じもしますけど」

「でも、楽しかったっすよ。面倒だったっすけど。赤城さんや兄貴がいて。いっつもトラブルで。俺がいないとって感じで。愛着って言うか――ああ。だからみんな、こんなバイクが好きなんすかね」

「そうかもしれません」

絆は頷いて見せた。

酒井がそれとなく絆の脇に並んだ。

頃合いと見たか。

あるいは、時間の無駄と感じたか。

「子安さん。お兄さんから引き継いだ会社の権利、人に譲ったんですね。この家も売りに出してるとか。どっか行くんですか。たとえば海外とか」

「えっ」

「お兄さんの保険金とか、全部合わせたら結構な額ですね。東南アジアなら、それこそ一生遊んで暮らせるくらいだ」

そんな、と笑顔で首を振るが、子安の顔は白んで、明らかに歪んでいた。

質の良くない人形の顔だった。

いや、ここまでの会話にも内容にも、曇りは一点もない。清廉潔白だ。

ただ、子安にはわかっているのだろう。

刑事二人がわざわざ世間話に訪れるわけもなく、その前に、子安を取り巻く今の状況を調べるわけもない。

コノ二人達ハ、何ヲシニキタノダ。俺ニ、何ヲスルノダ。

質の良くない人形の表情を察するに、そんなところか。

お茶くらい、と言って子安は奥の部屋に向かおうとした。

「結構」

と絆は一声で、子安をその場に縫い止めた。

「俺達が来た理由、わかりますか」

そんな声を掛けた。

子安は背を向けたまま動かなかった。動かなかったが、子安の気配が真後ろの、絆に集中していることは〈観〉えていた。

「ああ。ちなみに、子安さん。甲信越ブロックや東海ブロックにも号令を掛けたのに、まったく動きがないってのを不思議だと思いませんでしたか？　でも、当然なんですよ。すぐに追っ掛けましたから。赤羽だけの話じゃないですよ。ダークウェブの掲示板も含めて、です」

そう。それは、奥村と鴨下のタッグという、金田が残したスジの連携の賜物だった。

奥村が見つけた赤羽のネットカフェでの痕跡を、鴨下が来る日も来る日もじっと、ただじっとプラカードの裏から張った。

十月四日に、それは実った。

当たりがあったのだ。

鴨下には前もって、子安翔太の画像を送っておいた。

——ほいほい。来たよ。

それですぐに、酒井に貸しを振り翳して強引に子安の行確を頼んだ。

と同時に、思いつきではあったが奥村に連絡を取った。

かつて奥村は、

——口コミは厄介だぞ。ネットは0か1に収斂する。だからある意味、単純だ。ハッキリしている。だが、それがアナログになると始末に負えない。人から人を辿る話は、いつしかぼやける。

と言っていた。

それを受けて、

——デジタルからアナログに移行してぼやけるなら、またデジタルに戻せば鮮明になる、なんて。

と言った自身の言葉にヒントを得、逆手に取った恰好だ。

奥村はすぐにダークウェブに潜った。

わかっていればこそ、奥村ならすぐに追いつけた。

「何を、したんだい？」

子安が、絞り出すような声で言った。

「簡単です。半グレやチンピラ向けだったでしょ。馬鹿みたいに簡単な方が伝わるとも思って」

〈今の無し。これまでのも仕切り直し〉

なんだそれ、と笑ったのは隣に立つ酒井だった。

「けど、笑い事じゃなかった。一瞬のスパークを後出しのスパークで打ち消すってのは、上手く嵌まったみたいでね。こういう馬鹿で危ない話に乗っかる輩の口コミに、逆に変な期待もしてみた。案の定、その後、甲信越や東海だけじゃなく、北の連中もパッタリ止まったみたいだし、効き目は絶大だったかな。ねえ――」

子安さん、と呼んだ背中に、絆には陽炎《かげろう》のように立ち上って揺れるものが〈観〉え始めた。

恥辱、憤怒《ふんぬ》、憎悪。

絆は目で、酒井にそれとなく合図をした。

「――なんで、俺に目ぇつけた。俺ぁ、何も目立ってねえぞ」

掠《かす》れたような声だった。怒りを沈めたような声だ。

「そうですか？　俺は、最初から引っ掛かってたんですよね」

「最初っから？」

「ええ。あなたが。漠然とですけど」

子安の背中が、少し震えを帯びていた。

「あなた、ずいぶんしゃべってくれましたよ。よくしゃべる人だなあと思いました。周りの人達にも、色々と確認の意味もあって聞きました。あなたがおしゃべりだとね、全員が口を揃えて言ってました。口が軽いという表現をする人も結構いました。けれど誰一人、まあ自分で口にするのもなんですけど、俺の狂走連合百五十人殺しについて知ってる人は、誰もいませんでした。いいですか。一人もです」

絆は一歩、前に出た。

「あなたはこの噂を、社員とか九代会とか、その辺から聞いたようなことを言ってましたけど、どちらにも一人もいませんでした。襲ってきた連中、つまり掲示板からの口コミの連中以外、生身の人間でこの噂について知ってる人間を、俺はあなたしか知らない。あなたしかいなかった。だから――」

もう一歩前に出る。

「あなたは最初から、俺の中では最重要参考人だったんです」

子安の背中が、もう手を伸ばせば届くところにあった。

五

子安が、向こう向きのまま顔を上げた。

震えは止まっていた。

諦念《ていねん》――いや。

「ちっ。上手くいくと思ったんだけどな」

首筋を叩きながら子安は振り返った。

やけにさっぱりとした顔だった。

絆は眉を顰めた。

（おかしい）

半グレ連中は、普通ならそこから爆発する。赤城など最たるものだ。戸島もそうだった。

エムズの山崎もそうだ。

逮捕前に、こういう輩は最後まで愚図愚図するものだ。

それが子安にはなかった。

「へへっ。――つまらねえ世を面白くってな。東堂。あんたの命、一千万でも欲しかったんだけどな」

子安は淡々と言った。いつしか、さん付けが取れていた。

「そう。それなんです。子安さん。唯一の問題はね。動機がわからなかった」

「動機？　ふん。動機ね」

絆が言えば、かすかな振動音がした。酒井の携帯だった。

「はい」

すぐに出て何度か頷き、酒井は絆に向かった。

「あと三十分で届く」

それで子安にもわかったはずだ。

いや、酒井には教えるつもりもあったろう。

すなわち、外堀は埋めた。もうどこにも逃げ場はないと。

「なんでぇ。おフダの時間稼ぎかよ」

子安は上着のポケットから煙草を取り出し、火をつけた。

「じゃあ、せっかくだ。付き合ってやるよ」

なぜか堂々とした仕草だった。落ち着いたものだ。

「本当に、茶ぐらい出すぜ。ってえか、飲ませろ。そこにパイプ椅子あっから、出せばいいや。おフダ到着前でも、それくらいはいいんだろ？」

子安が背を向け、煙草を捨てた。

まだ火がついていた。

取り敢えず絆が、靴底で踏み消した。

「動機って言ったよな。動機。あんまり詳しくは考えてねえんだけどよ」

子安は奥に向かいながら言葉を投げた。

「俺ぁ、こうみえても兄ちゃんが好きだったんだ。千人からに号令してよ。テッペンで輝いてて、こう、キラキラッとな。七代の赤城さんもおんなじだ。いや、赤城さんの方が凄かったかな。なんにしてもよ、そんなんで、俺ぁ走ってた頃が大好きでよ。充実してたってえのかなあ。――へへっ。免許はなかったけどな。ま、そんなもんなくったって、走れっけどよ」

酒井が二人分のパイプ椅子を持ってきて広げた。

「兄ちゃんも俺も、水が流れるみてえに走り屋から上がった後ぁ、親父の土建屋に転がり込んだが、仕事ぁお世辞にも面白えもんじゃなかった。ここ最近なんかは特にな。俺がやってることなんざ、昔と何も変わらなかった。兄ちゃんの尻拭い、クレーム処理だ。けど、環境は大違いだったぜ。あっちにもこっちにも気ぃ遣って気ぃ遣ってよ。それだけだ。それしかねえ。――狂走連合の頃ぁ、マッポも絡むし面倒臭かったが、スカッとすることも多かった。走ってっと、なんもかんも素っ飛んでっちまってな」

子安が奥の部屋に入った。

窓から中の様子が窺えたが、子安自身が中から窓を開けた。背の高い冷蔵庫も見えた。

なんでもいいか、と子安が聞いてきた。

アルコール以外で、と酒井が答えた。当然、これは職務中のルールだ。

ＯＫ、と言って子安が冷蔵庫の扉を開けた。

「仕事についてからぁ、だから、楽しいことなんざあんまりなかった。どっか行っちまおうかって、いっつも考えてた。けど、本気で考え始めたのは、そう、二ケ月くらい前さ。兄貴が殺されて、その死亡保険金が入ってきたときだ。ちょうど例の、百五十人殺しのときだったね。俺ぁ、興奮したもんだ」

出てきた子安の手から、麦茶のペットボトルが絆と酒井に投げられた。

子安本人は近くのディレクターズ・チェアに座り、スカジャンのポケットから出した缶ビールだ。

子安は喉を鳴らして呑んだ。

いや、喉から垂らしながら呑んだ。シャツの前が濡れるのはお構いなしだ。

「これぁ、神の啓示ってやつかってね。兄ちゃんを殺したのがあの赤城さんだったたってのも驚きだがよ、その赤城さんを含めた百五十人殺しをしてのけた刑事がいるってのがまた凄ぇ驚きだった。そしたら、ホントに神の啓示があってよ。神の大阪弁ってのは笑えたけどな」

子安はもう一口呑み、今度は口元を拭った。

「ホント、色々とよ、興奮したぜ。だってよ、知ってっかい？　あの赤城さんをだぜ。大したもんだよな。だからよ、俺は啓示通り、すぐにネカフェに走ったね。金はあったんだ。啓示で貰ったしよ。兄ちゃんの死亡保険金も下りたからさ。いや、そんなのがなくたって金はあったんだ。神ってなあ、金持ちなんだな。ずいぶん貰ったしよ。それによ、金だけじゃねえぜ。へへっ。だから俺ぁ、どうしても最強の敵にヒットマンを送らなきゃならなかったんだ。送りたかったしよ。なんたってよ、俺ぁ、あの八代目、子安明弘の弟でさ。いずれ半グレの総長なんだからよ」

絆は聞きながら、酒井と顔を見合わせた。

子安の話が、少しおかしかった。目の中で瞳も揺れていた。次第に焦点がずれていく感じだ。

そもそもアルコールに、さほど耐性がないのかもしれない。

酒井が立ち上がり、おい子安、と声を掛けた。

「ん？　ああ。へへ」

瞬間的に目の焦点が合い、子安が気まずそうにした。

缶ビールの残りを飲み干し、腕の時計を見る。

「もうすぐ、おフダが来んだろ」

さて、もう一杯だ、と膝を叩いて立ち、もう一度子安は部屋の方に向かった。

少し、どころではないほどフラフラしていた。

「いい加減にしとけ」

酒井の注意が飛んだ。

絆も同意した。

同意ですませてしまった。

これが——。

いけなかった。

「わかってるよ。もう一本。いや、せめてもう一滴だ」

子安が部屋に入った。

冷蔵庫の前に立ち、扉を開けた。

「ん？　待った。一滴って」

直観はいきなりアラートを点灯させた。

嫌な予感しかしなかった。

子安は冷蔵庫から小さな何かを取り出し、顔を上に向けて口を開けた。

間違いようもなかった。

ペットボトルを放り出し、絆は風を巻いて奥に走った。

「お、おい。東堂」

酒井が慌てるが、待つ余裕はなかった。

部屋に飛び込み、

「これは！」

さすがに、絆をして、それ以上は言葉にならなかった。

窓からは見えなかった。だからわからなかった。

いや、それにしても、迂闊の誹《そし》りは免《まぬか》れない。

奥の部屋の床は、小さな三色の空き容器に埋め尽くされていた。

ブルー、イエロー、レッドの三色。

中でもレッドが明らかに多い。

「子安さん」

「ああ？」

垂れるような笑みを見せつつ、子安は手に持った空の赤い容器を投げ捨てた。

子安翔太は、ティアドロップの常習者だったのだ。それも重度の依存者だ。

先ほどの会話のズレは、禁断症状の始まりだったのかもしれない。

部屋の奥で木製のロッキングチェアにゆったりと座り、子安はトロンとした目で絆を見ていた。

焦点はまったく、合っていなかった。

絆は注意深く、三色の中に足を踏み入れた。

こりゃあ、と言ったきり、後から部屋に顔を差し入れた酒井も絶句した。

絆はそんな酒井の言動を手で制した。

迂闊なことが出来る状況ではなかった。

なぜなら――。

子安は手に、キャップを開けた別の容器を持っていた。

つい最近も押畑の、実家の庭で見たものだ。

劉博文の手の中に。

間違いようもなく、それはティアドロップ・エグゼだった。

「子安さん。どこからそんな物を」

「どこから？　そうだな。天からの、贈り物だったかなあ。ちっとばかり、ダークウェブで声掛けしろってよ。それだけで、チョロいもんだぜ」

「声掛け？　俺のことですか？」

「さぁてなあ。貰っちまったし。言えねえよなあ」

子安は手のエグゼを振った。

キャップはすでに外れていた。

「いけない」

絆は半歩出た。

「それは、クスリじゃない」

「知ってるよお。その代わり、最高だってきいたぜえ。この世の物じゃねえんだとよ」

「聞いたって、誰にです？」

「だからよお、天からの贈り物だって言ったぜえ。だったら誰からったって、神様に決まってんだろうに」

「使ったら、死にますよ」

「だろうなあ」

「わかっているなら、なぜ」

もう半歩、絆は出た。

空の容器群がガラガラと鳴った。

いや、ガラガラと、笑ったのは子安だったか。

「つまらねえ世を面白くって、さっき言ったよな。兄ちゃんもいねえし」

言いながら、子安はエグゼの容器を差し上げた。

――ティアの食えねえ世はつまらねえってぁあ。けけけっ。

——子安さん。いけない。ダメだ！

言葉と動作は、どちらもほぼ同時だったか。

その後しばらくは、空の容器の崩れる音だけが部屋内を支配した。

外に駆け出して酒井が署に電話を掛けていた。

「子安さん」

エグゼを数滴食って子安は還らぬ身となり、絆は、その命に数歩の距離で間に合わなかった。

やがて、必要のなくなったガサフダと酒井の部下達が臨場した。

奥の部屋に入ると、誰もが息を詰めて無言になった。

赤と黄色と青に埋め尽くされた中でロッキングチェアに座り、子安翔太が死んでいた。

死んでなお外から吹き込む風に、わずかに揺れていた。

亀有署の面々と入れ替わるように、絆は外に出た。

雨が降っていた。

予報よりもずいぶん早い雨だった。

形はどうあれ、この一件にもかたはついた。

南の連続殺人犯、劉博文は死に、北の襲撃犯、子安翔太も死んだ。

終着と言えば終着だが——。

（大団円には、ほど遠いな）

絆はそぼ降る雨を睨んだ。

北も南も、目論見《もくろみ》の本質はさて、一体なんだったのだろう。

劉も子安も、どうにもそのままでは歪《いびつ》な気がする。

今のところすべては見通せない、理解出来ない。

ただ、わかっていることもある。

ティアドロップ・エグゼが絡まなければ、北と南はそれぞれの事件だった。

ただ、実際にはどちらの犯人もエグゼで死亡し、エグゼそのものには五条・竜神会の関わりが濃いと疑われている。

このことはつまり、北の野良犬にも南の野良猫にも、間違いなく五条・竜神会が関与していることを示している。

そうして北からも南からも、絆に某かの狙いがあり、絆が巻き込まれ、そのとばっちりを受けて典明が左腕を失った。

代償は、払ってもらう。

一つ一つの案件、事件を丹念に捜査し、解決し、やがて本丸に辿り着く。

そうなったら一気だ。

遠くにＰＣのサイレンが聞こえた。

「潰すよ。必ず。五条、お前ら兄弟も、エグゼも」

絆は手のひらに雨を握り込み、誓いの拳を天に突き上げた。

（シリーズ第七巻につづく）

本書は書き下ろしです。
また、この物語はフィクションであり、実在の
人物・団体とは一切関係がありません。

中公文庫

ブラザー
——警《けい》視《し》庁《ちょう》組《そ》対《たい》特《とく》捜《そう》K

2020年11月25日　初版発行

著　者　鈴《すず》峯《みね》紅《こう》也《や》

発行者　松田陽三

発行所　中央公論新社
〒100-8152　東京都千代田区大手町1-7-1
電話　販売 03-5299-1730　編集 03-5299-1890
URL http://www.chuko.co.jp/

DTP　平面惑星
印　刷　三晃印刷
製　本　小泉製本

©2020 Kouya SUZUMINE

Published by CHUOKORON-SHINSHA, INC.
Printed in Japan　ISBN978-4-12-206990-9 C1193

定価はカバーに表示してあります。落丁本・乱丁本はお手数ですが小社販売部宛お送り下さい。送料小社負担にてお取り替えいたします。

●本書の無断複製(コピー)は著作権法上での例外を除き禁じられています。また、代行業者等に依頼してスキャンやデジタル化を行うことは、たとえ個人や家庭内の利用を目的とする場合でも著作権法違反です。

各書目の下段の数字はＩＳＢＮコードです。978－4－12が省略してあります。

中公文庫既刊より

す-29-1
警視庁組対特捜Ｋ
鈴峯紅也
本庁所轄の垣根を取り払うべく警視庁組対部特別捜査隊となった東堂絆を、闇社会の陰謀が襲う。人との絆で事件を解決せよ！　渾身の文庫書き下ろし。
206285-6

す-29-2
サンパギータ　警視庁組対特捜Ｋ
鈴峯紅也
非合法ドラッグ「ティアドロップ」を巡り加熱する闇社会の争い。牙を剝く黒幕の魔の手が、絆の彼女・尚美に忍び寄る⁉　大人気警察小説、待望の第二弾！
206328-0

す-29-3
キルワーカー　警視庁組対特捜Ｋ
鈴峯紅也
「ティアドロップ」を捜索する東堂絆の周辺に次々と闇社会の刺客が迫る。全ての者の悲しみをまとい、絆が悪の正体に立ち向かう！　大人気警察小説、第三弾！
206390-7

す-29-4
バグズハート　警視庁組対特捜Ｋ
鈴峯紅也
ティアドロップを巡る一連の事件は、片桐、金田ら多くの犠牲の末に、ようやく終結した。片桐の墓の前で死を悼む絆の前に、謎の男が現れるが――。
206550-5

す-29-5
ゴーストライダー　警視庁組対特捜Ｋ
鈴峯紅也
日本最大の暴力団〈竜神会〉首領・五条源太郎が死んだ。次なる覇権を狙って、悪い奴らが再び蠢き出す――。大人気警察小説シリーズ第五弾。文庫書き下ろし。
206710-3

さ-65-1
フェイスレス　警視庁墨田署刑事課特命担当・一柳美結
沢村鐵
大学構内で爆破事件が発生した。現場に急行する墨田署の一柳美結刑事。しかし、事件は意外な展開を見せ、さらなる凶悪事件へと……。文庫書き下ろし。
205804-0

さ-65-2
スカイハイ　警視庁墨田署刑事課特命担当・一柳美結2
沢村鐵
巨大都市・東京を瞬く間にマヒさせた〝Ｃ〟の目的、正体とは⁉　警察の威信をかけた天空の戦いが、いま始まる‼　書き下ろし警察小説シリーズ第二弾。
205845-3

さ-65-3
ネメシス　警視庁墨田署刑事課 特命担当・一柳美結3
沢村　鐵
人類救済のための殺人は許されるのか⁉　日本警察、そして一柳美結刑事たちが選んだ道は？　空前のスケールで描く、書き下ろしシリーズ第三弾‼
205901-6

さ-65-4
シュラ　警視庁墨田署刑事課 特命担当・一柳美結4
沢村　鐵
八年前に家族を殺した犯人の正体を知った美結は、復讐鬼と化し、警察から離脱。人類最悪の犯罪者と対峙する日本警察に勝機はあるのか⁉　シリーズ完結篇。
205989-4

さ-65-5
クランⅠ　警視庁捜査一課・晴山旭の密命
沢村　鐵
渋谷で警察関係者の遺体を発見。虚偽の検死をする美人検視官を探るために晴山警部補は内偵を行うが、そこには巨大な警察の闇が――！　文庫書き下ろし。
206151-4

さ-65-6
クランⅡ　警視庁渋谷南署・岩沢誠次郎の激昂
沢村　鐵
同時発生した警視庁内拳銃自殺と、渋谷での交番巡査銃撃事件。警察を襲う異常事態に、密盟チーム「クラン」がついに動き出す！　書き下ろしシリーズ第二弾。
206200-9

さ-65-7
クランⅢ　警視庁公安部・区界浩の深謀
沢村　鐵
渋谷駅を襲った謎のテロ事件。クランのメンバーは「神」と呼ばれる主犯を追うが、そこに再び異常事件が――書き下ろしシリーズ第三弾。
206253-5

さ-65-8
クランⅣ　警視庁機動分析課・上郷奈津実の執心
沢村　鐵
包囲された劇場から姿を消した「神」。その正体を暴く鍵は意外な人物が握っていた。警察に潜む悪との戦いは佳境へ！　書き下ろしシリーズ第四弾。
206326-6

さ-65-9
クランⅤ　警視庁渋谷南署巡査・足ヶ瀬直助の覚醒
沢村　鐵
警察閥の大量検挙に成功した「クラン」。だが「神」の魔手は密盟のトップ・千徳に襲いかかり――。迫り来るクライマックス、書き下ろしシリーズ第五弾。
206426-3

さ-65-10
クランⅥ　警視庁内密命組織・最後の任務
沢村　鐵
非常事態宣言発令より、警察の指揮権は首相へと移った。「神」と「クラン」。最後の決戦の行方は――。シリーズ最終巻、かつてないクライマックス！
206511-6

各書目の下段の数字はISBNコードです。978－4－12が省略してあります。

さ-65-11
雨の鎮魂歌《レクイエム》
沢村 鐵
中学校で見つかった生徒会長の遺体。次々と校内を襲う異常な事件。絶望の中で少年たちがつかんだものとは。「クラン」シリーズの著者が放つ傑作青春小説。
206650-2

し-49-1
爪 痕 警視庁捜査一課刑事・小々森八郎
島崎佑貴
麻薬組織と霞ヶ関に投げ込まれた爆弾。それは、捜査一課最悪の刑事・特命捜査対策室四係の小々森八郎。警察小説界、期待の新星登場。書き下ろし。
206430-0

し-49-2
イカロスの彷徨 警視庁捜査一課刑事・小々森八郎
島崎佑貴
早朝の都心で酷い拷問の痕がある死体が発見された。小々森八郎たち特命捜査対策室四係の面々にも、捜査の応援命令が下るのだが⁉ 書き下ろし。
206554-3

し-49-3
スワンソング 警視庁特命捜査対策室四係
島崎佑貴
凄腕だが嫌われ者の小々森刑事の命が狙われている！ 特命対策室四係の面々は犯人確保に動き出すが、それは巨大な闇へと繋がっていた。文庫書き下ろし。
206670-0

と-26-9
SRO Ⅰ 警視庁広域捜査専任特別調査室
富樫倫太郎
七名の小所帯に、警視長以下キャリアが五名。管轄を越えた花形部署のはずが――。警察組織の盲点を衝く、連続殺人犯を追え！ 新時代警察小説の登場。
205393-9

と-26-10
SRO Ⅱ 死の天使
富樫倫太郎
死を願ったのち亡くなる患者たち、解雇された看護師、病院内でささやかれる『死の天使』の噂。SRO対連続殺人犯の行方は。待望のシリーズ第二弾！ 書き下ろし長篇。
205427-1

と-26-11
SRO Ⅲ キラークィーン
富樫倫太郎
SRO対〝最凶の連続殺人犯〟、因縁の対決再び‼ 東京地検へ向かう道中、近藤房子を乗せた護送車は裏道へ誘導され――。大好評シリーズ第三弾、書き下ろし長篇。
205453-0

と-26-12
SRO Ⅳ 黒い羊
富樫倫太郎
SROに初めての協力要請が届く。自らの家族四人を殺害して医療少年院に収容され、六年後に退院した少年が行方不明になったというのだが――書き下ろし長篇。
205573-5

と-26-19
SRO Ⅴ ボディーファーム
富樫倫太郎
最凶の連続殺人犯が再び覚醒。残虐な殺人を繰り返し、日本中を恐怖に陥れる。焦った警視庁上層部は、SROの副室長を囮に逮捕を目指すのだが——。書き下ろし長篇。
205767-8

と-26-35
SRO Ⅵ 四重人格
富樫倫太郎
不可解な連続殺人事件が発生。傷を負ったメンバーが再結集し、常識を覆す新たなシリアルキラーに立ち向かう。人気警察小説、待望のシリーズ第六弾！
206165-1

と-26-36
SRO episode0 房子という女
富樫倫太郎
残虐な殺人を繰り返し、SROを翻弄し続けるシリアルキラー・近藤房子。その生い立ちとこれまでが、ついに明かされる。その過去は、あまりにも衝撃的！
206221-4

と-26-37
SRO Ⅶ ブラックナイト
富樫倫太郎
東京拘置所特別病棟に入院中の近藤房子が動き出す。担当看護師を殺人鬼へと調教し、ある指令を出すのだが——。累計60万部突破の大人気シリーズ最新刊！
206425-6

と-26-39
SRO Ⅷ 名前のない馬たち
富樫倫太郎
相次ぐ乗馬クラブオーナーの死。事件性なしとされるも、どの現場でも人間と同時に必ず馬が一頭逝っている事実に、SRO室長・山根新九郎は不審を抱く。
206755-4

と-25-15
蝕罪 警視庁失踪課・高城賢吾
堂場瞬一
警視庁に新設された失踪事案を専門に取り扱う部署・失踪課。実態はお荷物署員を集めた窓際部署だった。そこにアル中の刑事が配属される。〈解説〉香山二三郎
205116-4

と-25-16
相剋 警視庁失踪課・高城賢吾
堂場瞬一
「友人が消えた」と中学生から捜索願が出される。親族以外からの訴えは受理できない。その真剣な様子にただならぬものを感じた高城は、捜査に乗り出す。
205138-6

と-25-17
邂逅 警視庁失踪課・高城賢吾
堂場瞬一
大学職員の失踪事件が起きる。心臓に爆弾を抱えながら鬼気迫る働きを見せる法月。その身を案じつつも捜査を続ける高城たちだった。シリーズ第三弾。
205188-1

各書目の下段の数字はISBNコードです。978−4−12が省略してあります。

と-25-19
漂泊 警視庁失踪課・高城賢吾　堂場瞬一
ビル火災に巻き込まれ負傷した明神。鎮火後の現場からは身元不明の二遺体が出た。傷ついた仲間のため、高城は被害者の身元を洗う決意をする。第四弾。
205278-9

と-25-20
裂壊 警視庁失踪課・高城賢吾　堂場瞬一
課長査察直前に姿を消した阿比留室長。荒らされた部屋を残して消えた女子大生。時間がない中、二つの失踪事件を追う高城たちは事件の意外な接点を知る。
205325-0

と-25-22
波紋 警視庁失踪課・高城賢吾　堂場瞬一
異動した法月に託されたのは、五年前に事故現場から失踪した男の事件だった。調べ始めた直後、男の勤めていた会社で爆発物を用いた業務妨害が起こる。
205435-6

と-25-24
遮断 警視庁失踪課・高城賢吾　堂場瞬一
六条舞の父親が失踪。事件性はないと思われたが、身代金要求により誘拐と判明、高城達は仲間の危機に立ち上がる。外国人技術者の案件も持ちこまれ……。
205543-8

と-25-28
牽制 警視庁失踪課・高城賢吾　堂場瞬一
娘・綾奈を捜し出すと決意した高城とサポートする仲間たち。そこに若手警察官の失踪と入寮を控えた高校球児の失踪が立て続けに起こる。
205729-6

と-25-29
闇《あん》夜《や》 警視庁失踪課・高城賢吾　堂場瞬一
葬儀の後、酒浸りの生活に戻った高城は、幼い少女の失踪事件の現場に引き戻される。被害者の両親をかつての自分に重ねあわせ、事件と向き合おうとするが……。
205766-1

と-25-30
献心 警視庁失踪課・高城賢吾　堂場瞬一
娘の死の真相を知る——決意した高城に、長野が新たな目撃証言をもたらす。しかし聴取後、目撃者が高城たちに抗議してきて……。人気シリーズついに完結。
205801-9

と-25-32
ルーキー 刑事の挑戦・一之瀬拓真　堂場瞬一
千代田署刑事課に配属された新人・一之瀬。起きる事件は盗難ばかりというビジネス街で、初日から若い男性が被害者の殺人事件に直面する。書き下ろし。
205916-0

と-25-33
見えざる貌 刑事の挑戦・一之瀬拓真　堂場瞬一
千代田署刑事課そろそろ二年目、一之瀬拓真。管内で女性ランナー襲撃事件が発生し、捜査に加わるが、なぜか女性タレントのジョギングを警護することに⁉
206004-3

と-25-35
誘　爆 刑事の挑戦・一之瀬拓真　堂場瞬一
オフィス街で爆破事件発生。事情聴取を行った一之瀬は、企業脅迫だと直感する。昇進前の功名心から担当を名乗り出るが……。〈巻末エッセイ〉若竹七海
206112-5

と-25-37
特捜本部 刑事の挑戦・一之瀬拓真　堂場瞬一
公園のゴミ箱から、切断された女性の腕が発見される。その指には一之瀬も見覚えのあるリングが……。捜査一課での日々が始まる、シリーズ第四弾。
206262-7

と-25-40
奪還の日 刑事の挑戦・一之瀬拓真　堂場瞬一
都内で発生した強盗殺人事件の指名手配犯を福島県警から引き取り、駅へ護送中の一之瀬ら捜査一課の刑事たちが襲撃された！　書き下ろし警察小説シリーズ。
206393-8

と-25-42
零れた明日 刑事の挑戦・一之瀬拓真　堂場瞬一
一世を風靡したバンドのボーカルが社長を務める、芸能事務所の社員が殺された。ストーカー絡みの犯行、という線で捜査を進めていた特捜本部だったが……。
206568-0

と-25-38
Sの継承（上）　堂場瞬一
捜査一課特殊班を翻弄する毒ガス事件が発生。その現場で発見された死体は、五輪前夜の一九六三年に計画されたクーデターの亡霊か？
206296-2

と-25-39
Sの継承（下）　堂場瞬一
ネット掲示板で国会議員総辞職を求め、毒ガスを盾に国会議事堂前で車に立てこもるS。捜査一課は、その正体を探るが……。〈解説〉竹内　洋
206297-9

と-25-43
バビロンの秘文字（上）　堂場瞬一
カメラマン・鷹見の眼前で恋人の勤務先が爆破。彼女が持ち出した古代文書を狙う、CIA、ロシア、謎の過激派組織——。世界を駆けるエンタメ超大作。
206679-3

各書目の下段の数字はISBNコードです。978－4－12が省略してあります。

と-25-44
バビロンの秘文字（下） 堂場瞬一
激化するバビロン文書争奪戦。鷹見は襲撃者の手をかいくぐり文書解読に奔走する。四五〇〇年前に記された、世界を揺るがす真実とは？〈解説〉竹内海南江
206680-9

と-25-25
七つの証言 刑事・鳴沢了外伝 堂場瞬一
日々起きる事件、そのとき鳴沢が取った行動とは？彼にかかわる七人の目を通して描く「刑事として生まれた男」の真実。人気シリーズ外伝、短篇で登場！
205597-1

と-25-45
新装版 雪虫 刑事・鳴沢了 堂場瞬一
俺は刑事に生まれたんだ——鳴沢了は、湯沢での殺人と五十年前の事件の関連を確信するが、署長である父は彼を事件から遠ざける。〈解説〉宇田川拓也
206821-6

と-25-46
新装版 破弾 刑事・鳴沢了 堂場瞬一
警視庁にやってきた了は署内で冷遇を受ける女性刑事・冴と組む。心に傷を抱えた二人が今、最高のコンビとして立ち上がる。〈解説〉沢田史郎
206837-7

と-25-47
新装版 熱欲 刑事・鳴沢了 堂場瞬一
青山署の刑事として現場に戻った了。詐欺がらみの連続傷害殺人事件に対峙する了の捜査は、NYの中国人マフィアへと繋がっていく。シリーズ第三弾。
206853-7

と-25-48
新装版 孤狼 刑事・鳴沢了 堂場瞬一
行方不明の刑事と不審死した刑事。遺体の手には「鳴沢了」と書かれたメモ——最強のトリオで警察内に潜む闇に挑め。シリーズ第四弾。〈解説〉内田俊明
206872-8

と-25-49
新装版 帰郷 刑事・鳴沢了 堂場瞬一
殺人事件の被害者遺族に依頼された、父が遺した未解決事件の再調査。「捜一の鬼」と呼ばれた父を超えるため、了は再び故郷に立つ。〈解説〉加藤裕啓
206881-0

と-25-50
新装版 讐雨 刑事・鳴沢了 堂場瞬一
爆破事件に巻き込まれた了。やがて届く犯行声明。爆弾魔の要求は世間を騒がせた連続幼女誘拐犯の釈放であった。大人気シリーズ第六弾。〈解説〉内田 剛
206899-5

と-25-51
新装版 血烙 刑事・鳴沢了
堂場瞬一
恋人の了・勇樹が誘拐された。背後に揺れる大物マフィアの影。異国の地を駆ける了が辿り着いた事件の哀しき真相とは。シリーズ第七弾。〈解説〉安西京子
206909-1

と-25-52
新装版 被匿 刑事・鳴沢了
堂場瞬一
西八王子署管内で代議士が不審死。警察は事故と断じる。ろくな捜査もせず苛立つ了のもとに地検から秘密裏に協力の要請が。シリーズ第八弾。〈解説〉狩野大樹
206924-4

と-25-53
新装版 疑装 刑事・鳴沢了
堂場瞬一
保護した少年が失踪。やがて彼の父親がひき逃げ事件を起こしたことが判明した。少年を追う了を待つ衝撃の事実とは。シリーズ第九弾。〈解説〉倉田裕子
206934-3

ほ-17-1
ジウⅠ 警視庁特殊犯捜査係
誉田哲也
都内で人質籠城事件が発生、警視庁の捜査一課特殊犯捜査係〈SIT〉も出動するが、それは巨大な事件の序章に過ぎなかった！ 警察小説に新たなる二人のヒロイン誕生!!
205082-2

ほ-17-2
ジウⅡ 警視庁特殊急襲部隊
誉田哲也
誘拐事件は解決したかに見えたが、依然として黒幕・ジウの正体は摑めない。捜査本部で事件を追う美咲。一方、特進をはたした基子の前には謎の男が！ シリーズ第二弾。
205106-5

ほ-17-3
ジウⅢ 新世界秩序
誉田哲也
〈新世界秩序〉を唱えるミヤジと象徴の如く佇むジウ。彼らの狙いは何なのか？ ジウを追う美咲と東は、想像を絶する基子の姿を目撃し……⁉ シリーズ完結篇。
205118-8

ほ-17-4
国境事変
誉田哲也
在日朝鮮人殺人事件の捜査で対立する公安部と捜査一課の男たち。警察官の矜持と信念を胸に、銃声轟く国境の島・対馬へ向かう。〈解説〉香山二三郎
205326-7

ほ-17-5
ハング
誉田哲也
捜査一課「堀田班」は殺人事件の再捜査で容疑者を逮捕。だが公判で自白強要の証言があり、班員が首を吊った姿で見つかる。そしてさらに死の連鎖が……誉田史上、最もハードな警察小説。
205693-0

各書目の下段の数字はISBNコードです。978-4-12が省略してあります。

ほ-17-7 **歌舞伎町セブン** 誉田哲也
『ジウ』の歌舞伎町封鎖事件から六年。再び迫る脅威から街を守るため、密かに立ち上がる者たちがいた。戦慄のダークヒーロー小説！〈解説〉安東能明
205838-5

ほ-17-11 **歌舞伎町ダムド** 誉田哲也
今夜も新宿のどこかで、伝説的犯罪者〈ジウ〉の後継者が血まみれのダンスを踊る。殺戮のカリスマvs.新宿署刑事vs.殺し屋集団、三つ巴の死闘が始まる！
206357-0

ほ-17-12 **ノワール 硝子の太陽** 誉田哲也
沖縄の活動家死亡事故を機に反米軍基地デモが全国で激化。その最中、この国を深い闇へと誘う動きを、東警部補は察知する……。〈解説〉友清 哲
206676-2

ほ-17-6 **月 光** 誉田哲也
同級生の運転するバイクに轢かれ、姉が死んだ。殺人を疑う妹の結花は同じ高校に入学し調査を始めるが、やがて残酷な真実に直面する。衝撃のR18ミステリー。
205778-4

ほ-17-8 **あなたの本** 誉田哲也
読むべきか、読まざるべきか？ 自分の未来が書かれた本を目の前にしたら、あなたはどうしますか？ 当代随一の人気作家の、多彩な作風を堪能できる作品集。
206060-9

ほ-17-9 **幸せの条件** 誉田哲也
恋にも仕事にも後ろ向きな役立たずOLに、突然下った社命。単身農村へ赴き、新燃料のためのコメ作りに挑め⁉ 人生も、田んぼも、耕さなきゃ始まらない！
206153-8

ほ-17-10 **主よ、永遠の休息を** 誉田哲也
この慟哭が聞こえますか？ 心をえぐられた少女と若き事件記者の出会いが、やがておぞましい過去を掘り起こす……驚愕のミステリー。〈解説〉中江有里
206233-7

ほ-17-13 **アクセス** 誉田哲也
高校生たちに襲いかかる殺人の連鎖。仮想現実を支配する「極限の悪意」を相手に、壮絶な戦いが始まる！ 著者のダークサイドの原点！〈解説〉大矢博子
206938-1